草原文学

优秀蒙古文文学作品翻译出版工程 ★ 第八辑

雁归时节

中篇小说卷

内蒙古翻译家协会 / 选编

作家出版社

前　言

　　内蒙古文学作为我国社会主义文学事业的重要组成部分，是祖国北疆亮丽文化风景线上的一颗璀璨夺目的明珠。自古以来，内蒙古文学精品佳作灿若星河，绵延接续，为构建多元一体的中国文学版图贡献了应有的力量。

　　蒙古文文学创作是内蒙古文学的一抹亮色，广大少数民族作家用自己生动的笔触创作出了一大批讴歌党、讴歌祖国、讴歌人民、讴歌英雄的优秀蒙古文文学作品。鸿雁高飞凭双翼，佳作共赏靠翻译。这些优秀蒙古文文学作品并没有局限于"酒香不怕巷子深"，而是通过插上翻译的翅膀"飞入寻常百姓家"，乃至走向更广阔的世界舞台。

　　为集中向外推介展示内蒙古优秀蒙古文文学创作的丰硕成果，为使用蒙古文创作的作家搭建集中亮相的平台，让更多优秀蒙古文文学作品被读者熟知，自 2011 年起，由内蒙古党委宣传部、内蒙古文联、内蒙古翻译家协会联合推出文学翻译出版领域的重大项目——"优秀蒙古文文学作品翻译出版工程"。该工程旨在将内蒙古籍作家用蒙古文创作的优秀作品翻译成国家通用语言文字，面向全国出版发行和宣传推介。此工程是内蒙古自治区成立以来第一次大规模、全方位、系统化向国内外读者完整地展示优秀蒙古文文学作品成果的重大举措，是内蒙古自治区蒙古文文学创作水准的一次集体亮相，是内蒙古自治区文学翻译水平的一次整体检验，是推广普及国家通用语言文字工作的生动实践。

　　民族文学风华展，依托翻译传久远。文学翻译是笔尖的刺绣，文字的雕琢，文笔的锤炼。好的文学翻译既要忠于原著，又要高于原著，从而做到锦上添花，达到"信达雅"的理想境界。这些入选翻译工程的作品都是内蒙古老中青三代翻译家字斟句酌的精品之作，也是内蒙古文学翻译组织工作者精心策划培育出来的丰硕果实。这些作品篇幅长短各异，题材各有侧重，叙述各具特色，作品中既有对英雄主义淋漓尽致的书写，也有对凡人小事细致入微的描摹；既有对宏大叙事场景的铺陈，也有对人物内心波澜的捕捉；既有对时代发展的精彩记录，也有对社会变革的深入思考；既有对守望相助理念的呈现，也有对天人和谐观念的倡导。它们就像春夜的丝丝细雨，润物无声，启迪人的思想、温润人的心灵、陶冶人的情操，为我们心灵的百草园提供丰润的滋养。

　　该工程实施以来，社会反响强烈，各界好评如潮，为读者打开了一扇了解蒙古文文学创作的重要窗口，部分图书甚至成为多家高等院校及科研院所重要的文献资料。此项功在当代、利在千秋的工程，为促进各民族作家、翻译家交往交流交融发挥了重要作用，为满足人民文化需求和增强人民精神力量提供了坚强支撑，对铸牢中华民族共同体意识、构筑中华民族共有精神家园做出了积极贡献。

　　石榴花开，牧野欢歌。时光荏苒，初心不变。在开启建设社会主义文化强国新征程之路上，衷心祝福这些付梓出版的作品，沐浴新时代文艺的春风，带着青草的气息、文学的馨香、译介的芬芳，像蒙古马一样，纵横驰骋在广袤无垠的文学原野之上。

内蒙古文联党组书记、主席　冀晓青

目 录

孤岛笛声

吉·清河乐 著

吉·清河乐 译

吉·清河乐

1973 年生人，本名青格勒，蒙古族，内蒙古赤峰市翁牛特旗人。中国作家协会会员。2009 年毕业于鲁迅文学院第十届全国中青年作家高级研讨班。2009 年 10 月—2012 年 7 月深造于内蒙古自治区文学创作研究班。2015 年获得赤峰市第一届"百柳"文学奖。2017 年获"花的原野"文学那达慕小说一等奖，同年获《民族文学》杂志年度奖。先后两次获内蒙古自治区文学创作"索龙嘎"奖。

一

狭小的空间里不会存在快乐的灵魂。

我不叫海伦。只有马克这么叫我。

马克走时，正值深秋，黄叶飞舞，落江入泥。随他一起走的，当然还有我的幸福。这令我忧伤而绝望。

马克曾经守望过的小镇却没有因他的离去而发生丝毫改变。到了傍晚，花灯依旧，路灯投下的光，依然朦朦胧胧，像醉汉的眼睛。我踩着这朦胧的灯光徘徊，我的心非常悲伤，无比孤寂。人，总会在幸福时忘记曾经的伤痛；在痛苦时，曾经的快乐又像一把锋利的刀子，一点点地割着痛苦的心。关于马克，关于我们的欢歌笑语、相知相爱的回忆，以及从这个美好的回忆延伸而来的忧伤，也像秋日的落叶，在我的心里越积越多。

马克，你在哪里？我常常会对着天空、旷野、树木，甚至对着一株草，在心里不断地问自己，却始终得不到回答。他没有和任何人打招呼，便悄悄地走了。但我无法埋怨他。沉默是他的方式，就像寂静的戈壁中有一汪湖水，那么宁静，那么孤独。甚至谁也不会明白湖水是咸还是甜。终于，马克离开了我，也离开了这座小镇，但我原谅并理解他内心的无助和悲伤。因为我爱他，过去、现在和将来，永远都不会变。

当初，父亲为了阻止我和马克交往，让我从学校搬到哥哥家去住。可我现在又搬回了学校宿舍。理由简单且合理：他们家里新添了一个小生命。这样，我有了不少自由空间。而那位政府秘书敲响我宿舍门的次数也越来越多，声音也越来越响亮了。这让我很反感。所以我在每天的晚饭后，就匆匆到外面去散步。我把手藏在夹克兜里，毫无目标地顺着马克曾经清扫的"老城"街徘徊。偶尔幸运地碰到饮料瓶之类的东西，我就会耐心地边踢着它边走。

维纳斯，伟大的维纳斯！请你保佑我，请你给我一天的希望和爱，请你也像路灯一样赐给我微弱的光亮吧！

黑暗覆盖了世界，却无法吞没燃烧的烛光。那小小的烛火依然闪烁着光芒。它的生命之光穿透黑暗，照耀着远方。爱情的失落、生活的阴影虽然笼罩着我的内心，却没能吞没我的爱情烛光。那烛光，就是马克。他那高傲、自负，带着微笑的脸庞，时刻出现在我的眼前；他说过的话语在我的心间荡漾……那段与马克相识的大学时光、公园里的蓝色湖面、漂浮于湖面上的小船……那小船是马克的。第一次坐他的小船时，他故意把我的名字叫成"海轮"，嘲讽地对我说："真没想到我的这艘小船还能装得下你这艘'海轮'。"马克的划船技术可真好啊！"划船声能驱散忧愁，你随时都可以来坐我的小船。"他笑着说。我们就这样相遇了，此后经常在校园里碰到彼此。

期末考试前备战的那个夏天多么美好啊！他为了给我占座，早早地去图书馆等我。我们虽然没有恋爱，可我的心里却澎湃着一种幸福的味道，一种对生活的满足感，让我陶醉其中。马克不怎么踏踏实实地复习，第六感告诉我，他常常偷看我。有一回我也好奇地看了他一眼，双目对视，羞得我无地自容。

"咱们回去吧！"每晚我都会这样轻声对他说。我们收拾好书本，在小路上肩并肩地回宿舍，朦朦胧胧的灯光洒在小路上。图书馆离宿舍很近，但这短短的距离给了我们在任何地方都寻不到的欢乐和幸福。我偶尔甚至傻傻地想，要是这条路永远没有尽头，那该有多好。

　　图书馆门前的假山脚下，马克第一次拥紧并吻了我。从那一刻开始，我们时刻燃烧在将要抵达幸福巅峰的原始冲动和梦幻之中……他用温热而微微颤抖的手，爱抚着我丰盈、柔美、洁白的双乳……不觉中，我的衣带渐宽。他吻着我的眼睛、耳垂、脖颈，轻轻地向下滑动……我幸福地发出呻吟，他的全身像触了电一样微微痉挛……爱情让年轻的我们幸福地陶醉着……

　　七月的一个傍晚，细雨绵绵地下着，犹如命运的轻诉，抑或爱情的低泣。我丢下马克，登上了回家的列车。车窗外的雨淅淅沥沥，犹如悲伤的乐曲和忧伤的思念。地道旁纹丝不动地站着一个人，他撑着黑雨伞，烟头忽明忽暗，随着列车的滑行，他的身影渐渐远去……我就这样结束了自己的大学生涯，离开了曾经让我幸福的那座城市和那个男人。

　　我被分配到旗里的中学。等待他的日子虽幸福，却也伴随着莫名的痛苦。这期间我终于明白：生活就像一座高耸的山坡，人们为了逾越它，为了翻越之后的欢乐和满足而不辞辛苦地劳作，付出巨大的毅力和勇气。不管怎样，到了第二年，马克总算熬到毕业，来到了我的身边。他被分配到了一所偏僻的苏木①学校。等待带给我的是又一次分离，这分离，让我的心开始隐隐作痛。我无法相信，盼望的结果竟会是这样。

　　"虽然我们一无所有，但我们有权选择。这是我们巨大的资本。无论对与错，我们必须为我们的选择而努力奋斗。如若不

---

① 苏木：内蒙古自治区牧区相当于乡的行政区划单位。

然，这个社会、这个时代就连在一起的自由都不肯给我们。"马克这样说，他也这样做了。没过多久，他便办理了停薪留职，来到旗里，来到了我的身边。

在生活的困苦和命运的艰难面前，我们一起肩并肩，昂首挺胸地走了过来。为了来到我身边，你攻克了很多障碍，也忍受了许多压力和讥讽。这点我比谁都清楚。可是，现在你为什么要扔下我一个人悄悄地走掉了呢？你曾经对我说："海伦，我们一起走吧。去一个没有人给我们压力，没有人能让我们分离的远方。我受够了这里。那些熟人傲慢虚伪的眼神、复杂的关系网和家庭琐事都快让我窒息了。在狭小的空间里不会有快乐的灵魂。为了把命运牢牢地掌握在自己的手心，即使流浪一辈子也值得。我们应该有自己的未来、理想、自由的生存空间和属于我们自己的事业。我们有火热的心、真诚的爱，有强壮的体魄，还有青春……我们在哪里都可以创业。可是真情，不是我们从随便一个地方，随便一个人那里能够得到的……"你说得对。可是我真的不忍抛下自己年迈的父亲，也抛不下父亲奔波劳碌许多日为我换来的这份工作。

每天晚上躺在床上，这些往事就浮现在我的脑海里。犹豫、复杂、忧伤萦绕着我的心，让我倍感孤寂。在思念的清澈与夜的漆黑中我变得更加悲伤。在一本书上，我读过这样的句子："宁静的夜晚虽然也让人心生恐惧，但它是治疗心灵创伤的最佳药剂。"但对我来说，事情正好相反。特别伤心时，我甚至会泪流满面。臭马克，坏马克，你只顾着自己，自私的马克……把我一个人扔下……想到这里，我的泪不断地流。悲伤如叹息，又像不可预测的未来。朦胧的夜色中，我像一个奔向远方的孩子，形单影只。唉，亲爱的马克！请你再次回到我的身边吧。我好想看着你忧伤的双眸，依偎在你怀里；想让你紧紧地抱着我，永远不分离……

爱情到底是什么呢？有人说它像握在掌心里的小鸟。握得紧了，会窒息；握得松了，又会飞走。我不知道。我只知道，人永远无法像鸟儿一样。除非死亡，否则，鸟儿不会停止飞翔。但马克却极像小鸟。

回忆般漂浮的日子在花落花开中徜徉。窗外树木又泛起了新绿。春天来了。有时我想，人的心就像一棵大树一样，它开花，凋零。它没有那么容易死去。

二

红鸟还在呼唤，

呼唤我走向灿烂辉煌的远方。

我不是专业画家，但那些景物必须由我来画。因为，除了我没有人知道，必须要把它画下来的理由。

下了一夜的毛毛雨，在天亮时突然停了。雨是上苍的旨意，是美好的预兆。

今天必须要带画板，但这样肯定会引起村里人的注意。为了不让村里人对我特别关注，我起早动身。雨后的太阳升起得特别早，天边已拉开了橘红色的帷幕。我突然发现邻居大妈在向我这里张望，我一怔，只好装作若无其事地继续走。等我来到老哈河岸时，太阳已冉冉升起。雨后的河水猛涨，哗哗地流着。在晨光的普照下，流动着的浪花闪烁着一道道刺眼的白光。

我站在桥上回望。老哈河北面有个小村，我刚刚从那里过来。很多年前老哈河像脱缰的烈马，从西北向东南奔流，到这里后，没有直接奔向位于东南的平原，却神奇地一个急转弯上升到了二十多米的高岩上，再顺流而下，河水浩浩荡荡，激流腾起的白色的泡沫犹如白色花瓣在绽放，水流万马奔腾般飞泻而下，迸发出雷鸣般巨响，形成了闻名遐迩的瀑布，清乾隆皇帝赐名为"玉瀑"，当地人称"响水"。

"流水急转奔向高处的石山，真是难以相信的世间奇观啊！"我心里这样想着，走下了桥，来到旧河床。顺着老哈河的旧河道，才能到达文岩。今天，我要用我的画笔把文岩描绘下来。上世纪八十年代，为了修建水电站，在这里搭了桥，炸毁了石山，改造了河道。从此，桥与河道并行，乾隆赞誉的"玉瀑"，就这样从这个世界上消失了。

我的脚下是沙石，河水漫进沙石，曲曲折折地淙淙而过，反射出一道道金色的光，再加上清新的水蒸气扑面而来，把我带进了另外一个童话世界。当然，虽然现实世界只有一个，但人们的内心世界却各有区别。人们就在各自的心灵世界里寻觅着、等待着、期许着什么，并继续着他们遥远的征程。人的生命中最真、最永恒的价值也来自于那个世界。所以我无意识却又有目的地寻找、期待马克——那个并不认识也从未见过的人。也许是心里悄悄滋生的朦胧的思念，还有对马克的欣赏崇拜，让我选择了来这个旗里工作。我响应自治区培养新农村优秀干部工作的号召，填报志愿时毫不犹豫地选择了这个旗——马克的故乡。之后从自治区到这个旗，从旗里到苏木（乡），又从苏木到了嘎查（村），当了村主任助理。虽然我不认识马克，但从报刊上读过他的作品。因为喜欢，反复品读，甚至可以倒背如流。以至于现在，我总觉得我和马克是相识、相知很久的朋友。并且在"总有一天我们会相见"的梦里饱受着煎熬。

在人的一生中，有一种事物是置身于其他生活方式之外的。它属于思念，也属于梦想。基于这一点，人的生活也有了另一番味道，为度过漫长的人生注入了动力。每个人都有这种经历，只是有些人并未察觉到而已。尤其我们年轻人的内心深处都有一个潜在的世界，里面装满了思念。那里有演员、歌星、作家和其他各式各样的人。在我的这个世界里马克悄悄地走进来，并一直在向我挥手微笑。"多么坚毅，多有自己的主见，多有生活自信，多可爱的年轻人啊！"有时我傻傻地想马克小说里的主角就是他自己。也许对别人来说我的幼稚是他们嘲笑的焦点，会受到他们很强烈的讥讽。但谁也无法阻止我在自己的心灵世界里以我自己的方式生活。人不能生活在梦里，但有的时候人就是为了梦想而生活。对我来说，马克就是这样的一个梦。这个梦是如此幼稚、可笑、不可理喻……

　　我来到了文岩脚下。当地独特的历史文化应该从这个文岩说起。文岩上有一首诗。如果你从适当的角度，目不转睛地注视片刻，那些字就会一一凸显出来。这是乾隆皇帝的一首诗。自从我想在这里开发旅游区的那天开始，我就翻阅了大量相关资料。清乾隆八年（1743年），乾隆帝东巡拜谒祖宗陵寝曾路经这一带，看到这里雄浑浩荡的飞瀑，不禁诗兴大发，一口气写下了流传至今的《玉瀑》。回到京城后，乾隆皇帝便下令在飞瀑西南方向二十多米高的岩石上刻下当日所作之诗，分别用蒙古、汉、满三种文字记载。

　　这首诗，经过了岁月的变迁、风雨的洗礼后，并没有被磨蚀，依然作为历史的见证屹立在原地。我认为它很有历史价值和观赏价值。文岩的景色与这首诗虽然可以用照相机拍下来，但相片谁都能拍，只是一种记录。请专业画家画下来，又过于艺术化，过于耀眼，且费用很高。这幅画必须原汁原味地画下来，然后在旁边写上乾隆皇帝的题诗。这样才会真实素雅，更具乡野风格。这就需要像我这样不是画家，却有专业背景，喜爱绘画的人来完成。这个文艺又经济的发现让我激动得一连几夜都不能安然入睡。看你们谁还敢小瞧，说我是乳臭未干的毛孩子！哼！

　　太阳升得很高了。我打开画板准备工作。循着鸟雀的鸣叫，我微微抬起头。雨后的天空在遥远的地方绽放着蔚蓝，几朵白云在天空中徜徉飘浮。岩石上，有不知名的鸟儿在穿梭飞翔。我心中不由得生出种种羡慕，它们是如此自由自在，如此幸福快乐。

这时，有一个声音从远处袭来，俘虏了我。我震惊、恐惧地四处张望。这是一种乐器发出的声音，它穿透早晨的宁静，与鸟鸣结伴而来。这曲子是从"荒岛"上飘过来的。前段日子我来这里时，除了鸟雀，并未发现其他人和动物的足迹啊！

我背起了画板。在文岩西南方向三四十米处，仁立着一块写着"荒岛"的岩石。说是岛，北方哪儿来的岛屿啊，只不过是村里的人们起了这样的名字而已。它其实是一座小小的山。老哈河把这座石山劈成了六十多米宽、三十余米深的峡谷。河水穿过峡谷，流向平原。以柔克刚是大自然的规律。后来为了修建水电站，人们在这里截流，让老哈河改道，从石山西侧流向远方。就这样，这座山新旧两条河道的环绕处，形成了"岛"。

我快步走进了峡谷。峡谷里有一条蜿蜒流淌的小溪，向人们展示着永不断流的生活。断崖峭壁，就像用什么利刃切割而成一般，矗立在小溪两边。抬起头，看到头顶的天空就像一条蔚蓝色的哈达。乐曲声隐隐约约地传来。我蹲在小溪旁，捧起清凉的溪水洗脸。银色的水珠犹如思念般点点滴滴，犹如水晶般晶莹剔透。女人的直觉告诉我，我会在这里邂逅某人。我出门时怕吵醒他人，脸都没洗。啊，生活啊，你虽然在一成不变的宁静中流过，但时时刻刻都在改变着一些东西，所以我们一直在一种新的意境、新的思念中成长着。

在峡谷西侧坡度较低的地方，有一条小路通往山顶。我沿着小路到了岛上。乐曲声就像命运的牵引，带我来到了小岛的前端。

我靠近他，在他背后驻足。他是谁？从哪里来？好奇心和一种忧郁、奇怪的联想充斥着我的大脑。

他临水坐在延伸进河里的岩石上。老哈河新旧两条河道在这里汇合后，宽阔的河水在阳光下闪烁着橘红色的光，奔向平原。这悲伤而暗含力量的笛声，在萧瑟却壮观的北方山水间激荡着。那曲子是幸福的还是忧伤的？我不知道。

我的脑海中闪出了一个念头。我要把眼前的人和景画下来，定格这一处人与自然和谐的美景。我很快就架好了画板，拿起了笔。

当我们的生活中突然出现某种机遇时，我们应该先想一想。但生活往往不会给我们思考的智慧和机会。它会用自己的方式、自己的速度把你卷入无法自拔的深渊里。为了证明这一点，我正在画他的时候，他不经意地回了一下头。

三

思念就像你的红头绳，
永远系在我心房。

我且称这座荒岛为"孤岛"。因为我的到来，使这里不再荒凉。叫它"孤岛"，正可以暴露我内心的苦涩，可以拉近小岛与我之间的距离，在思想上让我们更好地相依相偎。

每天清晨，盼望从天边缓缓升起的旭日时，我情不自禁地想起我的海伦。有时，她令人心动的微笑、扑闪着心灵之光的双眸会突然出现在橘红色的朝霞里。有时亲爱的她变成云朵飘过来；有时变成河水流过；有时她是微风，轻拂我的脸庞；有时她是鸟儿，在我头顶盘旋飞翔。相遇、相知、相爱的日子散发着茉莉花的清香，在我心里绽放。社会现实是多么残酷啊！我们这一对年轻人就像是在大海的风浪中飘摇的小船一样渺小——这是自大学毕业之后，海伦被分配到旗里，而我被分配到偏僻的苏木之后我们才真正明白的。人虽然不能选择命运，却有权选择自己的追求。所以我离开工作岗位，来到了海伦身边。我开了一家小小的书店，写点东西。后来还当了清洁工。清晨清理萧条的小镇街道，清扫那些自以为清高的人们留下的污垢时，我的心总是满满的。这是我在这个纷繁的世界，在这个充满竞争和挫折的社会上奋斗得来的空间。渺小也好，黑暗也罢，这是属于我的空间。可是，现实社会连这点小小的空间都不愿意腾给我。工作没有高贵低贱之分，更不能用工作去衡量一个人的情感和品性。对一个人来说，只要喜欢和热爱自己的工作，它就是世界上高贵的事业。在清晨时分，生命给我的感觉虽然很模糊，但很真实。没有人打搅我。谁也不会给我压力，也不给我怜悯或帮助。这正合我意。但是海伦不喜欢我的工作，她的父母更不喜欢。

在这个荒无人烟的岛上，陪伴我的只有笛声和在空中自由飞翔的鸟。孤独是一个人品尝和体味人生的最好方式。我看着自由翱翔的鸟儿，有时真希望自己也是一只小小鸟。因为鸟儿的生活原则只有一个：除非死亡，否则永不停歇地向前飞。

孤岛上神奇的景色和永久的宁静带给我世外桃源的感觉。轻盈的流水声犹如大自然的呼吸般撞击着我的耳膜，滋润着我的心灵。远方，已沙化的香柏洼云雾缭绕。在没有被污染和喧嚣打扰的香柏洼的天空，飘浮着朵朵白云，它瞬息万变，正如人的思绪。

我吃过早饭，开始写关于香柏洼的小说。在忽视精神力量的现代人眼中，文学不如羊绒值钱。但对于我来说，它珍贵得无法代替。我要将自己、将我们这一代人的郁闷、忧伤、追求、理想写出来；要给在这个纷扰的世界里摸索前进的年轻人点亮一盏灯，照亮他们的前路。一个民族、一个时代的人如果失去了灵魂的光芒，那么他们将会在黑暗中沉没。我相信，有朝一日我们冲出黑暗之后，才会明白心灵孤灯的光亮和力量。

每天黄昏，我都在晚霞中洗涤身心，吹起笛子，独自坐很久。遥远的天际，红霞如跳动的火焰。生命中的喜怒哀乐和聚散离合，在竹笛的几个小孔里回旋着。随着悠扬的笛声，海伦从远处向我婀娜地走了过来。她醉人的酒窝、灿烂的微笑在此刻无比清晰。可是我辜负了我亲爱的她，伤了她的心。最后，连告别的勇气也没有，就那样悄悄地走了。当然，海伦和她的家人越讨厌我的工作，我要离开的想法就变得越强烈。我不想失去属于我的自由和生存空间。人连自己最后一点东西都失去是很可悲的。如果我神圣的灵魂受到攻击，那我会再次选择更遥远的驿站。虽然在这个过程中我可能会遇到更大的挫折，但我不会把选择的自由交到别人手里。如果一个人，连选择的自由都没有了，那他还能拥有什么呢？更何况一个男人，如果不能让自己心爱的女人幸福，不能给予她关爱，就没有必要让她留在身边了。所以，我必须离开她。这样我才能把生活的自由还给她，才能要回我自己的自由。亲爱的青年朋友们，如果生活进入了这种状态，我们还和对方纠缠不清，那是我们在毫无价值地折磨自己，也会让对方沉入歉疚的情感当中无法自拔。我决定离开我生命征程中的这所驿站，离开我亲爱的海伦。正当我犹豫不决，不知道该怎样告诉海伦我的决定时，发生了一件玷污我真情和灵魂的事情，让我再也没有脸面去见海伦了。

　　一切都朦朦胧胧。

　　醉酒的我开始清醒。我回想起和我的初中同学，一位很风光的私营企业家去饭店喝酒；也想起了我用手指抠嗓子眼儿催吐的情景；还想起了坐上他的小轿车后，他搂着我的肩膀说过的一些话："我们班能出你这样的作家，真是了不起呀！"同学的话又在耳畔响起。

　　我一动不动地躺着。

　　"哥……哥……"一个陌生女人用发嗲的声音喊我。她抚摸、亲吻着我的下身。她细软的手指解下我的腰带，像一条蛇一样在我的大腿间游走。我越感到恶心，那些场景越发清晰地出现在脑海里。黑夜般模糊的记忆里，有一对洁白的乳房颤抖着出现在我眼前。我闭上眼睛，它们却变得更丰盈、更清晰。那对乳房在我眼上脸上鼻头上摩擦着、诱惑着。耳畔响起充满挑逗的呻吟声时，我经不住诱惑，张口含住了停留在我唇边的乳头……现在回想起来，真是恶心。"如果不快点离开这可恶的地方，我会被折磨死的。"我一边这样想着，一边拖着疲惫的身体走出宾馆。同学说："有事找我，我就在隔壁。"但我还是悄无声息地走了。我高一脚低一脚稀里糊涂地走进租住的房子，胡乱地把东西往包里一塞，就和房东结清了租金。就这样，我默默离开了那个让我痛苦的小镇，离开了我亲爱的海伦。陌生女人充满魅惑的呻吟声，在我身下扭动的姿态，爱抚亲吻我全身的诱惑都在我心里留下了无法抹去的阴影，时刻折磨着我……我违背了自己的生活原则，也辜负了我最心爱的海伦。

我永远不会忘记来到孤岛上的第一天。那天，我觉得自己站在了世间最明亮的阳光下，心情无比激动。

离开海伦回到家之后，我一共写了两封信。一封寄给了在文学方面指导并支持我的大学老师，另一封寄给了在高日罕一所学校工作的好友、诗人老河。为了安慰自己千疮百孔的心，我在信中倾诉了一切烦恼。没过多久，恩师的回信飞临，他在信中说："考研吧，我尽可能地帮你。"老师的鼓励让我很激动。这种激动还没有平息，诗人老河的信也落在了我的掌心里。他在信中说："快来，有要事相谈。"我正计划着要写一部关于香柏洼的作品，需要去实地考察。就这样，我毫不犹豫地动身了。

高日罕苏木位于旗南端，背靠香柏洼，前瞻老哈河。现在它以农业为主，非常偏僻。我曾写诗嘲笑老河："住在世间最偏僻的角落，用利刃般的心情写诗，用火热的激情耕田种地。"新中国成立以后，外地的农民大量涌进这里，原来的纯牧业生产方式，渐渐变成了以农业为主，大多数蒙古族孩子也去汉授学校读书。在蒙古族学校里，仅有二三百名学生。为数不多的几名教师在那里超负荷地承担着教书育人的任务。

高日罕学校的校长阿木、老教导主任乌巴、诗人老河、歌手阿柱等朋友为我接风。

"马克，调到我们学校工作吧，学校现在没有英语老师，咱们的很多孩子只能去汉授学校念书。如果你来，就可以让更多的孩子用自己的母语学文化。调动的事我来跑，你先考虑几天。"阿校长沉重地说道。

"学校是最后的堡垒，让我们坚守到最后！"诗人老河也激动地说。

"考研也是好事，但学校老师调走的多，来报到的少。孩子们没有老师怎么行呢！"老哥乌巴对我说。这时阿柱站起来，开始唱《蒙古人》。我们尽情地唱歌，喝酒。我的心里却充满了悲伤。

第二天，我们几个骑着摩托车奔向香柏洼。我们去采访了种植香柏树的乌日图老人，采访结束后直奔玉瀑。没想到，这次的玉瀑之行给我的生活带来了不同寻常的震撼和特殊的转折。

我踏上荒岛后，挥着手向全世界宣布了一件事：我要留在那里写小说。

朋友们非常震惊。但生活中有很多震惊都是转瞬即逝的。他们很快就开始嘲笑我。"哈哈，如果真的能写出好作品，把老婆借你几天又何妨？"最后还是老河——一个诗人伟大的献身精神解决了我面临的问题。阿校长为了解决我的伙食问题去找了在水电站工作的朋友；阿柱也去老哈河北边的村子，跟亲戚家借来了被褥和日常用品；剩下的几个人留下来，把面朝东南的仙人洞给我收拾得干干净净。据说，从前有个喇嘛，想要寻找一处神圣的地方进行闭关修行。他走遍了整个蒙古草原，来到了这里后，不禁大声赞叹，最后选择在这口洞里修行。

孤岛上的第一天就这样开始了。那天，我感觉自己站在了世间最明亮的阳光下。就这样，我在命运的金色交叉点上幸运地遇到了阿诺，并与她相知相惜。

四

鸟儿属于天空，
可天空也只属于鸟儿吗？

我突然回头，看到阿诺正在画画。

我不希望任何人破坏我宁静又喧嚣的内心，所以看到她，心里闪现了一抹忧伤。我的生活虽然平静、朴素，但我对此非常满意。这也许是我内心深处期盼的生活方式。只有这样，谁都无法闯进我的内心。

我用袖口擦拭笛子后，站了起来。

"嗨，别动！我还没有画完呢。"她挥着手朝我喊道。看她这样，我更加反感，一声不吭地站起来走了。阳光照在西北边的岩石上。

"哎，你这个人可真奇怪，招呼也不打就走人。只可惜这画……"我依然不理她。她的声音算甜美，但谈不上动听。她追上来和我并肩走着，微微歪着头说："喂，生气了？你没让我画完，我就不让你道歉了，你说句话不行吗？如果你是画家，估计你也不甘。"她的这句话，真是让人哭笑不得。

我还是一言不发。但是看她单纯活泼的样子，也就不那么厌恶她了。她一个箭步蹿过去，站到我面前，伸出右手说："认识一下，我叫阿诺。"我礼节性地伸出了手。她的手娇小而光滑，很温暖。她大概一米六五左右，浓密的柳叶眉下长着一双清澈的眸子。

她发现我在打量她，调皮地说："喂，发什么呆啊，我是不是很可爱啊？报上您的尊姓大名听听呀。"她的话让我有点窘迫。

"打听我名字干什么？直接叫叔叔好了。"我回敬了一句玩笑话，也想以此压压她目中无人的傲气。再说了，我也不想让别人知道我的真实姓名，我只想在孤岛上像晚风一样轻轻地飘来，又像晨风一样默默地离去。她却肆无忌惮地挽起我的胳膊说："算了吧你！别装腔作势了，让我们来打个赌吧！如果我没有办法知道你的名字，我就留下来陪你；如果我知道了呢……"说到这里，她微微噘起嘴唇，眨眨眼睛，思索着该说什么。片刻后，她突然拍着手跳了起来："对了，金庸的武侠小说里，赵敏让张无忌答应她三个条件。你也要答应我三个条件！不过，我现在还没有想起来提出什么条件。但，你放心，猜到你名字的时候，我自然就会想起来的。"

"今天不知道拜错了哪尊佛，遇到这样一个难缠的家伙啊！"我在心里这样想着，摇摇头无奈地笑了一下。阿诺的脸微微泛红，突然问我："喂，你认识马克吗？他在哪里？"天啊，触电的感觉应该是这样吧。但我随即装出若无其事的样子，反问道："谁？"

"唉！算了。刚才你笑起来，特别像马克小说中的主人公啊！"她说。阿诺脸上孩童般单纯、活泼的表情消失了，眼神里开始出现一丝忧伤。虽然我们彼此没再说什么，但阿诺刚刚说的话在我心里回荡着。她的声音模模糊糊的，好像来自天堂或是地狱，抑或来自非常遥远的地方，来自一个未知的世界……

"只有感知存在的意义时，世界才会变得美丽可爱。生活中，出现偶然的机遇时，我们必须去接受它，在思想上认知它。你可以嘲笑我的幼稚，但不能嘲笑我的真情。我想和你做朋友！"阿诺对我说。"认识马克吗？"她扔出爆炸性的问题之后，又把以上这段成熟而富有哲理的话埋在了我的脑海里。

那天，过了中午阿诺才回去。她毫无掩饰的小孩子脾气和散发着青春气息的一切，我有点喜欢。我用心感觉到，一个女孩最重要的不是外表，而是她内在的气质。

那天，阿诺背着画夹，双手插在牛仔裤的兜里，踢着小石子边走边说："今天你带我逛一下小岛吧！"说完，她微微歪着头，用期盼的眼神看着我。她对别人提出某种要求时总是这样微微歪着头看对方。

我当然不会立即答应她的要求。

"哥哥，求你了。这样吧，就当它是我的第一个条件！"她摇晃着我的手臂央求说。

"哼，你还不知道我的名字呢，提什么条件！"她咯咯笑着说："肯定会知道的嘛！"她一边说着一边把画夹拿下来让我背上，自己则跑到我前面，开始倒着走。她竟然还说："别装了，没准过几天，你就爱上我了呢！"唉，这不懂事的阿诺，调皮的阿诺啊。

我们沿着石山东侧的小路下来，路过峡谷走了一会儿，又转向东北，顺着小溪朝文岩走去。阿诺她不好好走路，总是东张西望，叽叽喳喳说个不停。

她不小心踩了水，就对我说："你真坏，看见我要进水里了，也不提醒我。"阿诺从水里出来，脸上又有了调皮的笑。她来到我身边，一把把我推进了溪水里。她也不逃跑，站在小溪边向我伸出了手。

我说："算了，算了，如果你成了我的救命恩人，我这辈子算是遇到麻烦了。"她开心地笑着说："喂，你这个人挺幽默的嘛，我就要当你的救命恩人，看你怎么办。"说着自己也跳进水里，拽着我的手，把我拉上了岸。

我们一起看文岩。阿诺孩子般调皮的脸上露出了沉重的表情，仿佛一下子成熟了许多。阳光斜射在岩石上，整个岩石半阳，半阴，像是在缩放人世间的阴晴。老哈河玉瀑，虽不像贵州的黄果树瀑布那么有名，也不像北美洲的尼亚加拉瀑布雄伟，但也是蒙古地区少有的戈壁奇观。乾隆皇帝认为它能与庐山瀑布媲美，并赋诗刻于山上。这首诗历经岁月变迁和风雨的洗礼，依然清晰地留在岩石上。我总觉得它在怒斥人类的雄心野志，也在给后一辈人敲响着警钟，嘱咐人们要爱护大自然。

"你知道乾隆皇帝的诗吗？"阿诺问。

"大概知道一点。"我说。她又很可爱地微微歪着头，摇晃着我的手臂说："给我念一下吧。"我依稀感觉到这个小家伙不达目的不肯罢休，于是清了清嗓子，开始轻声地念起来。她挽着我的左臂，羔羊般温顺地依偎在我身边，双眸里闪烁着似水似雾的东西。

"唉，走吧。"阿诺轻叹道。

"你拽着我的手，我怎么走啊，放开！"我说。

"嗨！你吼什么啊，又不是拽着你的腿，什么叫怎么走啊。"阿诺噘起嘴，放下了我的左臂，然后挽起了右臂。"你让我放开的手我已经放开了，现在可以走了吧？"她说。

"一个小孩子怎么那么多废话啊，我让你放开你就放开。"我佯装生气地瞪着她。她使劲地甩开我的手，说："还男子汉呢，看你那害羞的样子。"说完，她抬起脚，把脚下的一块小石子踢出了很远。就在这时，我突然觉得她很可爱，想要吻她。我被自己的念头吓了一跳。可奇怪的是，念头一旦在人的心里滋长，就不会轻易离开。它像小兔子、小鹿般在心里跳跃着成长。

那天，我们还去看了椅子山。那座远远望去酷似一把巨型太师椅的山岩，在小岛西北的一百多米处，伫立在水中。传说圣主格萨尔凯旋的路上，曾在此处休息，并观赏瀑布美景。他还在椅子山西侧一个形如宝塔的大石桩上，拴过他心爱的骏马。所以老人们都管这个石桩叫"拴马岩"。"阿诺，马克是谁？我怎么就像他笔下的人物了呢？"我们坐在椅子山上，谈论一些奇闻怪事时，我试探着问她。阿诺凝望着向远处奔流的老哈河水，讲起了自己的故事。孤岛蔚蓝的天空中，有几朵白云在聚散，它们犹如一无所有却非常傲慢的流浪汉。

鸟儿在云端下自由地飞翔。它们正如我心爱的姑娘，有时觉得离我很近，近到触手可及；有时又飞得很高，飞到遥不可及的地方。北方的河水也随北方人的性格，有时像女孩的倾诉般细细流淌，有时像汉子的雷怒般呼啸着奔向远方……

五

光明中的黑暗和黑暗中的光明，
两者差距很大。

因为你的存在，这个世界、人生才变得这么可爱，才会让我心动。可是你现在到底在哪里啊，马克？你为什么把我一个人扔在这里，悄悄地走了呢？我现在才开始渐渐明白——所谓相爱，并不是两个人面对面站着，凝视彼此；相爱是两个人并肩站立，望着同一个方向的过程。

马克走时，校园里的杨树叶正纷纷飘落，随风沙沙作响。现在那些树都开始绿了，每一棵都生机盎然。可是我的心就像无人的荒野一样萧瑟、冷清。校园里充满了欢乐，学生的欢声笑语飘荡在空气中，我的灵魂却依旧寂寞。

"其实我没有见过，也不认识马克。但我总觉得他是我的老相识，是我的蓝颜知己。我欣赏他的作品。像你这样连名字都不肯告诉人的坏蛋，一辈子都写不出那么好的作品。"那天我坐在太师椅上，望着天际，对他说这些话时，他没有表现出一丝嘲笑我的意思，听得非常认真。这对我来说算是些许安慰和不冷不热的关心。

"我又没说不告诉你我的名字，是你自己主动和我打赌，说能知道我的名字的，怎么我又成坏蛋了呢？你又没见过马克，怎么知道他是什么人啊？没准比我还坏呢！"他这么说，真让我生气。我瞪着他说："原来你这个家伙想打碎我美好的梦啊？不管怎样，马克肯定比你强！"

"作家都喜欢美女，你可要小心啊。"

"我愿意，你管得着吗？"我噘起嘴对他说。

他脸上又出现那种满不在乎的浅笑，说："你不是连马克的人都没见过，就想嫁给他当老婆了吧？"他话音未落，我就揪起他的耳朵说："让你瞎说，让你再瞎说。"他就不说了。

不过他这些话又让我想起时常问自己的一个问题："马克是怎样的一个人呢？他在哪里？"说真的，虽说在这芸芸众生里，找到一个人很不容易，但我总觉得找到马克并不难。在这个小小的旗县里，我一定能遇见认识作家马克的人。

这时他的耳朵可能不疼了吧，又对我说："一个小姑娘，为什么要找一个陌生人呢？又不是定了娃娃亲。"

"你管得着吗？！"我刚抬起手，他就用手捂着耳朵说："好，好，我管不了。你爱上哪里找，就去哪里找。你那个叫马克的人不在这里，这里只有我一个人！"他居然这么撵我走。

"喂，你以为你是谁啊，为什么要赶我走？"我一边说着，一边把手猛地塞进他胳肢窝里挠痒痒，他忍不住大笑着跳起来，把我的手甩开。

那个秘书不懈的努力和火热的激情，让我的心灵防线正在瓦解。突然感觉到这一点时，我吓了一跳，一种未知的恐惧俘虏了我。我知道是对马克失望，我才变成这样。而爱马克的心，却决不允许出现这样的结果。马克一定是有什么特殊的原因才离开我。他早晚有一天会和我联系，明明白白地告诉我他离开的原因。我一直坚信这一点，并且一直耐心地等待着这一天的到来。但是，现在不能再这样等待下去了。站在十字路口，是很危险的。因为四个方向都有车辆在呼啸而过。所以我必须找到马克，不能再这样等待命运的安排。

　　那天，我过了午后才从孤岛回去。虽然对刚刚认识的人（连名字都不知道呢）说出了自己心里的秘密，但是他幽默、稳重的性格，直率的话语让我感到欣慰，帮我驱赶了内心的忧郁。我从小就任性、倔强，特别崇拜哥伦布那样的探险家。七岁时，父母送我去美术班学习绘画，所以我喜欢称自己为业余画家。画家就应该被浪漫的思想浸润过，所以我在平日里不拘小节。我很快就忘掉了向陌生人吐露秘密的尴尬，第二天早早地去了孤岛。我现在把为旅游区画图的事抛到脑后，一心想把昨天的作品画完。如果完不成，太有辱于画家的名誉了。他说，他每天早晨都会望着初升的太阳吹笛子。"你再吹一会儿，让我把你画完。"我央求道。可是他死活不同意。这可真是个奇怪的人呢，又不是什么大事！那我就偷偷地画下来。我觉得这样做很有趣。虽然这样做有点伤大雅，但艺术作品是永恒的，我相信别人一定能理解并原谅我。

　　我连续两天没有得逞。不论我怎么轻手轻脚，只要靠近一点，他就会戒备地收起笛子。真是气死人。画没完成，反而被他的笛声吸引了。第三天早晨，我没有靠近，远远地听着他吹笛。

温柔优雅却蕴含莫名忧伤的笛声，传遍孤岛上的每一棵花草树木，每一块岩石，还在水流中荡漾着。笛声冲击着我的耳膜，也冲击着我的心灵。

对未来的美好愿望和奋斗激情在我的心里失去了光芒，曾经的欢乐已飞走，悲伤的情绪占据了我快乐的空间。

受伤的感觉，像针尖般刺痛我的心。他为什么要这样对我？我一定要亲口听他的解释。就算在天涯海角，我一定要找到他，他的父母一定知道他在哪里。

我的画还是没有完成。虽然几天的努力都白费了，但我并不觉得伤感。这大概是因为我从来就不知道什么是忧愁的缘故吧。我和他变得很要好，除了不知道他的名字之外，我们之间好像没什么秘密，我在心里窃窃欢喜着。他的笛声打动我、牵绊我，给我带来无法言喻的艺术魅力和对生活的美好向往。有时我想，伴着悠扬的笛声，依偎在他身边，望着天空中飞翔的鸟儿，闻着花草的清香，听着老哈河水欢快地流淌是多么惬意的事啊。他是个好人，一定是生活的不幸，在他心里留下了阴影。我这么猜测，却不敢问他。有时听着笛声，我会想马克。马克，你到底在哪里？真希望你能知道，在这里有一个任性的傻女孩一直崇拜你、期盼你、寻觅着你。即使你不像我心中的马克那么完美也没关系。你身上一定会有让人欣赏的才华。才华是永远的财富，是永恒的美丽！它虽然一时得不到全社会的尊重，甚至还会被排斥，但它会在一定的范围内被一部分人接受，并得到他们的关注和好评。可是我怎么找不到你啊，我问过嘎查里的人，他们都说不认识你。他们说命运有时很神奇，那么，神奇的邂逅就不能在我们之间发生吗？唉！

客车走走停停。前方，是没有尽头的路，朝后看是白色的尘雾。我多么希望客车像擦干忧伤的心灵般迅速逃离尘雾。乡村小路却不允许它这样。路旁的村庄安详和谐，草地上有牛羊在悠闲地吃草。离马克的家乡越近，我越觉得客车在减速。

我没有忘记跟他打的赌。给人以承诺，就像把自己的生活钥匙交到了别人的手里。不过，承诺并不是把自己的明天和一切交给别人。我这几天一直想方设法知道他的名字。今天早晨，我没有去听他的笛声，悄悄地溜进了他的仙人洞。我央求他好几次带我来这里，他都不同意，所以就只能这么做了。我认为，翻他东西是知道他名字最直接的方法。找到他正在读的书，写作中的日记就万事大吉了，上面肯定写着他的名字。

我一进去，就像猴子一样敏捷地掀开他的被子。可什么都没有，连一块小纸片都没有。我又把他的旅行包翻了个底朝天，只有几件换洗的衣服可怜兮兮地掉到了床上。我想再找找有没有什么可以安放贵重物品的地方。我一回头，天啊！他居然站在洞口。我一惊，愣在了原地。

"坏蛋，谁让你来的？我还没找完呢。"我跺跺脚，索性就躺在了他的床上。

六

我独自站在孤寂的黑夜里，
望着你们光明的白天。

水是多么勇敢，多么坚强啊。既不为爱情流连，又不为名誉奋斗。水，从来都不在意这些。不会为谁停留，也从来不回头。

它默默地承载着所有的悲伤和欢乐，朝自己的方向奔腾。望着流向远方的老哈河水，我情不自禁地希望自己是河水。再仔细一想，生活也是朝某一个方向流淌的水，它按照自己的规律在流淌。

我永远都无法变成水，这是现实。我和海伦之间的恋情只能结束。想到这一点，我的心里悲伤至极。海伦无法抛弃从生活中得到的东西，我也不忍抛下我没有得到的东西。这时，我们应该明白，我们站在同一个起跑线上并肩前行很艰难。玷污了我圣洁的爱情和灵魂的那个夜晚，像一个无法逾越的鸿沟，横在我和她中间。有好几次，我想给海伦写信，告诉她这一切，告诉她我所犯下的错误，想得到她的原谅，最终还是没走出这一步。灵魂的惩罚是属于上帝的，谁也不能以任何方式逃离这种惩罚。我只能独自默默抵挡张开血盆大口的怪兽，看着它吞噬这个苦涩的结局。我的生活中又闯进了一个女孩，她就是阿诺。

那天，诗人老河和阿柱骑摩托过来看我时，带来了烧鸡、啤酒和黄瓜。我们把啤酒放进小溪水里"冰镇"后，坐在岸上喝。

作品写完了吗？诗人朋友问我。我把藏在岩石缝里的手稿拿给他们看。怎么不放在住处，而藏在岩石缝里呢？他们惊讶地问，我只是笑笑，没有解释。我不想跟他们提阿诺，也不想告诉他们我这么做是为了防止阿诺偷看。

"只有大自然可以洗涤人的灵魂。只有在大自然里，我们才会认识到自己是多么渺小、多么虚伪。不管以什么方式，请你告诉海伦你的故事和想法。我们必须像大自然一样带着宽容的心面对现实。"诗人说到这里顿了顿，望着天上的鸟儿继续说，"只有停止飞翔时，鸟儿的翅膀才属于它自己；鸟儿展翅飞翔时，它们的翅膀是属于天空的。意志就像人的翅膀啊。"说完，他长叹了一口气。是啊，如果我们要飞翔，就必须抛开忧伤；要抛开忧伤，就必须得有面对现实的勇气。被忧伤压垮的人，就是鸟的翅膀停止了飞翔。

"世界上没有不快乐的地方，只有不快乐的人。你不要嫌弃我们高日罕偏僻，这一切都源于你自己的想法。"他们回去时对我说道。是啊，是到了该了结的时候。

　　阿诺跺着脚说"谁让你来的，我还没找完呢"时，我觉得真的很好笑。"哦，那你慢慢找吧。"我转身往回走时，自己也忍不住笑了。这个调皮的阿诺，不讲理的阿诺。

　　遥远的天际，突然布满了乌云。看来是要下大雨了。鸟儿在低空盘旋着。我从岩石缝里拿出我的材料和手稿，匆匆回到了洞里。"要下雨了，阿诺应该回去了吧！"我一边想着一边走进了住处。我看见阿诺躺在我的床上睡着了。

　　"起来，起来，还不快回去！"我轻轻推了推她。"我怕！"她坐起来朝洞外看了一眼说，"你的心怎么这么狠啊，我在路上遇到大雨怎么办？我待在这里的话，能把你吃了吗？"她微微歪着头，看着我说。我没有回答，开始收拾她刚才翻过的衣物。她把手塞进裤兜，站到旁边说："快点收拾啊，都没地方坐啦。"这个让人哭笑不得的阿诺啊。

　　洞外下起了倾盆大雨。洞里变得很暗，我点了蜡烛，刚坐到床上，阿诺就拍拍我的肩膀说："喂，好浪漫啊！你到底来这儿做什么？"她话还没说完，外面划过一道闪电，随即传来隆隆的雷声。阿诺吓得大喊一声："妈呀！"随即抱住了我。

　　不断有闪电划过，轰隆的雷声就像在身边。打在岩石上的雨点啪啪作响，耳畔响起了哗哗的流水声。阿诺紧紧地抱着我，将头依偎在我的胸前。

　　我轻轻地搂住阿诺时，感觉到了她微微的颤抖。她白皙的脖颈透着粉色的霞光，身上散出的幽香沁入我心脾。每当雷鸣时，她都不由得颤抖几下。随着她身子的抖动，衣领下的双乳偶尔映入我眼帘，发出璞玉的光芒。我拥紧阿诺，一种原始的冲动冲击着我的身体……雷声、雨声、流水声都渐渐远去。我感到浑身膨胀，燥热难耐，根本不知道雨什么时候停的。当阿诺的小手在我后背上用力掐时，我才松开了她的手，涨红着脸，在她额头上轻轻吻了一下。

阿诺站起来，捋了捋头发，没说什么就出去了。我跟上去，看见她的脸颊依然带着红晕。暴雨过后，天空变得更加明亮、清澈。

阿诺什么都没说。我激动地望着阿诺远去的背影，在心里低诉：阿诺，小阿诺，我就是你一直在寻找的马克啊！

急雨过后，香柏洼的太阳洒下强烈的光芒。阳光照在水面上，反射出阿诺的倩影……

阿诺用手示意我不要过去。她支起画架，开始忙碌。

她在画孤岛上的景色。昨天，她把画好的文岩拿给我看时，我正坐在洞前的石头上吸烟，思索着小说该怎样结束。我接过她的作品。阿诺站在我身后，用双肘顶在我肩上低头看。"别压我。"她听我这么说，便更用力地压着我说："哼，你抱我可以，我怎么就不能顶你肩膀？"我被噎得无话可说，一股热流朝我脸上涌。"喂，你刚才抽烟的样子让我想起了马克。"阿诺又开始叽叽喳喳。

"别总是马克马克的，找到了又能怎样呢？"

"我要劝他考研，我要和他一起去呼和浩特。"她柔软乌黑的长发蹭得我脸和脖子很痒。我把画还给她说："不好好忙嘎查里的事，整天瞎画什么呀？"阿诺瞪着大眼睛说："这就是嘎查里的工作啊。"然后蹲在我面前，给我描绘了她要修建旅游区的宏伟蓝图。

唉，阿诺！我们创造的新文明，注定要破坏另一种文明啊。

月光如水。鸟雀鸣叫，蛙声一片。夜晚的大自然无比宁静，无比忧伤。那些鸟雀蛙虫的声音在我听来并不欢快。在雨季里，老哈河水的哗哗声特别清晰。海伦和阿诺在我的心里交替出现，我在朦胧的月光下独自吸着烟……大自然和生活的韵律都没有惊扰我的思绪、我的思念。

　　阿诺，可爱的阿诺！你一直寻找的那个人就是我啊，在这个哭泣、微笑、赞美和诋毁都虚伪的世界里，我们已经习惯了傻傻地生活。我不想伤害你纯洁的心灵。但是社会和生活不允许我这样做。除了这个肮脏的世界外，我们还有精神世界，那是一个美丽又理想的世界。香柏洼没了，玉瀑也消失了，像孤岛这样保留着原始风貌的地方，在我们翁牛特旗也不多了，我们要像保护生命一样去保护它。当然，也许有一天我们会失败。但是，胜利会一直存在。阿诺，亲爱的阿诺！请允许我亲切地叫你一声亲爱的阿诺。亲爱的阿诺，我决不允许你把孤岛开发成旅游区。如果那样，这个大自然的奇迹就会从世界上消失。一旦人的脚步多了，占有的欲望膨胀了，就会把这里毁掉的。人们总是把战胜大自然称之为奇迹。可是这个奇迹是另一种灭亡的开始啊。

　　阿诺，亲爱的阿诺，让我再次这样叫你。也许你会恨我，但我真的祈求你原谅哥哥我……

　　阿诺，我真的不想考研。我不喜欢那种把很多人都塞进一个模子里，从而扼杀他们个性的教育。我要以自己喜欢的方式生活，做自己喜欢的事。这才是真正的幸福。但我现在改变了主意，我要继续留在这里。我明天就去见阿校长，我要想方设法阻止你在孤岛上开发旅游区。如果有可能，我要和苏木、嘎查联系，把这座孤岛永久地租下来。如果他们同意，我会按照他们的愿望继续留在这里教英语。我在大学学的是英语专业，我的专业在哪儿有用，哪里就藏着我生活的意义。

　　阿诺，安心睡吧！我独自站在孤寂的黑夜里，望着你们光明的白天……

七

通往所有秘密的道路从这里开始。

如风的回忆、如雨的思念、如雪的忧伤、如水的爱情……

她的话语和雨滴声形成一种音乐，轻轻敲打着我的心灵。我无法分辨它的忧伤与欢快。雨滴落在阿诺的花雨伞上，顺着伞檐滑落到我的肩上。远处的景物若隐若现。偶尔有风吹过，薄纱般的雨幕随风摇曳，像海浪般忽近忽远。阿诺的双眸，忘记了飞翔的鸟儿一样黯然神伤。我想对她说："鸟儿只有在飞翔的时候才是最美的，生命也一样，只有不断地追求才会变得完美。"但我没能开口。

"你说，村主任怎么说话不算数呢？说什么偏僻的孤岛开发旅游区利润少云云，那一开始为什么要答应我呢？"阿诺忧伤的话语在雨天飘散，又从遥远的地方飘回到我的心里……

晚霞是落日为这个世界轻吟的摇篮曲。那歌声那么优美、那么亲切、那么温柔。村子里每家每户的烟囱里冒出的蓝色饮烟，慢慢上升，融进云霄里。公路上有摩托车卷起黄沙飞驰而过。偶尔还能听到几声狗吠。稻田里人们三五成群地往回走，他们的话语里充满了幸福的满足。他们的生活单调且快乐，平静却惬意；他们是那么可爱且让人心生怜惜的一群人啊。他们有耐心，也显得很脆弱。生活在他们中间，什么样的悲伤都可以忘却，任何人的过错都可以原谅。

有一个念头却时刻折磨着我：马克到底在哪里？有时孤岛上那个人的谈笑很像我心里的马克。可是水电站的人说："他也许是高日罕学校的老师！阿校长委托我们为他支付了伙食费。"

我抬头望着鸟儿，看着它们从孤岛飞过，带着乱如麻的思绪独自徘徊。

　　多么令人伤感的夜晚啊！在这个宁静的时刻任何人都会为了幸福或悲伤流泪伤感。我不喜欢衡量生活中的得与失。只要我们热爱生活，忠实于生活，就一定可以在生活中得到我们应该得到的，摆脱我们理应摆脱的。如果能做到这样，我的生活就没有任何遗憾了。在生活中，让我们热爱的东西本来就不多。

　　我写的小说接近尾声了。离开这里的日子也快到了。之后我就去高日罕学校当老师，去文化的最前线，和同事们并肩奋斗。那奋斗也许是微不足道的，没有人会在意。但我作为一个知识分子，没有任何理由抛下我的职责。那天我去的时候，朋友们都很高兴，商量完正事之后我们一起去吃饭。"热烈欢迎啊！"阿校长首先举起酒杯说，"咱们几个合伙把孤岛租下来，苏木和嘎查我去说！"听了这话，大家兴奋地将杯中的酒一饮而尽。"今年咱们去招生都用心点，多一个孩子上学，就多了一条路啊！"听老主任这么说，我的鼻子酸酸的。

　　站在孤岛夜晚的天空下回想这一切时，夜空中的星星也好像明亮了许多。那些星星虽然时隐时现，却总是坚守着自己的位置。可是……我要伤阿诺的心了。临走前我必须要跟她解释清楚。阿诺，你一定要相信，我们的生活可以有怨恨，但重要的是怨恨之后灵魂洗礼会让我们到达另一个思想境界。

　　那天夜里，我在香柏洼的天空下，和阿诺面对面站着，我发现世上最亮的星星是停留在女孩脸颊上的那滴泪水。

　　请原谅我，阿诺！如果开发旅游区，会破坏大自然原始的美丽。你要知道，我们已经失去了令皇帝都惊羡的玉瀑，也失去了香柏洼。其实，人类需要从大自然索取的东西并不多。只是因为人类的贪婪、虚伪才会令大自然面目全非。合同到期了，你就会离开这里……

　　阿诺一直沉默。我对她说："回去吧！我送你，我们路上聊。"

　　车轮飞旋。时针飞旋。思绪也在飞旋。我感觉到，香柏洼的天空正在从遥远的地方向我飘移……

　　开发旅游区的计划泡汤之后，我也没什么事可忙了。晚饭后散步时，不知不觉又走到了老哈河桥上。这时，常常有笛声在空气中飘荡，时而如悲伤的鸟鸣，时而像飘洒的月光。听着笛声，我又不知不觉地走到了孤岛上。我猜想，他一定是一位为了专辑而来这里采风的音乐家。

　　融于大自然的艺术可真神奇啊！不知不觉中，我埋怨他的心情变得不复存在，取而代之的是肃然起敬。他说的每一句话都像照亮黑暗的朝霞，在我的思想里闪烁着光芒。是啊，人类离大自然太远了，就会失去幸福。"一个人看不见日月星辰并不可怕，可怕的是失去心灵的光芒。"他说的这句话千真万确。

　　回忆里那是一个温柔晴朗的夏夜。无云、无风、无喧闹。

　　月亮洒着银色的光，清风从远处捎来清凉。周围的花草树木轻轻摇曳着。阿诺用她特有的充满柔情的双眸望着我。她无须再说，我心里知道她的想法。

　　"你真的要走了吗？"阿诺悠悠地说。她柔嫩的手指无意识地拨弄着身边的小草。

　　"我们唱歌好吗？"阿诺说。

　　"不喝酒我可没这个胆量。"我半真半假地说。

　　"我五音不全，但我想考验一下自己的勇气和真心！想要挑战自己无法战胜的事情，我把歌声当礼物送给你吧！"她微微歪着头说话的样子更加可爱。人见人爱的阿诺小嘴里总是冒出令人感动的话。她轻轻唱起了《秋忆》。她思念马克的心——不，是思念我的心语一句句地敲击我的心灵，让我不禁自责："马克，你是一个男人，有这么一个纯洁善良的女孩在真心地等待着你，你却对她这么冷漠，你的热情在哪里？你刚直的性格去了哪里？"是啊，我是个男人。如果有一天阿诺知道，我就是她寻寻觅觅了很久的马克，那一切多么值得回忆啊！我这样想着，不禁轻轻挽住了她。

"真希望夏夜永远都不要结束！"阿诺依偎在我怀里叹息着说。她清澈的双眸里浸满了泪水，我知道这眼泪意味着什么。我什么都没说。千万个怜爱激流通过我的双手时，我紧紧拥住了阿诺。我火热的双唇，在她微闭的眼睛上、耳垂上轻吻，阿诺颤抖着身子轻吟，她说："马克，马克，马克！"她是把连名字都不知道的我当成了她日思夜想的马克了。"阿诺，可爱的阿诺，我就是你的马克啊！"我在心里这样呐喊着，拥着她倒在了柔软的草地上。阿诺轻轻地呻吟着，在笛声般富有节奏的轻吟中，我颤抖的手刚要伸进去，阿诺突然用满是汗水的小手握住了我的手。我的头脑一下子清醒了。

我轻轻地扶起阿诺，给她系好衣扣。她双手蒙着脸沉默地坐在那里。"你真讨厌，明明知道我等待的是马克。"稍微平静后，她柔声地说着，用她的小拳头轻捶我的胸膛。

她又说："就算这是我为自己的承诺所做的回报吧！不过，请你记住，我们的赌局还没结束呢。"唉，女人和夜晚一样，神秘而美丽，能给你带来惊恐，也能给你带来美梦。

摩托车轮飞旋，思念的车轮飞旋，泪水如生活的车轮般飞旋。香柏洼的天空在我头顶上蔚蓝一片……

太阳，从地平线升起来了。

香柏洼清凉的风像我思念的姑娘般飘来又飘去。在那清凉的风里一些人和事天涯咫尺，咫尺却天涯，这真叫人伤感。在爱情的迷雾中，我就像独自奔向天边的孩子。我手里握着笛子，坐在与阿诺初次邂逅的那块岩石上。故乡的老哈河水在旭日的映照下闪闪发光，流向远方。河水永远是河水，它用自己的方式流淌，不被重复，也不回首。

我坐在那里等待阿诺。"让我把作品画完，就当这是我的第二个条件吧！"昨晚回去时，阿诺歪着头俏皮地对我说。我没有勇气再一次伤害她纯洁的心灵。等成全了阿诺，我就离开这个曾经净化我灵魂、沉淀我悲伤的孤岛。对一个人来说，在人生最痛苦时得到的那丝柔情可以让他铭记一辈子。

听到轻盈的脚步声，我无需判断就知道，是阿诺来了。我什么都没有说，开始吹笛子。忧伤、婉转、激越的笛声轻轻荡漾着。它时而像姑娘的眸子般宁静、幽怨；时而像男儿寂寞的心灵般孤独。我的手指，在笛子的几个小孔上游走，仿佛自由飞翔的鸟儿们发出的歌声，在我的睫毛上跳舞。

我一直吹着，仿佛进入了另一个世界。吹着吹着，连我自己都听不到笛声了。在那个世界里，笛声似云似雾飘散在旭日下，老哈河水追逐着笛声流向远方。笛声融入了阳光，披着它，海伦婀娜地向我走来，走来……阿诺调皮的笑脸又出现在我面前……我紧闭着双眼，陶醉地吹着我的笛子……

"马克！"

曲子停了，千丝万缕的思念也随之断了。我睁开眼睛，回过头去。

"海伦！"我不敢相信自己的眼睛，声音也在发颤。笛子从我手里滑落。诗人老河手握着头盔，站在海伦身后。

"马克！"这是海伦的声音。

"马克？！"这是阿诺的声音。

原载于《花的原野》2010 年第 7 期

译于 2019 年

候 鸟

博·照日格图 著

阿拉坦昌 译

博·照日格图

本名金照日格图，内蒙古民族大学教授，硕士研究生导师，作家。发表学术论文三十余篇，出版学术著作六部，完成国家社科基金项目两项，省部级项目两项。发表散文七十余篇，中短篇小说十余部。多篇作品被选入高中、初中、小学、中专及大学统编教材。多次获得内蒙古自治区文学创作"索龙嘎"奖等文学奖项。

阿拉坦昌

本名白阿拉坦昌，原通辽广播电视台高级编辑。从事蒙汉语言、文学比较研究和创作、翻译多年。五十多篇蒙汉语论文发表在各级各类期刊，多部作品获国家和自治区级奖励。先后三次受到内蒙古自治区政府表彰。主要专著有《蒙语和汉语形态结构比较》（汉文），散文随笔集《故园心眼》（汉文）。出版蒙译汉作品《阴阳树》《安代雄魂》和《科尔沁民歌二百首》等。

一

宝日吉格要接寡妇的消息，在哈根艾力村沸沸扬扬，成为人们最热络的话题。议论了好长时间，时日终于到来，水到渠成，二度梅开。

自打昨天开始，村里乡亲们从宝日吉格家出出进进，络绎不绝，天一放亮，院子里就聚满了人。宝日吉格的两间泥土房顶兀立的烟囱，冒着一缕缕浓烟；从大敞四开的房门，涌出一股股煎炒烹炸的气味，引得人们胃肠蠕动，咕噜咕噜作响。一帮青少年挑水的挑水，刷碗的刷碗，来回穿梭；几个上了岁数的老者，插不上手，找不到活，无事可做，嘴里叼着烟卷吐着烟，或站或坐，唠着闲嗑。

"听说那个女人已经四十岁啦？"

"嗯，说是还要带来一个十几岁的男孩儿呢！"

"还说她那个儿子有些愚笨？"

"都那么说。嗨，只要能顺着垄沟撵豆包就行啦，一个庄稼人，用那些聪明伶俐有啥用？咱们的宝日吉格都是五十的人了，估计他不是想抱着一个女人睡觉，而是想到老了那一天，走不动爬不动的时候，跟前能有一个支使的人，所以才找了一个带着孩子的女人。"

"不，宝日吉格肯定也想自己造一个大胖小子……"

"嘻嘻，哈哈……"

人们正在这样说笑着，宝日吉格突然从烟气当中倏地冒了出来。他在溜光的秃脑袋上扣一顶棕色毡帽，身穿崭新的蓝棉袄和黑棉裤。看到他走出来，人们都围拢过来，平素就爱开玩笑的慕容嘎老汉拍着他肩膀说：

"唉，都固尔扎布赖青①，到现在咋还不见韩秀英乘坐带蓬的陕西大轿呢？"人们听了哄笑起来。宝日吉格也跟着大家嘿嘿笑着，像马牙般宽大前突的门牙，仿佛要啃咬对方，向前一伸一伸。人们说笑着，喧闹着走出院门，朝前方瞭望。

莽莽苍苍的东南天际，若隐若现、毫无动静的淡淡云彩，开始由白变黄，闪出金光；不多一时，由黄变粉，继而变成火红，一轮鲜红的太阳像一个巨大火球，喷薄而出，冉冉上升。这时，从坨岗向远方延伸的山路，蜿蜿蜒蜒，清晰可见。人们站在那里，正朝那边张望，只见一辆三套马车闪了出来，朝宝日吉格家方向一溜小跑，快速赶来。

宝日吉格家门前开始沸腾起来，孩子们高一声低一声喊叫着上蹿下跳，东跑西颠；屋里的人们一股脑都涌了出来，有的问鞭炮在哪儿，有的说快把烟点着，争前恐后，一派忙乱。

在一阵炒豆般的鞭炮声中，眉毛胡子挂满霜的大车老板儿，喝停汗气结霜变成白色的三套马，侧侧棱棱②地走进院子。车上坐着送亲过来的一位老太太、两位老头儿和几个中年妇女，他们都冻得缩成一团。在他们中间，一位扎着紫色头巾，用带有红花

---

① 都固尔扎布赖青：科尔沁叙事民歌《韩秀英》里人物。都固尔扎布是名字，赖青是外号，跳神的巫师。

② 侧侧棱棱：侧棱，东北方言，向一边斜。侧侧棱棱，指走路身子向一边一斜一斜的样子。

的棉被裹着身子的女子，一时不知道咋下车，在车上拱耸着。就在这时，从被子里钻出一个小秃脑袋，像是将要钻洞的田鼠，扭着脖儿左瞧瞧右看看，倏地钻出被子跳下车来。

围着车厢正在忙着接新亲的人们，把目光一下子都集中在这个小个儿黄毛小子身上。他上身穿的棉袄，一行一行的针脚像一条一条垄沟；棉袄后襟长过屁股蛋儿，走起路来一摆一摆。他下身穿的黑裤子、黑胶鞋，好像都是穿别人的，一眼看去，是那样的不合体。他好奇地望着满院子的人站了一会儿，用袄袖抹了一下鼻涕，原本豆粒一般大小的圆眼睛，一笑变成了一条线。

村中的老人和妇女们都说着暖心的话，把客人们接下车。好事的几个青年，笑着牵起黄毛小子的手走进屋里。

"你几岁啦？"

"你叫啥名字？"

不管他们问啥，这黄毛小子只是吐着舌，咧嘴笑，就是不吱声，不回答。就这样过了一会儿，小男孩嚼着舌用生硬的汉语说道：

"你、你、你们都在说啥呢？"

"嗬，你看这南大荒的小人儿，把蒙古语都忘啦……"年轻人面面相觑，不禁一阵大笑。笑过之后，他们望着小男孩用汉语问道：

"十几啦？"

小男孩把手指放进嘴里，仰望着大人的脸，吞吐了半天说：

"十……十……问我妈去吧！"人们听了又是一阵哄堂大笑。

"你叫啥名字？"

"包长命！"

"呵呵，这小子还没忘自己姓包，还好。快去认你的爸爸！"

小男孩朝他们所指的方向踌躇片刻，嘿嘿笑着跑过去抱住宝日吉格的大腿，大声叫道：

"爸爸！"

来回忙着给年老新亲点烟的宝日吉格，被这突如其来的举动给整蒙了，他猛然一怔，转过身微微弯下腰，"哦，哦"地正在不知如何是好，新亲里的一位中年妇女赶忙过来，将男孩扯上南炕，按坐到他母亲身旁。

接近晌午，婚宴酒席仍在继续，人们高一声低一声地喧哗着。村里的孩子们在院子里打闹戏耍着，有几个人扎成一堆，争抢着没有炸响的鞭炮，有的双手插进袖筒，抱着前胸朝屋里张望。

过了一会儿，这个黄毛小子从人缝中挤了出来，向前跑了几步戛然停下，然后眨动着双眼瞧了一会儿村里的孩子们，吐了吐舌头笑着说：

"过来，咱们一起玩，快来！"说完招了招手。村里的孩子们相互看了看，一点一点向前靠近。

待到村里的孩子们来到近前，他把长满皴口的小黑手伸进衣兜，掏出一块糖，吐着舌头，扒开糖纸，含进嘴里，鼓着腮帮子咀嚼着，两个嘴角流出黄色糖汁，像是爬出两条小虫子。

哈根艾力村的小孩半拉半截地懂一些汉语，他说的话孩子们大体都能听懂。可对这浑身穿着新衣服、不熟悉的南大荒小孩有些打怵，谁也不敢向前靠得很近。

"喂，来呀，咱一起玩，咱玩藏猫猫？要不分成两伙玩打仗？"

村里的孩子们朝他走了几步又站住了。这时他得意地笑着说：

"别怕，往前来，别怕。"说着把嘴里的糖紧嚼几下咽了下去。此时此刻，他所在村的"大王"，一个大眼睛的粗壮男孩浮现在眼前。

他一想到"大王"，就像秋天里的小公鸡，挺着胸，仰着脖，直接走到他们面前，双手叉着腰说：

"我现在成了你们村的人！"

"哼！"

"知道我的名字吧？"

"长命，我刚才告诉过你们……我们以后要成为好朋友。"

"不，我要当大王，以后你们都必须听我的话，要不我会揍你们！"黄毛小子说着瞪起眼睛攥起拳头在空中抡了几下。

村里的孩子连连眨着眼向后退，他连连吐着舌头，志得意满地笑着说：

"别怕，往前来，别害怕。"说着把衣兜里的糖全都掏出来，"给，给……"黄毛小子一边说着一边抽着鼻涕，开始分发糖块。

二

婚庆一过，平淡的日子像流水一样，一天接着一天逝去，眼瞅着开春了。妻子博玛围着宝日吉格家的灶台转来转去，一天天忙忙乎乎，很少出门露面。可这个黄毛小子却像哈根艾力村的小丑，整天里大呼小叫着东跑西颠。

他刚来那会儿满口汉语，现在开始蒙语汉语混着说。然而蒙语里的颤音"r"，任他怎么使劲，音就是发不准。由此村里的孩子送他一个绰号叫"rara"。一开始孩子们用这个名字呼唤他，他自己也感到好玩，也跟着叫，但总是叫成"lala"，于是孩子们就叫他喇喇了。

村里有些认识蒙古文的年轻人逗他：

"蒙古喇嘛有两件东西一个朝上，一个朝下。可我们的喇喇的两件东西全朝上……"喇喇听了不知所云，一阵踌躇疑惑，人们听了却一阵哄堂大笑。

在哈根艾力村过了大半辈子的老光棍宝日吉格，忽然在一夜间就有了壮壮实实的女人，活蹦乱跳的儿子，也真的心满意足地过了几天好日子。然而，他对这个愚钝的儿子却有过不小的忧心。到后来，也不知是考虑孩子将来的出路，还是给人们做样子看，不管孩子愿意不愿意，牵着喇喇的手拖拖拉拉地把他送到村学校。可这孩子不是个在学校待得住的主。课堂上咧嘴吐舌，如坐针毡，屁股在板凳上没有老实的时候。第一节课刚上完人早就不见了。就这样过了两个月，老师实在无法管理，宝日吉格也实在没有别的办法，喇喇在哈根艾力村哼着老歌东奔西走，成为村里最自由自在的人。

小晌时分，喇喇就像一只出洞的田鼠，嗖地从院门钻了出来。探头探脑，左顾右盼，没看见人影，于是仰脖单眼吊线，望了一会儿太阳，然后拿出刚刚用红砖打磨的弹球，一边弹着，一边抽着鼻涕，独自玩了起来。他把全部精神集中在弹球上，瞄准路边的土块、碗茬弹，舌头一伸一伸，嘴里还不停地叨咕着：

"嘿！看我能弹中你不！"

"嘿！呵呵……"

喇喇瞄准了那边的一块鸡屎，用力一弹，弹球一闪，结果钻进垃圾堆不见了。他撅着屁股找了半天也没找到，愤愤地用力猛踢一脚垃圾堆，溅起的灰尘一下扑到脸上。他用力挤咕了几下小眼睛，小脸变成了五花脸。他情绪低落地揉着眼睛左看右看，从生产队院子那边传来人们的喧哗声，他就循声奔了过去。

"喂！喇喇过来！"

在生产队院子里，十几个妇女聚在一块儿选种子。生产队长桑杰坐在大伙中间嬉闹着，看见喇喇后情绪更加高涨，挥手招呼他过来。

喇喇嘴一咧一咧，笑嘻嘻地来到他面前。

"喇喇，你阿爸想你不？"

"想！"

"想你阿妈不？"

"呵呵，想！"

"咋想啦？"

"嘿嘿，我不说，嘿嘿！"

妇女们听了不约而同地扑哧一声笑了，嘴里说着"看你，跟个孩子啥都问！"，撂下手里的活儿，把目光投到喇喇身上。

"你说，说了我给你蒜头，还有辣椒。"桑杰说着从仓库地上拿起几头蒜给喇喇看。喇喇特别爱吃辣椒蒜，对此哈根艾力村的人都知道。他母亲的婚宴那天围桌吃饭时，他大呼小叫着要辣椒蒜，引来人们的一阵大笑。喇喇吃饭只要有辣椒蒜和大酱就行，扒一口饭掰一瓣蒜，连皮儿都不用扒，蘸上大酱放进嘴里，舌头动几下就咽下去，随后鼻子尖渗出细汗，口鼻发出嘘嘘、哈哈声。他就这样能吃好几碗饭。

"快说，是咋想的？"

"你先给我，那我才告诉你。"说着喇喇向前，伸了几下舌头，口水顺着两个嘴角流了下来。待到桑杰刚展开手掌，喇喇从他的掌中掠过蒜头，狡黠地嘿嘿笑着扭头就跑，跑到生产队门口，嘴里嚼着蒜瓣，朝桑杰皱着眉头打着哈哈，既像是哭，又像是笑。

晚饭之后，夕阳在村后头慢慢落下，洒下一片金光。在宝日吉格院门前，孩子们三三两两地聚了一大群，开始喧闹起来。

"喇喇！出来！"

"喇喇！咱一起玩！"

喇喇听到院外的吵闹声，实在坐不住了，刚把筷子啪的一声放在桌子上，宝日吉格就立刻瞪起眼睛说：

"把茶水烧开了再出去！"

坐在炕沿边靠着桌子吃饭的博玛，转过身子朝宝日吉格说：

"我吃完给你烧吧！"宝日吉格听了，把碗啪地往桌上一蹾说：

"这么大个小子，整天满村逛荡，这哪能行！"说完斜了喇喇一眼。

博玛的脸当时白了一下，但啥也没说，过了一会儿冲喇喇说：

"没听见你阿爸说话吗？快去烧水！"喇喇听了，噘着嘴，溜下炕，走到外屋。

哈根艾力村的孩子们一到晚上，不是在生产队门口，就是在宝日吉格门前，或者在粪堆上，会聚起来，掷羊拐或藏猫猫玩。有时还分成两伙，在粪堆顶上展开夺山头战斗。有两层楼那么高的粪堆，哪一伙要是率先抢占了"山头"，要想夺回来，那可不是一件容易的事。正因如此，分伙时双方都争着抢着要喇喇。得到了喇喇，胜利就有了保证。喇喇那一伙的"大王"一发出"攻山"命令，喇喇便眼睛一闭，就往山顶攻。对方把他推倒，他重新爬起来，手挠脚蹬，决不后退。大多数孩子都怕对方迎面扬粪土，可喇喇不怕这一套。一捧一捧的粪土迎面扬来，他眼睛一闭，呸呸地吐着扬进嘴的粪土，奋不顾身地冲上去，与对方的"长官"死死地纠缠在一起滚下"山"来。

可一说藏猫猫玩，孩子们却都怕他。轮到有喇喇那一伙藏的时候，喇喇都敢钻进魔窟。漆黑的夜里钻进村外的黑森林里，谁能找到他？！他们扯着嗓子喊"喇喇！喇——喇！"，搅得全村鸡犬不宁。到最后孩子们都失去了兴趣，要各回各家睡觉，这时喇喇才从村外"嘀嘀哒，嘀嘀哒"地嘴里高唱着秧歌调，摇头晃脑，手舞足蹈，嘴一咧一咧地笑着走回来。

"喇喇你藏的时候，不能超过指定范围哦！"

"好，好，嘿嘿。"

那天晚上，楞特就这么简单一说，喇喇不敢直视，目光躲闪，贼头贼脑地笑着。这个叫楞特的孩子，是村书记希日布的儿子。他头很大，说话声很粗，是村里孩子们的"大王"。喇喇来哈根艾力村不久，就成了楞特经常"骑乘"的"坐骑"。他们每次玩赛马游戏的时候，楞特都要喇喇。拉住后衣襟奔跑时，喇喇拉起楞特，眼睛一闭，奋力向前，谁也赶不上他们。楞特偶尔打骂喇喇，喇喇流着眼泪稍有反抗，楞特就威胁说：

"那你回你的南大荒去，我们不跟你这离群的牛犊子玩！"说完领着全村孩子朝别的地方跑走了。这一来，喇喇一下被孤立起来，孤零零的他没过一会儿也随后跟着跑过去。

轮到喇喇藏了。他吐了几下舌头，朝生产队大院跑去。他一边跑一边频频回头看，嘿嘿笑着不见了。

哈根艾力村队部坐落在村西头，后面是牛圈，牛圈前面是粪堆，西面是羊草垛。一到晚上，这里就成了孩子们的天下。

"藏起来了吗？"

"藏起来啦！"

随着尖细沙哑的声音渐渐消失，孩子们的脚步声即刻传来。不多一时，伴着嘻嘻哈哈的笑声，把藏起来的人一个一个地找到，可唯独喇喇没有动静。他们把可以藏身的地方搜了个遍，最后爬上羊草垛顶。

他们上上下下，左左右右，前前后后，翻遍羊草垛，还是没找到。这时他们有些泄气，一个个扑腾扑腾地坐到暄软的羊草上，楞特开始骂起来：

"喇喇！好你个狗崽子！你要是不出来，再也不跟你玩啦……"骂了一气刚停下，从羊草垛里面传出牛叫一般低沉的回应声。坐着的孩子们腾地跳起来，朝发出声音的地方压了过去，其中有一位腿陷进凸出的草堆里。

"咳！喇喇在这儿呢！"

"从上面摁住，别让他出来！"

楞特高喊着扑过去压在上面，随后孩子们一个接一个地往上压。

刚一开始，感觉喇喇在他们身下向上拱动了几下，"呜、呜"地发出几声闷响，过了一会儿再没动静了。孩子们这时才开始着慌，赶紧扒出来一看，喇喇全身瘫软，放长条躺在地上喘着粗气。过了半天他才坐起来，"呸、呸"地向外吐着钻进口鼻里的草屑和泥土，揉着眼睛呜呜地放长声哭起来。

没过一会儿，传来博玛略带沙哑的呼唤声，震荡着全村：

"长命！长命！"

孩子们一下子变得鸦雀无声，坐在羊草堆上面面相觑。喇喇收住哭声，抽泣着揉了揉眼睛站起来，用鼻音"哦！"地答应一声，极不情愿地朝自己家方向慢慢挪动着脚步。

当博玛领着儿子走进来时，躺进被窝里的宝日吉格抬起头，责骂几句之后睡了过去。像肥猪一样展开腰身，鼾声如雷，震撼屋脊。他的秃脑袋在射进屋里的月光下，油光发亮，像一颗巨大的电灯泡，夺目耀眼。满屋浓烈的腥臭味与苦涩的烟袋油子味，掺和在一起，令人窒息。博玛瞥了一眼身旁枕头上的脑袋，把身子翻了过去。

刚才她清楚地听到了儿子的哭声。她心里明明知道儿子哭又是遭到村里孩子们的欺凌。但她什么也没说，牵着儿子的手回到家里。来到哈根艾力村仅半年，为庇护儿子而与别人吵吵闹闹，人们会耻笑的。怒气满腔地回来的她，想拿儿子出气吧，感到弱小的儿子里外受气，两头不得好，想到这儿又感到一阵心疼。刚来那阵，继父还不错，可到后来，越来越看不上，见了我儿子就像见了鬼，动辄非打即骂……

博玛悲哀的泪水滴在了枕头上。

外面起风了，吹动门前柳树的枝枝杈杈，发出阵阵呼啸。风声稍微一停，间歇里传来不知是什么鸟发出唧唧的凄凉叫声。

三

博玛要烧后晌火而围着锅台正忙活着，喇喇像一个野人，面目斑斑驳驳，猛一推门闯进来就说：

"阿妈，我要吃饭！"

"一整天也不见个人影，去哪儿啦？已经是十六七岁的小子了，一点用项都没有，回到家只知道吃！"博玛有些生气，一边絮叨着，一边忙活着手上的活，没给他好脸色。

喇喇不高兴地瞥了一眼锅里刚响边的水，吸溜了一下鼻涕，朝碗橱子走过去，啪地拉开被污垢覆盖的碗橱子门。碗橱子里面碗盘摆放无序，乱七八糟，散发着发霉腐烂气味。喇喇跪坐在碗橱子前面，伸着舌头往里窥探。他看见一个有狗脑袋大小的苞米面饽饽，拿出来想从中间掰开。掰了半天没掰开，就往碗橱门上啪啪地磕了几下，磕开后大口大口地吃了起来。阿妈看着有些担心地说：

"不要不管不顾地吃那些生冷生硬的东西，会吃坏你胃肠的哦小畜生！"喇喇听了老大不乐意的样子，梗着脖子白了一眼，嚼着嘴里的东西，就像逮到一块肉的小猫，生怕被别人抢去似的，发出呼呼的喉音。

"看你这没长犄角的小毛驴！"博玛说着用烧火棍在他小腿上轻轻敲了一下。喇喇把嘴里的东西咚地咽下去，用力跺了一下脚，急头白脸地说：

"你不要管我！"

博玛把烧火棍高高举起，但没有落下。想到这不懂事、不知好歹的儿子，心里开始隐隐作痛。儿子惧怕哈根艾力村所有的孩子，听他们的话，顺从他们的支使，唯独不怕的只有他阿妈。而且，最近一段时间动不动就顶嘴，大声呵斥"你不用管我！"。博玛把烧火棍用力扔到地上，长长叹了口气说：

"塞完了去烧茶水！"

喇喇好像没听见似的，端出酱碗放在锅台上，饽饽蘸着大酱，吧嗒着嘴大口大口吃着。阿妈看着无奈地说：

"你阿爸晚上回来，要是没有开水，看他咋收拾你！"这时他才用鼻子"嗯"地应了一声。

哈根艾力村的井水浑浊，沏茶不下色儿。没办法，人们都到村西两里处的套布去挑水。宝日吉格下午要上山犁地，沏茶的水空了，无奈用浑浊的水沏上茶叶，极不情愿地喝了几缸子，临走前吩咐喇喇去挑水。然而，他把阿爸的吩咐和阿妈的嘱托早就忘到二门后。他嚼着最后一口饽饽，走到水缸边，从水缸里舀上一大瓢凉水，咕咚咕咚地喝了几大口，用衣袖一抹嘴巴，跑了出去。

当街阳光明媚，路上无人走动。喇喇无所事事，探头探脑看了一会儿，不知不觉地嘴里高一声低一声哼起什么曲子往前走着，正赶上楞特挑着扁担走出来，一看见喇喇马上停下大声招呼：

"喇喇，过来，过来！"

"干啥？"

"我给你好吃的！"

喇喇站在原地看了一会儿，摆动着下垂的衣襟跑到楞特跟前。楞特比他小两岁，但个头却比他高出一头。

"你给我挑一担沏茶水来，这样我给你好吃的东西。"喇喇听他这么一说，马上倒退几步说：

"我不去！"

"你真的不去？那好！"楞特脸一沉，拿起扁担就走。喇喇跟在后面说：

"要么你给我大蒜或辣椒！"

楞特听了说：

"还是我们的喇喇，那好，回来我给你三头大蒜。"说完把扁担放在喇喇的肩膀上。

喇喇这几年虽然个子没太长，但是长了不少腱子肉，喉结凸显出来，说话声也变粗起来。可他依然像哈根艾力村的幽灵，自由玩耍，到处游荡。有时他跟六七岁的小孩混在一群，就像羊群里进去个骆驼。他从来不打骂别人，偶尔也梗着脖子举起手，可随后又慢慢放下。因为这样，孩子们愿意跟他玩。大多数情况是，喇喇让他们排成队，自己站在最前面，解开褂子的前襟，两手捏着两边，大声吼着"嘀嘀嗒——嘀嗒嗒，嘀嗒嘀嗒——嘀嗒嗒"，扭着秧歌满街窜。

火热的太阳转到西北，照射强度明显降低，可闷热丝毫没有减弱。猪、牛犊都在圈里圈着，家家户户的棚圈里，传出大牛小牛的哞哞叫声；烟囱里冒出来的浅棕色炊烟，轻轻升起，长长伸延，慢慢消散。喇喇从村西头弓着腰挑着满桶水，深一脚浅一脚地走来。

当喇喇满头大汗，跳着水一跛一跛地走进村，恰巧遇上宝日吉格、慕容嘎等人卸犁歇晌回来。一看见继父，喇喇的目光马上变得躲躲闪闪，前后水桶拖地，水瓣里啪啦地向外溅。他回头看后面的水桶拖地，急忙向上一挑，结果前面的水桶又拖地，随后脚绊在一个土块上，身子失去平衡，一下向前扑倒。顷刻间，两桶水全部洒在地上，两只空桶在他身前身后滚动，他立时变成了落汤鸡。喇喇赶忙爬起来，站在原地目光闪烁、贼眉鼠眼地望着继父。

宝日吉格手里握着鞭子，来到他面前看了几眼，大喝一声："回家！"不知所措的喇喇拖泥带水地往家跑。

宝日吉格从后面不时地望着喇喇往前走，黄脸庞上稀疏的胡须微微抖动着。自从得到这个小子，随着时间的推移，他日渐不满，心生讨厌，仿佛在秃脑袋上又长了个脓包疮，见了哈根艾力村的人都觉得那样地没面子。他从未觉得自己的秃脑袋是个缺陷，年轻那会儿在人前有过难为情，待到渐渐变老，故意光着头在人前晃动。甚至有时像是向人们显摆，啪地拍一下发亮的头，坐在那里吭哧吭哧地笑。可他无法撇开这个"粘包赖"，就像阴影伴随了他几年。

当初南大荒的人来撮合那会儿，曾经说过那小小子有点愚笨。

"不会是傻透气的那种吧？"宝日吉格也曾追问过。可撮合的人把头摇得像拨郎鼓似的说：

"不、不、不，像绵羊那样老实温顺。以后要是干庄稼活，那可是你难得的好帮手……况且你们都姓 bao，这和你的亲儿子有啥区别呢？"

那时宝日吉格已接近五十岁，当时他想，身边要是有个搭把手的男孩，这也是个不错的机会，即使有点愚笨也没啥大不了的。等到孩子来了之后他感到，甭说让这小子续他的根，顶门立户过日子，就连自己都养活不了。看到了这一点，他强烈渴望自己有一个儿子，可刚刚年届四十的博玛肚子始终空空如也。就从这时他开始心生怨气，进而与博玛寻衅吵架，借故打骂喇喇。

宝日吉格沉着脸走进院子时，博玛正要挤拴在桩子上海骝色乳牛的奶，喇喇在一旁牵着不断挣扎的红牛犊。四岁的海骝色乳牛围着木桩发疯似的打着转，膨胀的两个铜盆大小的乳房来回悠悠摆动着。博玛要挤牛奶折腾了几天，一滴奶也没挤成。长到四十岁，从未碰过奶牛乳房的手哆哆嗦嗦，不知所措。头几天宝日吉格虽然把奶牛的两条后腿绊上，教她如何挤奶，可博玛一接近乳牛就像要接近老虎，惊慌失措，惊恐万状。看见宝日吉格她大声求道：

"当家的！请你把乳牛的后腿给我绊上！"

宝日吉格白了几眼博玛：

"笨蛋！"说完未加理睬，梗着脖子直接走进屋。

博玛沉着脸，拿一根两米多长的绳子，从奶牛后面猫着腰，哆哆嗦嗦地靠近几次，可奶牛每次都甩着尾巴转动全身，根本不让上前。就这样折腾一气，刚把绳子扔到奶牛蹄下，宝日吉格从屋里走出来大声吼道：

"渴着回到家，连一口水都没有！长命你今天干啥啦？！"吼声中门窗震动，惊得喇喇撒开手中的绳子，牛犊冲上前拱奶牛乳房，奶牛突然一躲闪，将博玛撞了个仰目扎①。

宝日吉格胸中顿时火起，抄起鞭子在奶牛身上猛抽几鞭，之后在喇喇的背上落了几鞭。喇喇呼爹喊娘地栽倒在地，像钻进火堆的蛇一样打着滚。博玛紧咬下嘴唇，拖着腿站起来，一把抓住宝日吉格的鞭杆，与他死死地纠缠到一块儿。

"要打你就打我好了！"

"打你又能咋地！"

"有种你就打！给，打吧！把我们母子俩都打死算啦！"

争抢当中把鞭杆折断，宝日吉格将博玛用力推开，嘴里骂道：

"你这个南大荒的乞丐！"博玛听了，"你、你、你"地说不出话来，气喘了半天才说：

"是我要饭来到你家门口的吗？断子绝孙的光棍你要自量，有啥了不起！"

"那是我请你来的吗？一对二逼快给我滚！"宝日吉格说完钻回屋里。这时村里的孩子们都聚到宝日吉格家门前，扒着墙头呼喊喇喇。博玛呆立在那里，像是吞了冰块，心里哇凉哇凉。喇喇刚走到院门口，博玛快步奔过去，抓住他的手往里拽了几下，自己却放声大哭起来。

四

博玛左手挎着一个紫色包裹，右手拿着一米多长的木棍，领着儿子来到河边。喇喇兴奋得两脚不着地，咧着嘴东奔西跑。博

---

① 仰目扎：东北方言，指仰面朝天摔倒。

玛呼喊着，唤回跟在叼鱼郎、渔鸥等水鸟后面跑到老远处的儿子，脱掉鞋子过了渡口。从河南岸生出的三条原野上的小路，像是三根绳子，围绕着田野，缠绕着干涸的水泡，蜿蜿蜒蜒，伸向远方。博玛踏上前方的道路。她过早染霜的鬓发在风中微微飘动。心事重重的她皱着眉头，发黑脸盘上的皱纹，一眼看去，就像是一条条垄沟。

随着阵阵山风的吹拂，博玛憋闷的心开始渐渐敞亮起来。她舒缓地呼吸着潮湿的空气遥望远方，几处村屯在轻薄的雾霭中朦朦胧胧，若隐若现。一片片农田、一群群牛羊，撒落在广阔的原野上。她用力眨动着眼睛再竭力远眺。南大荒距离哈根艾力村少说也有一百五十里地。她和儿子俩要是快点走，途中住两宿就到了。她从这条路走过两次，因而不会迷路。她现在开始琢磨在哪个村投宿。今天晚上在道兰套布村找一家住一宿，明天到赵家屯再住一宿，后天烧后晌火的时候就到了。

博玛用衣袖擦了擦头上的汗，转身回望。哈根艾力村在目光所及之处隐隐约约，依稀可见。偶尔从一家烟囱里冒着青烟，仿佛向母子俩挥手告别。

博玛站到路旁，从包裹里掏出烟和纸开始卷烟。她真的不舍得抛弃哈根艾里村。并且南大荒也没有十分亲近的亲戚。昨天要不是跟宝日吉格吵得电闪雷鸣，她连家门都不出。盼啊盼，盼着给儿子找一个站脚之处，怎舍得那么轻易地抛弃呢？要不是为儿子着想，她不会嫁到这么远的地方。她想，南大荒即便人口增加，土地变薄，但是别人能生活难道咱就不能生活？只可惜这个唯一的儿子也太不争气啦，假如我博玛不在了，在这几乎人要吃人的地方，他除了要饭乞讨，再没有第二条路……

博玛虽然想了很多很多，但她还是不想回头，硬着头皮继续朝前走去。

自从来到哈根艾力村那天起，博玛就下定决心在这里立门立户,生根生息。虽然时常思念起自己的故土南大荒,但她把思念之情牢牢锁进伤痛的心底。不管咋说,"出生的土地赛黄金",咋能说忘就能忘得了呢?!如今她不得不奔往娘家,感伤得肝肠寸断,从过世的爷爷、奶奶、爸爸、妈妈,到南大荒的村屯、院落、房屋、邻里、人畜,一幕幕全都浮现在眼前。

博玛记得,爷爷歌唱得好,有时喝酒喝热乎了,就坐在炕里唱起来。究竟唱了哪些歌都忘了,但是一开头都是:

"要说你出生的地方啊……要说你出嫁的地方啊……"

每支歌曲都是那么地抒情,那么地忧伤,唱着唱着,爷爷自己就会流下眼泪……

想到这儿,博玛鼻子发酸,眼里充满了泪水,视力变得模模糊糊。

南大荒的村名叫塔日根塔拉,爷爷有时讲起它的过去,很有传奇色彩。沿着西拉木伦河两岸的广阔平原,骑着马走一天也看不见几个村屯、住户,牧草没过马镫,风吹草低见牛羊。这里富裕人家的牛羊头数以坨坑衡量。有一次旗王爷要向朝廷进贡,与属民征缴牲畜,博玛的曾祖父一次就上缴三百头犄角未曾搭过绳子的一色红牛。后来旗王爷出卖这片肥沃的土地,流民一拨接一拨地涌进来,开荒种地,安家落户,称这里为"南大荒"。牧民无法生存,大多数向北迁徙,有的坚持留下来在这里定居。

博玛十八岁那年,家里难以维持生计,父亲打算向北搬迁。但女儿当时与本村叫布和朝鲁的青年相恋,舍不下独生女儿于是作罢。"布和朝鲁"这个名字在博玛脑海一跳出,一股暖流涌遍全身。她把鬓角的头发向耳后理了理,长长叹了口气,用衣袖擦了擦眼睛,像是在寻找一样东西,向前翘望。一个质朴的青年,个头不高而眼睛炯炯有神,闪烁着爱的光芒。俄顷,她又仿佛看见吃树皮、野菜,浑身浮肿得像馒头一样的青年躺在炕上。布和朝鲁几个月舌头没沾过一粒米,临死前哪怕让他喝一碗稀粥也好，博玛跑遍全村。待她回到家里，布和朝鲁勉强把眼睛睁开一条缝，嚅动几下嘴唇：

"博、博玛……有了儿子……"半拉半截地说到这儿便撒手人寰。

布和朝鲁半截子遗嘱，在博玛的心里直到现在仍是个大大的谜团。他是想让她生个儿子，还是想给儿子起一个好听的名字？或者还有什么其他期望？

博玛用衣襟擦干眼泪仰望长空。湛蓝的高天仿佛什么都知道，又像什么都不知道，浩瀚深邃，沉默无语。只有朵朵白云不停地挪移。博玛擦了擦汗，看了看四周，来到地头一棵柳树荫下坐下。回头看见儿子，将裤腿儿挽到膝盖，手里攥着几个鸟蛋，光着脚板吧嗒吧嗒地走来。

"你的鞋子呢？"

喇喇猛然停住，翕动了几下鼻子，看了看自己的脚板，又望了望母亲，手里的鸟蛋掉落到地上，几枚斑斑驳驳的鸟蛋摔得粉碎，焦黄的蛋黄在青草叶上流淌。

"你肯定丢到河边了吧？"

听到母亲的喝呼，他才如梦初醒，梗着脖子向后看了看，吐了几下舌头却说：

"阿妈，我饿啦！"说完噘起了嘴。

"唉！真拿你没办法！"说完博玛把儿子拉到身边坐下，解开包裹，拿出用手绢包着的炒米。喇喇用双手捧着手绢，大口大口地含着炒米，嚼几下，一吐舌，一仰脖，咽下去。就这样吃了几口，舔着嘴唇说：

"带牛奶了吗阿妈？"说完噘起了嘴。

博玛啥话没说，开始大口大口地吸着手指般粗细的卷烟。

布和朝鲁去世的第八天早晨，博玛的肚子和腰仿佛要断掉那样疼。然后躺在炕上整整折腾了一天，直到深夜才生产。血肉模糊的一块肉，含着沙土落地，过了许久才勉强发出羊羔叫一般的哭声。听哭声博玛以为是个女孩，可洗完之后接生婆惊呼：

“咴！这是个小子！是小子！”说着将像小虫一样的小鸡鸡用手指挑起来给人看。

像兔羔儿一样的黄毛小子，在母亲的手上爬着滚着，一转眼四岁了。可他天生愚笨，模样像个没成熟的生瓜蛋，口水耷拉老长。有时博玛目不转睛地看着，看着看着，不禁放声大哭起来。一想起布和朝鲁的期望，一看到儿子这个模样，就连起名字的勇气都没有了。孩子到了七岁那年她想：不管他笨不笨，只要我儿长命百岁比啥都强。于是就起名为“阿民乌日图”。

村里的人们听了这个名字，大多不懂其中含义，嘴里说着“听不懂，听不懂”，然后摇头大笑。听完解释之后人们说：

“嗨！干脆就叫‘长命’吧，这样叫着简单顺口，那样叫太绕嘴！”就这样，村里人都叫这个男孩为“长命”，久而久之，博玛也习惯了这样叫法。

博玛将烟头扔到地上，回头一看，儿子把手绢里的炒米吃个精光，伸着舌头仰着脖儿，极有兴致地望着空中展翅鸣啭的云雀。

五

博玛母子俩到南大荒没住上半个月，宝日吉格就去接回来了。黄昏时分，宝日吉格用毛驴车拉着母子俩，从南坨岗一溜小跑进了村，对此哈根艾力村的人们都看见了。说实在的，博玛出走并不是想一去不回头，不再想回哈根艾力村，而是想让宝日吉格尝尝滋味，吃吃苦头而已。就是想长期待在南大荒，她能待得下去吗？就是待了这么几天，堂姐就叨叨咕咕，不是说吃的没了，就是说喝的没了，开始哭穷了。因此，宝日吉格一去，也没让他求情说小话，正好就坡下驴，顺势跟回来了。在回来的路上她暗下决心，从今往后母子俩再也不能成为别人的累赘，无论如何也要让儿子参加生产队的劳动。

一进村喇喇就从车上溜下来，就像进了城，见了谁都龇着牙咧着嘴笑。

这几天不见喇喇的身影，哈根艾力村的人们感到空落落的，孩子们见了他尤为高兴：

"咳，喇喇！喇喇回来啦！"孩子们呼喊着，连跑带颠地会聚到一块儿。喇喇朝他们走过去，拉一拉这个的衣襟，碰一碰那个的手，站在那里嘿嘿笑个不停。

"跟南大荒的朋友们玩了吗？"

"玩、玩啦，他们都害怕我，我说话他们听不懂，都张着嘴。还大笑……"喇喇说完，心满意足地笑着吐了几下舌头。

"我们这儿那天赛马，整整热闹了大半天，喇喇你没看到……"孩子们讲这几天发生的新鲜事，喇喇睁大眼睛，梗起脖子：

"呜——，这、这算啥，我们那儿才叫棒呢！一到正月，敲锣打鼓扭秧歌！"说着从旁边捡起人们扔掉的破搪瓷盆敲着：

"嘀嘀嗒——嘀嗒嗒，嘀嘀嗒——嘀嗒嗒……"嘴里哼着扭起秧歌来。孩子们跟在他后面，高一声低一声地喊着，闹得全村不消停。

哈根艾力村又沸腾了。黑暗将落日的余晖一点一点地吞下，在孩子们的喧闹声中，偶尔传来几声狗吠和牛犊的哞哞声。

今年的雨水不错，哈根艾力村的早田①抓了全苗，眼看就要

---

① 早田：东北农区开犁就播种的作物称为早田，如玉米、高粱、谷子等生长期较长的作物。进入夏季播种，生长期较短的作物称为晚田，如糜子、黍子、荞麦等作物。

开锄了。

在河南沿儿的黑塘土地里，哈根艾力村的人们，像一群飞落的大雁，一个跟着一个，头上扣着草帽，顶着酷热的太阳铲地。喇喇落在众人的最后头，猫着腰向前拱耸，头上的大草帽遮得他只能看见屁股。陈旧藏蓝色裤子的裆部，被汗水沤得斑斑驳驳，像个皱皱巴巴的地图。黑黏土沾锄板，喇喇的锄头变成了榔头。他想要把一簇苗间开，神情非常认真谨慎，不时地长长吐着舌头。他如同负重前行，不时地挺一挺腰身，在手掌心"呸、呸"地吐几口唾沫，闪动目光向前看一看，重新猫下腰去。

从南大荒回来之后，博玛开始哄着捧着让儿子去干活。她领着儿子来到生产队门口。生产队长桑杰用轻蔑的眼神看了看喇喇说：

"哎呀，能行吗？反正赶上榜地的大忙季节，那就试试吧。不过，给你儿子半拉劳力的工分哦，嫂子！"

"行，只要带着这个捣乱鬼学庄稼活就行。"说完博玛把儿子交了出去。

喇喇到了大人堆里，不用说，自然成了喧闹的根源，嬉笑的中心。一天下午，他正与下地的人走着，突然看见一条蛇在草丛里一闪，看见的人都一惊，顿时浑身起鸡皮疙瘩，不由自主地目光躲闪，收住脚步。可喇喇却像一只寻找虫子的小鸡，寻寻觅觅，翻着草丛找到蛇，摁着抓住蛇头，像一个无敌英雄，无所畏惧地欣赏一番，然后缠在腰间。这条花白蛇在他光溜溜的肚子上缠着，嗖嗖地吐着蛇信。姑娘、媳妇们看了"妈呀"一声四散逃跑。这时他感到十分得意，吐着舌头嘿嘿、嘿嘿笑着开始从后面追。

杜吉雅嫂子怕蛇怕得要命，见了蛇两腿不好使，不会走，不会跑，只能爬，"妈呀，妈呀"地哭叫。喇喇偏偏就逮住了她：

"嘿嘿，现在咋样，现在咋样？"说着把蛇环绕在手上龇着牙笑。

"爷爷，我叫你爷爷，求求你，快把那玩意儿拿走吧！"

杜吉雅嫂子脸色煞白，汗珠从额头往下滴。

"你还用大腿压着掐我屁股不？"

"不啦！不啦！"

小青年们得到了机会，唆使喇喇：

"喇喇，你让她给你磕头！"喇喇听了嘿嘿笑着向前一步：

"那你给我磕头，磕头！"杜吉雅果真屁股一撅一撅，磕了好几个头，笑得人们前仰后合，都喘岔了气。

在火烧火燎的太阳下，人们猫腰弓脊，往前紧耪，陆陆续续地耪到地头。落在后面的几个人也被接到地头。喇喇被落二百多步远，时不时地用衣袖擦擦汗，望着地头显出一副绝望的神情。

杜吉雅嫂子看着看着，不忍心地站起来：

"这南大荒的小毛驴驹子啊……"说着接了过去。待接到地头，说："看你这样子，将来可能连个老婆都说不上！"说完回到原处坐下后逗喇喇，"喇喇，想说媳妇吗？"说完自己呵呵笑了。

喇喇抠着鼻子咧着嘴，用手挠着锄板上的泥土到那边刚坐下，桑杰歪着头趴在他耳朵边说了几句什么。

喇喇嘿嘿笑着大声喊道：

"我想娶你！"

人们轰的一声笑起来。好事的青年们不让话语落地，一个接着一个：

"嗯，你看这咋样，杜吉雅嫂子这回称你的心了吧？"

"还是我们喇喇说话又恰当又中听！"

杜吉雅嫂子听了扑哧一声笑了：

"想娶我就往这边来！"说着站了起来。喇喇狡黠地嘿嘿笑着要躲开，杜吉雅就像老鹰抓小鸡那样一把把他抓住，三下两下把他摁倒，背过身解开衣扣掏出硕大的乳房抵在他嘴上：

"含，含，快含！"

喇喇仰面朝天大声喊叫，这时葡萄粒大小的乳头早把他的嘴堵上了。

"还想娶我不？"

"不，不啦！"

"那你叫我妈妈！"

"嬷、嬷、妈妈！"

杜吉雅嫂子哈哈笑着把他放开。他慢慢地站起来，扑打着衣服，擦着汗，嘴一咧一咧地笑着，呸、呸地吐着唾沫。

"喇喇，好吃吗？"

"咸，有点咸！"

姑娘们捧着嘴笑，小伙子们拍着手起哄。

自打喇喇参加生产队劳动，人们就这样以各种方式戏耍他。久而久之，他还成为了大家的奴仆，送他绰号为"生产队的毛驴"。大伙渴了，就让他到几里外的牧铺或菜园子取水，人们站在地头等待，这时喇喇就会挑着水桶一溜儿小跑似的走来。如果离菜园子近，一到休息时间，几个好事的青年把他叫过来，在他耳朵里悄悄说几句什么。这时他狡黠地嘿嘿笑着，潜进庄稼地里不见了。不多一时，他把褂子的两个袖口用草绑上，里面鼓鼓囊囊地装满瓜抱着，鬼头鬼脑地回望着菜园子的窝棚，咧着嘴往回走。等他来到，几个青年上前把他扑倒，一哄而抢。

"咳，那一个是我的，我要那一个！"尽管他也争抢，最后得到的依然是一个青涩的生瓜，无奈啃了几口外皮扔到地上：

"呸，呸，太苦啦！"说完坐到地上吐唾沫。

有时菜园子的老园头看见他偷瓜，骂骂咧咧地随后追过来。这时他的神情像是哭又像是笑，咧着嘴钻进庄稼地里不见了，啥时老园头骂够返回去了，他才从庄稼地里冒出来。

六

哈根艾力村融进落日的金色余晖里，院落、房屋、棚舍渐渐朦胧，愈显岿然。随着烟囱里袅袅青烟慢慢散去，孩子们的打闹声、大牛小牛的叫声混合在一起，还时常传来女人呼唤孩子的喊声。

喇喇在一帮十几岁孩子的簇拥下，站在中间，手里拿着一样东西高高举起吆喝着。孩子们仰脖望着向上跳，为咋也够不着而祈求着。

原来与喇喇一起玩耍的孩子，都成了大小伙子，大多都干了几年活了。楞特比他高出一头。只有喇喇，白天是大人的尾巴，晚上是孩子们的头头。现在跟他玩的，都是他过去伙伴的弟弟或弟弟的弟弟。

喇喇吐着舌头将手里的弹球瞅了又瞅，瞧了又瞧，又高高举起。他在村里路上行走，要是看到破烂砖头，便如获至宝地翻过来调过去地仔细端详，然后捡回来蹲在墙根下的一块毛毛糙糙的青石旁，吐着舌头打磨。磨成圆球后当作弹球，放在手掌上反复欣赏。待到他出来玩的时候孩子们说：

"哎呀！喇喇的弹球做得真好！我们的球总有棱角，不愿滚动。"喇喇听了说：

"给，给你吧，这么简单个东西，我一会儿就做出来……"说着晃着脑袋回到院子里。

现在孩子们争着抢着要，他更加情绪激昂，还耍起了脾气，梗起了脖子瞪起了眼。然而他不知道送给谁，选来选去，最后还是送给了站在人群后面的哈达。哈达是楞特的弟弟，是哈根艾力村孩子头楞特之后的"大王"。

喇喇虽然混在孩子堆里，但他已经成了大人。虽然个子没长太高，但横向挺粗，尖尖的鼻头下面长出稀疏的黄胡须。声音从弱小羔羊的咩咩声，变成三岁牤牛的粗壮哞哞声。他时常被一种像奔腾的流水，抑或像燃烧的烈火，模模糊糊、莫名其妙的想法所控制，不能入睡，辗转反侧。

眼瞅着儿子成了小伙子，想给儿子说个媳妇的想法，在博玛心里像春天的小草一样刚冒尖，就像被寒霜打了一般立刻蔫回去。听说东村有一个残疾女，宝日吉格夫妇俩商量了好长时间没敢张嘴，最后还是壮着胆求到了杜吉雅嫂子。杜吉雅嫂子去了一趟回来后，频频摇头，宝日吉格夫妇彻底死心了。

杜吉雅嫂子的家在宝日吉格家南面，距离有五六十步远。她男人在旗合作联社工作，家里所有的事由她自己来安排处理。她家两间泥土房后面开出个菜园子，在菜园子的东北角盖了个厕所。

喇喇有时走到自家门前，闲来无事晒太阳。在暖阳下，他伸手挠着大腿，抓到一个虱子，伸着舌头，用指甲"啪"地挤死之后，又把手伸到腋下摸虱子。有一天他从杜吉雅嫂子家院墙边走过，正好看见杜吉雅嫂子解开裤腰带要解手。喇喇伸出的舌头不再动，朝自己家的方向瞥了一眼，然后猫下腰，蹑手蹑脚地来到厕所后面的墙豁向里偷窥，不禁发出嘿嘿的笑声。杜吉雅嫂子猛地一惊，提起裤子一看，见喇喇正往家逃，还频频回头看着"嘿嘿，嘿嘿"地笑。

"喇喇你想干啥！"在杜吉雅嫂子尖利的高喊中，正在喝午茶的博玛不禁一惊，手中的茶缸落到炕上：

"坏啦！这个畜生！"不知咋整才好。

宝日吉格如坐针毡，拱动着屁股，老半天才从炕上溜下来，操起皮鞭就向外走。

"跪下！"

"我……我……"喇喇的脸煞白，汗珠直往下滴。

"你跪不跪？跪！"

喇喇揉着眼睛抽着鼻子，眼睛一斜一斜地看着后爹，像是一头训练有素的骆驼，乖乖地来到他面前，刚一跪下，像一条黑蛇般的皮鞭无情地落下来，身上的褂子裤子都被抽裂了。像杀猪一样的惨叫令博玛撕心裂肺，她把眼睛紧紧地闭上。泪水从她布满皱纹的脸上往下流，滴落到膝盖上。开始时她哽咽抽泣，后来号啕大哭，高声呐喊：

"打吧，打吧，你就把那不懂事的畜生打死吧！"

不大一会儿，以杜吉雅嫂子为首的邻居们纷纷赶来，夺过皮鞭，连推带拉地把宝日吉格弄进屋。

喇喇抚摸着肩背抽泣哽咽着。见宝日吉格进了屋，他高傲地抻着脖子大喊几声：

"我走！"喊过之后，来回转了几圈，见没人搭理，于是揉着眼睛，走到院子墙根下坐下。

宝日吉格进屋过了一会儿，气慢慢消了。从窗户往外看，喇喇在身旁的石头上，歪着身子吐着舌，在磨弹球。回过头，见博玛坐在那里猫着腰低着头仍在抽泣。

唉！我可怜的孩子，再不好他也是个人！不管咋地，跟着他母亲来到我这儿，叫我"爸爸"也好几年了，这也算是我们之间的一场缘分吧。宝日吉格想到这些，一股怜悯之情在他心中顿起，赶忙摸索着衣兜走出来：

"给，去供销社买糖吃吧！"

"不要，我走！"

"去哪儿？"

"回南大荒！"

博玛隐隐约约听到儿子的话，赶忙趿拉着鞋走出来，脸抽搐了几下喝道：

"去哪儿？你个不知好歹的畜生！"

他斜眼瞪着母亲：

"你不用管我！"说完出院门朝南走去。

"回来！"宝日吉格和博玛从后面越喊他走得越快。喊了半天见他不回头，博玛跺着脚：

"走吧，不管啦！看你这兔崽子能去哪儿！"嘴上虽然这么说，可在心里追悔当初不该领他去南大荒。博玛这样想着走回屋里。

喇喇瞪着眼挺着胸，走上村南面的坨梁。发现后面再没有呼唤声，就像一只偷吃庄稼的母猪，停下来侧耳倾听四周的动静。回头看后面没有来人，望着自己家的方向正在踌躇，那边青草棵里突然传来蝈蝈的清脆叫声，他把目光立刻投向那边，吐了一下舌头，在树墩草丛中踮着脚尖，像猫一样悄悄寻了过去。谨慎前行的他舌头露出有二指多长，口水从嘴角流下来。翠绿色的大肚蝈蝈听见他的脚步声收住叫声，从绿叶上刚往下一跳，被他一把扣住：

"看你往哪里跑，看你往哪里跑……"他在嘴里这样嘟囔着，嘿嘿笑着往蝈蝈身上"呸呸"地吐了两口唾沫，蝈蝈扇动着胡须吱吱叫了起来。

喇喇将刚才发生的一切早就忘得精光，长声野调地号了几声，奔向村西枝叶繁茂的尚喜树。露水晶莹剔透、空气清新、凉风习习的尚喜树下，看见黄蚂蚁正在忙忙碌碌地堆土，他把蝈蝈的大腿扯下来，抛到蚁群中间。蚂蚁们一只接一只地赶来，从四面八方连拖带拽，把蝈蝈的大腿朝洞边挪移。喇喇抠着鼻子看着看着，他突然想起一件事，倏地站起来，"嘿嘿，嘿嘿"笑着，哗哗一泡尿浇向蚂蚁群。

生产队门前的铜钟响了，午间的太阳发疯似的炙烤着大地。喇喇扎上裤腰带，正往生产队走，人们有的骑着毛驴，三三两两地往地里走去。喇喇吐着舌头撒着欢儿往回跑，忙着回家去取锄头。

喇喇特别喜欢众人的喧哗吵闹，并且生产队给下地干活的人送一顿饭。因此，自打下地干活以来，他没误过几天工。母亲偶尔想让他请假帮一帮家里的活，可他脖子一梗，满脸不高兴地抄起家伙什，气呼呼地下地干活去了。

所谓下午送的这顿饭，实际上只有高粱米饭大葱蘸大酱。偶尔有炒米拌牛奶，但过不了几天就断顿了。有的时候也考虑到下地干活人们的辛苦，也会从生产队的羊群里抓只羊宰了，蒸上白面馒头，改善一下生活。要杀羊的信儿几天前就传出来，大家议论纷纷，下地干活的人们就像盼大年初一拜年的孩子那样欢欣鼓舞，翘首以待。

那天在生产队院子里宰了一只成年羯羊，头晌青年们下地纷纷议论着，中午不吃饭。那天中午喇喇果然没吃饭，喝了几瓢凉水就下地了。

到了过晌三点多，地里的人们频频向村子方向张望。喇喇的肚子咕噜咕噜叫，虽然浑身无力也坚持向前耪着，不时地朝村子望着。终于，生产队送饭的大车来到地头停下。小青年们呼喊着"羊肉！馒头！"跑过去围着车看着。喇喇也跟随他们后面，手里拿着大碗，吐着舌头，目不转睛地望着桶里的肉汤和馒头。

一说杀羊，下地干活的人数就多起来。会计、保管员等干闲活的人，在生产队食堂优先吃足，接着又是扶犁的，又是种菜的，这个一份，那个一份地分，等轮到下地耪地的人，仅剩一桶没多少肉的稀汤。桑杰和伙夫在伸过来的碗里，数着骨头肉盛汤。喇喇在姑娘们之前分得几块肉一碗汤，嘴里叼着正在吃的半个馒头，一手端着汤，另一只手抓着四个馒头，要到那边的树荫下，结果不慎脚绊在锄杠上摔倒，眼巴巴地望着泼洒到几步外的肉汤和馒头，非哭非笑地咧着嘴站起来，左瞧瞧右看看，别人都在忙活着碗里的，有的在望着他发笑。

喇喇一个一个地捡起落到地上的馒头，噗噗地吹着，用衣襟擦着，看着脚下的骨头肉犹犹豫豫地猫腰捡起来，用指甲抠了几下上面沾的土，刚要扔到嘴里，姑娘们喊道：

"喇喇咴！快把碗拿过来！"喇喇的神情马上转悲为喜，像滚动的球一样迅速来到姑娘们面前。

那天下午，喇喇不直腰地往前耪，率先耪到地头，神情郑重地转身去接每个姑娘。

这一天下午，仍然是高粱米饭。到了夏末，送饭车拉来一大筐大头蒜和大葱。吃饭间楞特说：

"谁能空嘴吃十头大蒜，饭后的几条垄我替他耪，有敢打赌的没？"说着举起手里的大蒜看着喇喇。

一帮年轻人马上起哄：

"哼！甭说十头，喇喇空嘴二十头都能吃！"

"哼！楞特你跟喇喇打赌，你肯定输定了！"姑娘们也都看着喇喇笑。

坐在地头盘着腿，就着大蒜吧嗒着嘴吃饭的喇喇，看了一会儿大家，倏地站起来，来到楞特面前。

"拿蒜来！"

"你要是吃不了十头，你就得耪我的！"

喇喇跪坐在楞特面前，拿起一头大蒜胡乱扒了几下硬皮，扔到嘴里嚼了几下，一吐舌头吞了下去。大家伙都看着他喧闹起哄，可他毫不在乎，一头接一头地吃着。将近吃了一半，喇喇的鼻子尖冒汗，每次下咽，都脸一沉，眉一皱，脖一梗。当吃完第七头的时候，脑袋嗡嗡直响，眼泪都流了下来。他张着嘴哈、哈地呼着气又拿起一头。这时大伙劝阻道：

"喇喇别吃啦，别吃啦！"这一劝阻不要紧，他反而更加骄傲，把第九头蒜皱着眉头咽下去。也许是胃被辣得疼痛难忍的缘故，他用手用力揉着肚子，扭动着身子。

这时楞特赶忙抢过他手中的蒜头说：

"我的爷爷，可行啦，就算你赌赢了吧！"

喇喇眨动着泪眼，望着楞特说：

"拿来，拿来！"他一只手摁着肚子，另一只手刚一伸出去，身子匄前一倾，哇哇地开始吐起来。

桑杰斜眼瞪了一下这帮青年：

"你们这帮不懂事的家伙们！"说完起身站到垄头说：

"喇喇，快去喝几口车上的凉水！"

大伙听了说：

"喇喇你回去吧，你那份由楞特耪！"

"楞特你也真是的，啥赌你都打！"

听人们这样一说，楞特感到不好意思："回去吧喇喇，你那份我耪！"说完跟着大伙上了垄。

喇喇手捂着肚子，猫着腰走过去，从车上的水桶里舀了一瓢凉水喝了几口，用衣袖擦着汗慢慢走过去拿起锄头，也上了垄。

七

大雁排成行，"咕嘎、咕嘎"地叫着飞向南方。云彩稀薄，天空湛蓝，冷风阵阵，眼看着冬天就要到来了。

地里的庄稼都堆进场院，人们有了稍许闲暇，随之各种大会小会却多了起来。人们对此感到厌烦，可对喇喇来说是个期盼的喜事。一说晚上有会，他就不理睬那些来玩的孩子，趾高气扬地高声说：

"大、大人要开会！"然后昂起头，用两个手掌捧着嘴，扯着嗓子高喊："开会啦！开会啦！"挨家挨户，转遍全村。这时人们极不情愿地嘟囔着"这小奴才羔子不是在喊呢吗"，拿起烟袋烟荷包往生产队走去。

耪地的活停了，人们主要干一些修补生产队院墙、场院墙等闲散活。这时喇喇成了大伙的跑堂，众人的奴才，不是这个支使他把这个拿过来，就是那个喝呼他把那个送过去，一刻不得着闲。如果赶上干泥水活，他不是运土就是挑水；在场院扬场时，他站在下风头打漫①。

干活的时候要是楞特在跟前，他更是不敢藏奸。头几天生产队开会确定楞特为生产队副队长。楞特自小傲慢，再加上他身材高大强壮，活计好，脾气也暴躁，哈根艾力村大多数人都惧他，喇喇对他更是像耗子见了猫。稍有不顺，楞特就对喇喇拳脚相加，用以"打马骡子惊"。正因如此，有时抬一个什么重物，楞特高声喝令"抬！使劲！"，喇喇也跟着喊"抬！使劲！"；楞特喊"把那个东西挪开！"，喇喇也像回声一样跟着喊"把那个东西挪开！"。用上全身力气，脖颈憋得通红。

喇喇从来不闹头疼脑热等毛病，不像别人三天两头就因事请假误工，因此到年底他的工分超过三千。两个劳动力养活一个人，这在哈根艾力村很稀少。到年底结算，宝日吉格家数第一。大多数人家孩子多劳动力少，几百几千地欠集体，到队部来就像做了贼，灰头土脸，而宝日吉格却从会计手里接过一大把钱，手指上抿着唾沫，呵呵笑着一张一张地数。

"宝日吉格真是个有福之人！"

"哼！人家那小子只知道挣，不知道花！"

人们以嫉妒的眼神看着这样议论时，宝日吉格却呵呵笑着把钱揣到衣兜里，神情变得郑重起来：

"嗨！你们都不知道我的难处啊。本想给这个东西说个媳妇，可是怀里揣着钱却找不着主。给做了一件新衣服也穿不出个好。你看看他，你看。"说完指着窗外摇了摇头。

生产队院子里孩子们聚了一帮，喇喇在他们中间，旧棉袄的

---

① 打漫：打场扬场过程中，一个人站在下风头，顶风用扫帚扫糠皮和粮食瘪子，称作打漫。

两个前襟斜着交叉过去，腰间用绳子扎着，手里拿着一个冻牛粪盘子，舌头一伸一伸地掷羊拐，声嘶力竭地呼喊着。

做好年终决算，开完支分完红，这时就到了年根，哈根艾力村开始沸腾了，人们朝供销合作社和碾房两个方向奔走，开始忙年。

博玛轧完荞面成了白人回到家，在新扒的火盆火上烤着手。宝日吉格是个像喇嘛一样干净利索地生活过来的光棍，对家务活并不外行，博玛在碾房轧面时他就把后晌火烧好，现在盘腿坐在炕里，在溜光的脑袋上顶着一条折叠的白毛巾，吱、吱地抿着面前杯中的小酒。他看见博玛又累又冷的样子便问：

"你儿子呢？"

"谁知道呢。"

"不是跟你去碾房了吗？"

"谁知道他啥时候没影的。"

正这样唠着，喇喇歪戴着黑狗皮帽走了进来。他推门进来一眼看到火盆上正滚开着的汤：

"啥饭啊阿妈？"

"你还知道吃饭啊？"

喇喇看了半天阿妈，然后朝宝日吉格斜了几眼，在炕沿上歪着身子又转向阿妈瞪着眼：

"怎地不知道？我还要做新衣服，我还要钱！"说完脸沉了下来。阿妈马上和颜悦色地说：

"我儿不要那样，给你做一件新衣服，还要啥钱……"说完把饭碗递了过去。喇喇接过碗扭着脖子说：

"村里人都说我、我挣了好多钱，让我跟阿爸要，还要新衣服。"说完低眼瞥了一下阿爸，开始往嘴里扒饭。

"是谁给你说的？这个嘴欠的玩意儿，气死人！"博玛听了沉着脸刚嘟囔完，宝日吉格啪地拍了下秃脑袋，吭哧、吭哧笑着从衣兜里掏出几块钱：

"给，我儿明天到供销社买糖吃，说实在的，你是咱家的顶梁柱。"听他这样一说，喇喇马上咧着嘴，接过钱，揣进衣兜，望着阿爸不时地发笑。

自从喇喇参加生产劳动以来，宝日吉格确确实实宽松了许多。他从地里回来，就像一只老猫，趴在炕头上。最近兜里有了钱，每天跑好几趟供销社，抱着一瓶瓶、一包包的烧酒、馃子、饼干，吭哧、吭哧笑着在村中迈着四方步。现在他打骂喇喇少了许多，说话语气也柔和了许多，这使喇喇的内心滋生出些许傲气，开始有了点小脾气。从地里干活回来要是饭还没做熟，他就要耍起小脾气来：

"到了现在饭咋还没做熟？！"说完摔摔打打，噘起嘴，来回走着溜儿，把碗架子门摔得噼啪直响。

这一天刚吃完饭，谁也没说他就拿起扁担挑起水桶，去挑沏茶水。嘴里哼着秧歌调，咯吱、咯吱地踏着积雪，向套布①那边走去。

不多一时，他忽闪忽闪地挑着扁担水桶，不时地摸着衣兜回来了。这时已到黄昏后，他实在坐不住，扔下扁担就又走了出去。他左看右看，天上星辰闪闪，村中灯火点点，时而传来几声噼噼啪啪的鞭炮声，随后传来孩子们的喧哗声和狗叫声。

喇喇翻着衣兜掏出钱，在窗前昏暗的灯光下，猫着腰数了又数，然后揣进兜里朝南跑去。

杜吉雅嫂子正在发粘豆包面，喇喇猛地推门进来，咧着嘴朝她笑着。杜吉雅嫂子有些莫名其妙地问：

"咳，我们的喇喇今天咋这么高兴？"喇喇的神情神秘兮兮，默不作声。他把半个屁股搭在炕沿上，不时地拱动着来回看了半

---

① 套布：蒙古语，窝棚，窝铺。

天才问:

"嫂子,买副花镜用多少钱?"

"你买花镜干啥?"

"我给阿妈买。"

"那你有钱吗?"

"我、我有。"

"有多少?"

"我、我有三块钱。"说完从兜里把钱掏出来给杜吉雅嫂子看。

"三块钱不够,一副花镜四块多。"听杜吉雅嫂子说完,他狡黠地嘿嘿笑着,从另一个衣兜里又掏出几张一角、两角的毛票。

八

春天又来到了哈根艾力村。暖风阵阵吹来,大地开始返青,乌力吉木仁河春水涨满河床,水面浮着白花花的泡沫,向东奔流。伴随季节迁徙的各种水鸟,纷纷返回,飞落两岸,整个河畔鸿鹄噌噌,水鸭嘎嘎;丹顶鹤、白颈寒鸦昂首挺立;渔鸥、叼鱼郎等水滨鸟类的各种各样叫声此起彼伏,奏响萌动复苏季节到来的交响曲。

这一天,生产队的男女劳动力全都集中在河北岸的地里,身披晴朗的春光,在略带几分潮气的微风中耧荏子,场面宏大,犹如一幅清新优美的图画。

耧到地头,队长发话休息一会儿。这时,一些青年坐在地上,低着头猫着腰玩十二连,有的晒着太阳打着盹儿,几个有烟瘾的,又是纸又是烟地忙活着。喇喇一跛一跛地走过来,把耙子一扔,坐到地上,脱下脚上的黑布鞋,在耙子把上啪啪地磕了几下,把里面的土倒掉,然后把鞋子放在鼻子下面,伸着舌头,像瞄准一样往里瞧。瞧了半天，将右手伸进去，就像从鸡窝往外掏鸡蛋，连鞋子都不看，呆愣片刻，然后手指在里面咔、咔地挠着。

妇女们在那边聚成一堆，嘻嘻哈哈地说笑着。慕容嘎的女儿哈斯其木格哼起了曲子，大伙随着曲子轻轻地唱了起来：

> 枝叶繁茂的梧桐树哟，
>
> 如果它要连根枯倒，
>
> 羽翼丰满的莺歌鸟哟，
>
> 它在哪里歌唱？
>
> 自幼相恋的达那巴拉哥哥哟，
>
> 他要是入伍去当兵，
>
> 啊哈咳，
>
> 留在家中的金香我哟，
>
> 眼望着谁守候家中？
>
> ……

抒情轻缓的曲调，就像春天的蜃气，荡漾着爱的涟漪渐渐扩展，悠悠传扬。这时喜欢嬉闹玩笑的杜吉雅嫂子搭上了腔：

"看那楞特听得那仔细认真样儿，哈斯其木格的嗓音听着是不是比别人的好听？"说完看着楞特嘎嘎笑，人们的目光一下子都投到楞特和哈斯其木格身上。

手里拿着一根草棍在面前地上胡乱画着的楞特一听，脸红到脖子根，闪烁其词，一时找不到话说。

楞特和哈斯其木格在搞对象的事，人们有所传闻，但还没到定亲摆酒席宴的程度。因此哈斯其木格更是惶恐不安：

"看这个短命的，不知在胡说个啥！"一边说一边用拳头捣杜吉雅嫂子的肩背。

这时喇喇嘴一咧一咧，手指着哈斯其木格笑着说：

"他们俩那天在西边的树林子里来着。哈斯其木格你说，在没在那里?"人们听了一阵大笑，哈斯其木格脸涨得像一张红纸：

"好你个乞丐崽子，你在说啥!"说着奔了过去。喇喇嘿嘿笑着，吐了一下舌头，光着脚板就逃。

在莛子地里他没跑几步就被绊倒。哈斯其木格赶上去用手掌拍打他的头。喇喇用一只手护住头，嘿嘿笑着向前爬了几步，刚一起身要站起来，哈斯其木格也被莛子绊倒，胖乎乎、软绵绵的身躯，一下扑倒在喇喇身上。在那一刹那，一股芬芳的胭脂味，像棉艽瓜一样暄软的姑娘身体，令他刹那间沉醉，全身像触了电一样不禁一震，张开双臂一下拦腰抱住哈斯其木格，头抵在她的下颏下面。哈斯其木格当时羞得脸仿佛要滴血。尖声喊叫着挣扎着。这时杜吉雅嫂子赶紧跑过去将喇喇拉开推到一边。

喇喇像是从梦中惊醒，瞪大眼睛呆愣了半天，神情像哭一样咧着嘴。

人们看着稍稍有点碍眼，稍稍紧张了一下。不过在平日里，姑娘媳妇们跟喇喇也这样打打闹闹，久而久之习惯了，也没把喇喇当成雄性动物，因而也没当成一回事。老队长桑杰虽然也慌了一下，马上为缓解气氛，微笑着说：

"咳，喇喇过来。跟女孩子不能那样纠缠玩耍哦!"喇喇听了一拱一拱地走过去，坐在桑杰身旁。这时他才感到脚底板疼痛，扳起脚底板开始挑刺。

哈斯其木格正在不知所措，一边拍打着身上的土，一边说：

"这个二虎小子!"说完白了一眼喇喇，然后又瞥了一眼楞特。

这时，望着脚面脸色青一阵白一阵的楞特，腾地站起来，抄起耙子上垄开始干活。

一个庄稼汉的生活，就像在运动场上的一个长跑运动员，顺着垄沟反反复复地转来转去，就这样了却一生。一转眼，哈根艾力村耧荏子的活结束没几天，紧接着耪地的活就开始了。

太阳在头顶上照射，天气开始热起来，哈根艾力村的男女劳力仍然在河岸这边的地里晃晃悠悠地耪着。喇喇已经干了六七年地里的活，也算是个像样的庄稼人。他把裤腿子挽到膝盖处，光着上身，被露水打湿的鞋子发出咕叽咕叽的响声。

楞特最先耪到地头，用鞋底蹭着锄板。这时好像有什么东西碰到了他的神经，走到人们的后面，用锄头角这儿点点，那儿杵杵，按垄进行检查。当他来到喇喇后面，停住脚步横声吼道：

"喇喇你这是咋耪的？！"喇喇不禁一惊，直起腰反回身。

"来看你耪的这叫啥玩意儿！"

喇喇在嘴里嘟囔一句什么，在原地跺着脚。看见楞特朝自己走来，这时他才赶忙顺着垄沟晃晃荡荡，目光躲躲闪闪地走过去。正当二人擦肩而过，楞特从喇喇后面猛地一推，喇喇趔趔几步向前栽倒。喇喇趴在地上挺起脖子，歪头瞪了楞特一眼嘟囔道：

"楞特你这、这是干啥？"楞特不由分说，奔过去，一只手摁着他的脖子，一条腿跨在他身上，令他丝毫动弹不得。这时喇喇勉勉强强扭过脖子，喘着粗气乞求道：

"楞特哥，求求你，放开我吧，求求你！"

楞特阴沉着脸冷笑一声：

"看你今后老实不老实！"嘴里这样嘟囔着，把喇喇的布条裤腰带一下扯断，扒下他的裤子，在他的光屁股上狠狠地打了几掌。喇喇身子抽搐了几下，号叫了几声，仍然歪过头勉强笑着求饶：

"哎呀！楞特哥，你真打呀，楞特哥！"

听了喇喇求饶，楞特的神情反而愈加阴森，在铁锨头般大小的手掌上，"呸、呸"地吐了几口唾沫，在喇喇的光屁股上连连起落。

喇喇的光屁股上，一道道手指印像一条条垄台一样鼓了起来，豆粒大的汗珠从他的额头滴落下来。从开始像牛一样哞哞号叫的喇喇，这时却呜呜地大哭起来，口鼻都沾满了土，仿佛成了个泥人。

这时人们实在看不下去了，纷纷围拢过来，连拉带拽地把楞特扯开推到一旁。

喇喇像一只受伤的小鸟，趴在地上一动不动地抽泣了半天，这才慢慢坐起来把裤子拉上，抽抽噎噎地咳嗽了几声，站起来磕磕绊绊地朝地头走去。

杜吉雅嫂子刚才几次开口呵斥，都未能阻止住楞特，实在气不过，真想破口大骂，无奈哈斯其木格在身旁坐立不安，于是隐忍作罢。她瞧着瞧着，不禁揉了揉眼睛，用沙哑的声音朝哭着走来的喇喇大声说：

"过来，喇喇！"话音刚落，随着睫毛的闪动，露珠般的眼泪落了下来。

晌午，博玛看到儿子的花斑脸和哭肿的眼，马上猜到肯定又是受到了别人的欺凌，立刻问是谁打了他。喇喇用鼻音回答道：

"是楞、楞特。"听了儿子的回答，博玛怒火中烧：

"书记的儿子能咋地！生产队长又能咋样！我去找他理论理论！"说完就往外走。喇喇马上一把把母亲拽回来，横声横气地说：

"这与你无关！"

"你个孬种，就能跟你妈耍英雄……"气得博玛一下子说不出话来。

宝日吉格蜷曲着趴在南炕上啥话也不说。他长期贪杯酗酒，体质下降。今年正月醉酒摔倒之后，半拉身子发麻，不听使唤，卧炕不起。自此，喇喇开始不大听他的话，有事"哼"一声，摔门就走。宝日吉格也自此开始自知自量，在一般鸡毛蒜皮的琐碎小事上不生气，有时憋闷得实在受不了，就规劝自己："嗨！这都是秃子我的前世造化！"

这几年，宝日吉格成为生产队里的余粮户，可一得病趴炕，心里变得复杂起来，常常被各种各样的想法所困扰。

他的阿爸临终前，握着唯一一个儿子的手说：

"宝日吉格啊，阿爸活着的时候，也没能给你说上个媳妇，以后想法说个人儿，好给咱家传宗接代……"说到这儿就咽气了。现在自己也黄土埋到脖颈了，传宗的人呢？接代的人呢？想把这个东西视为己出，可这种想法一露头，不由自主地将葫芦头脑袋摇得像拨浪鼓。

心里一阵憋闷，宝日吉格勉强支起上身说：

"长命，给我倒一茶缸水。"在北炕上端着大碗大葱蘸着大酱吃饭的喇喇说：

"暖、暖壶不是在你跟前吗？自己倒着喝呗！"说完连头都没回。

在外屋做奶豆腐的博玛听了里屋的对话，大声说：

"看这孩子，你阿爸有病你难道看不着？给倒完水再接着塞难道就不行？"即使听到了阿妈的话，他也没动弹。无奈之下，博玛跑进来用勺子敲了几下儿子的后脑勺。喇喇用手摸着后脑勺，鼓囊鼓囊地嚼着嘴里的饭，过去倒了一杯水，里一半外一半地洒着，端到宝日吉格跟前放下，转身回到北炕，吐了几下舌头，一碗饭下肚后开门走了。

不多一时，从生产队门前传来孩子们的吵闹声，在吵闹声中夹杂着一个粗大沙哑的声音：

"嘀嘀嗒——嘀嘀嗒，嘀嗒嘀嗒——嘀嘀嗒……"

九

　　"大包干"的舆论风靡农村,不久冬天就来到了。哈根艾力村的年景不太好,再加上人心浮动,粗粗地收秋,草草地打些羊草,便开始开会分地分牲畜。

　　这一天,大多数人家都是几个人前来参加会议,可宝日吉格家只有喇喇一个人参加。他像一只猴子,蹲坐在队部门口挡门用的木墩子上,谁发言就望着谁的嘴巴,目光一闪一闪。人们就像一群炸窝的鸟儿,正在叽叽喳喳,吵吵闹闹。桑杰将手里写在纸上揉成团的阄抛到桌子上,人们立刻围拢过来。喇喇摸到一个阄,吐着舌头打开看了半天,也没看明白。在他身旁的桑杰说:

　　"你这个二虎八鸡的家伙,是五十三号,快到牛圈抓标有五十三号的牛!"听桑杰这么一说,喇喇才随着呼啦啦向外拥的人群走到外面。

　　生产队把所有的牛全都赶回来圈到一处。牛一多,强者把弱者顶得哞哞叫,牛犊、小牛们顶架、撒欢,尘土飞扬,一片嘈杂。村里的孩子们趴在墙头上,大人们手里拿着绳子,从圈门往里窥探。大多数人将自己抓到的号码,与圈里牛后胯上的号码进行对照后,流露出不满意和遗憾的表情。

　　喇喇钻进牛圈,眼神发愣,在众牛当中穿行,踅摸了半天也没找到自己的牛。正在这时杜吉雅嫂子从那边大声说:

　　"哎,喇喇!在那儿,在那儿,西北角,站在那条花腰子乳牛旁边的那条不是吗?"喇喇听了,吐着舌头过去在一条白犍牛的犄角上套上了牛头绳。

　　哈根艾力村的人们谁也没承想,最好的牛竟然落在喇喇手里,人们个个目瞪口呆。就在这时,慕容嘎老汉手里握着鞭子,走到喇喇跟前说:

"喇喇你把那条白牛放开！"喇喇听了朝老汉呆愣愣地看了半天，不情愿地从牛角上把绳子解下来，然后皱着眉头望着大伙。

慕容嘎老汉是队里犁杖打头的。几年来，他从没让这条白牛离过手。车打误^①了会跪着往前拉的这条白牛，现在竟然成了别人的，别人把绳子套在它的犄角上，他眼睛都急红了。慕容嘎老汉把绳子往肩膀头上一搭，望着大伙用沙哑的声音可着嗓子大喊：

"从祖上居住在这里的我们，有优先选择土地和牲畜的权利。宝日吉格的儿子来哈根艾力村才几年？他有啥资格分到白牛！"正在踟蹰遗憾的人们跟着纷纷呼应：

"对！还是坐地户先分！"

"对！说得有理，这个生产队是靠谁的力量建立起来的？！"

这时杜吉雅嫂子大声说道："后搬到哈根艾力村的只有喇喇自个吗？再说了，他是宝日吉格的儿子，不是外来户！那天分甸子地的时候，一些背着鞋搬来没几年的人，抓走了最好的地块，当时你们咋没人吱声？咋都成了哑巴？"

慕容嘎老汉耸了耸肩说：

"说实在的，宝日吉格也是生产队建立之后才搬来的。"

正在争执不下的时候，希书记牵着生产队的黑走马走了过来：

"算啦，算啦，不要争吵啦，这条白牛谁都不能分，以后再说。在剩下的阄里让喇喇再抽一个！"就这样给哈斯其木格的阿爸留了个面子，平息了争吵。白牛最后会到谁人之手，大伙心里都明镜似的，但谁也没敢吭一声。

在余下没人要或被人调换的几个阄里，喇喇抽到了一条断角的海骝色牛。这时再没有一个人关注他，人们都忙着抓各自的牛。

---

① 车打误：东北方言，车子陷进坑里或被物体卡住出不来，称作车打误。

海骝色牛是一条口齿近二十岁，并有"懒王"绰号的老牛。过去人们套车或犁地，都选各自役使的牛陆续牵走，海骝色牛常常独自剩在圈里没人选。那一年拉羊草，车陷在河道里，这条海骝色牛偷懒不出力，趴在泥水里。慕容嘎老汉一气之下，用木叉把打断了它的一只角。

喇喇把绳子套在牛脖子上，拉拉扯扯勉勉强强从生产队牛圈里牵出来往家走。懒王好像在试探新主人，在喇喇身后懒懒散散，带动不动地半天抬一下蹄子。就这样向前移动着，突然脖子向上一挺，将喇喇扯了一个趔趄停下，撅起尾巴吧嗒、吧嗒地拉起了屎。拉完屎的海骝色牛停在原地，任喇喇怎样拉，怎样扯，就是不走了。喇喇在嘴里骂着，咒着，侧歪着身子走上前举起拳头在牛胯上捣了一拳。海骝色牛抬起蹄子一下踩到喇喇的脚背上。喇喇就像一只被夹子夹住的小鸟，打着扑棱声嘶力竭地喊叫，连推带拉把脚从牛蹄子下抽出来，疼得他跳着脚打着转摔倒在地。

早就站在生产队门口朝牛圈张望着的博玛，急急忙忙赶过来，母子俩一个人在前面牵着，一个人在后面赶着，这才把海骝色牛弄回家。

宝日吉格的病情加重，整个半拉身子失去了知觉。但他还是强撑着拄着拐棍出来，歪歪斜斜跌跌撞撞地去找希书记。这时，役畜早就分完，人们把抓到的牛已经都圈在自家院子里了，再去找能顶啥用呢？再说，希书记是个尾巴根子都白了的老手，随便三八两句话，就把宝日吉格打发回来了。

宝日吉格回到家里，爬上炕，把拐棍儿往地上一扔：

"太小看我们啦！"说完用拳头在枕头上捣了几下，"嗨！跟别人生气有啥用？那么大个活人去了，牵回一个没用的玩意儿。看你们两个那副熊样，看来年春天咋种地！"说完喘着粗气白了喇喇一眼。

喇喇斜着身子坐在炕沿上，吐着舌头默不作声地摆弄着脚跟。听了宝日吉格的这番话，不服气地说道：

"哼，我要是种不了，就回我的南大荒！"说完摇了摇头。

放上桌子正在里外屋走动的博玛大声斥责道：

"南大荒有你的亲爷爷还是有你的亲奶奶？动不动就说回南大荒，你想到那里当乞丐去要饭？！"喇喇听了朝阿妈瞪起眼睛气囊囊地说：

"你不用管我！"说完一摔门走了。

十

"大包干"后的第一个春天光临哈根艾力村。家家户户男男女女老老少少齐动员，起早贪黑地奔忙，朝各自的土地奔走如飞。大多数人家牛驴搭配，或者把乳牛拉出来当役畜，自家拴了一副犁杖。还有的两三家搭伙合作种地。博玛找了几家想合作，但人家都没让她搭边。

太阳露头以前喇喇就起炕，好歹修一修旧犁杖下地了。

瘦得像三棱荞麦一样的灰毛驴，两肋嶙峋、胯骨凸出的海骝色牛在前面晃悠着，喇喇在后面弓腰扛着弯犁，一跛一跛地走着，嘴里还不时地大声喊着。博玛背着点葫芦①，拖着磙子和播梭，跟在最后面。

他们这样从村中走过，人们见了，有的在发笑，有的在叹息。

"喇喇这哪里是去种地，要说是在扭秧歌还差不多！"

"咳！看这对母子这般样子，真不知道咋种地……"

在喇喇手上越冬的海骝色牛，与其用它去种地，还不如用它去涮锅。博玛一辈子没饲养过牲畜，宝日吉格甭说养牛，就连自

---

① 点葫芦：葫芦制成的播种工具，主要用于谷类和豆类作物的点播。

己的命都顾不过来。去年分牛那会儿他猛地生过一次气，从此之后，口眼歪斜，说话都费劲了。至于喇喇，想起来了就把羊草成捆成抱地抛进牛圈，想不起来就一连几天连一滴水都不给。

当他们来到地头，太阳都几竿子高了。喇喇神情郑重地纠缠着把牛和驴套到犁杖上，吐着舌憋着劲，把犁杖对准了垄头，回过头来喝令母亲：

"快把点葫芦背起来！"

母亲手忙脚乱地背上点葫芦，肩上挎着播梭绳站到后面。他挥鞭喊着"驾，驾"，灰毛驴竖起耳朵听着，懒王却闭着眼睛摇着头，向前晃了两三步就停下了。喇喇跺着脚抽了几鞭，可海骝色牛摇着尾扭着胯一步不前。

博玛走上前弯下腰看了看之后说：

"犁铧插得太深啦，再浅一点！"喇喇听了，把犁杖提起来，把犁铧上的土踢掉，重新插到垄上。可这回犁铧插得太浅，犁杖一走起来歪歪扭扭，里出外进，挑出的垄沟像个枣木棒槌。喇喇死死地抓住犁杖把，犁杖继续蛇行，母亲从后面连呼带喊，才把犁杖停住，重新抹回地头。

就这样折腾了半天，就像猪拱一样半拉半截地开出那么几条垄，打了铧子，海骝色牛也趴地不起了。任喇喇怎样用鞭子抽，用脚踢，海骝色牛闭上眼睛伸着脖子，纹丝不动。母子俩围着懒王搓着手打着转儿，正在这时，在那边往地里送粪的慕容嘎老汉和楞特俩过来，连推带拉地把牛装上车，拉回来卸到他家院子里。

独自一人趴在炕上烦闷难耐的宝日吉格，起身从窗户看到这一切，几乎肺都要气炸。他看着像残兵败将一样耷拉着脑袋走进来的母子俩，扭着下巴过了半天大声喊道：

"这下可好，再用你妈的腿种地！"

博玛啥话也没说，刚靠近炕沿，两行泪水就流了下来。喇喇也阴沉着脸出出进进。当他靠近炕沿，也像泄了气的皮球，堆坐到炕上。这时宝日吉格从枕头上抬起头：

"去年冬天我就告诉过你，要把牛和驴喂好草料饮好水，已经是二十七八岁的男子汉了，还和小孩子混在一起，在外面疯跑。现在可好，牛趴蛋了吧？！"说完咳嗽了几声，捂着胸口再没动静了。在地里几乎气蒙急死的喇喇，听了这番埋怨话，脖子一梗说：

"那你、你咋不喂呢？！"说完眼睛一瞪，脸向上一扬。

宝日吉格气得像充了气的皮球，在炕上拱动了几下，抄起身旁的拐棍一抡，啪地落在喇喇的额头上。

喇喇摸着额头，哼哼着鼻子，梗梗着脖子。这时博玛走进来把喇喇往旁边一扯喝道：

"不要吱声！"这时的喇喇更加盛气凌人，"哼"的一声，跺着脚气冲冲地说：

"我、我走，我要回南大荒！"说完一摔门走了。

博玛跟着走出去高喊：

"回来！长命你快给我回来！"喊了半天他连头都没回。最后博玛心想，就凭你那点能水，你能去哪儿？想到这儿反身回到屋里。

博玛等到深夜，儿子也没有回来。到第二天中午仍然不见人影。这时她知道儿子真的去了南大荒，但她心想，他在南大荒也待不了几天就得回来。

几天之后，在一个微风习习、阳光灿烂的日子，喇喇穿着一身新衣服，从南面晃晃荡荡地走来。哈根艾力村所有看到的人无不惊奇地问：

"咴！看我们的喇喇，打扮得那么好，不知道去哪儿了？可能是相对象去了吧？"喇喇朝他们一咧嘴，嘿嘿一笑，不无骄傲地说：

"要搬回南大荒！"

喇喇摇头晃脑地回到家，宝日吉格和博玛俩惊得目瞪口呆：

"这几天你跑哪儿去啦？！"

"去、去南大荒呗！"喇喇话还没说完，瞥了一眼身上的新衣服，猫下腰去开始拍打落在上面的灰尘。

博玛仿佛掉进一个坛子里面，发蒙发闷，眨动了几下眼睛问：

"是谁给你做的衣服？"

"是百、百顺叔叔给做的。我要是搬回去，他说把他的二、二姑娘嫁给我。我这是回来接你们俩……"喇喇的这番不明不白话，博玛也没听太明白，背过脸去说道：

"我不走，要走你自己走！"

喇喇也不看母亲一眼，又像唱又像喊地哼着一个什么曲子走了出去。

走进房西的牛圈，看到海骝色牛在死活之间，像一堆垃圾趴在那里。他走到近前看了看，在牛屁股上踢了一脚，随便哼着一个调儿，走过去给破旧的毛驴车拴绳拴套。

博玛这时陷入了沉思。

虽说无法相信长命的话，可有另一种可能性若隐若现。她不停地眨动着眼睛，开始掰着手指计算……百顺的二姑娘一条腿残疾。今年大概二十七八岁了吧？可能还没找到女婿……

到了晚上喇喇早早在北炕上打起了鼻鼾。宝日吉格和博玛俩背对着背，侧着身子躺着，各想各的，久久不能入睡。

博玛把儿子在我的庇护下养大成人，难道他真的像秋天的大雁那样飞走吗？咳！他不走也没办法。我们老两口能给这个半生不熟的儿子讨老婆吗？这唯一的愿望能实现吗？要是真有人把姑娘嫁给他，我从中间梗阻，强行把他留下，将来母子俩会埋怨我一辈子。再说，这个没长犄角的牛，一旦牛劲上来，老弱病残的我们俩，也不是能阻止得了的。还是让母子俩回去吧，以后的事走着瞧吧。不管咋说，就看造化吧。

宝日吉格想到这儿，翻过身子转向博玛：

"你还是跟儿子回去吧，要不夜长梦多啊！"

"真的说不准哦，要走咱仨一起走。"

"咳，我去反而成为你们的负担。再说，家有这样一个拖拖拉拉的爹，谁肯把姑娘嫁给他？还是给长命说个媳妇传宗接代最要紧。"

"那剩下你一个人咋能行！"

"你们俩一走，我就成了五保户。村子会关照我的。只要你们俩不忘记我，时常回来看看我，这我就心满意足啦……"

"我们俩到那儿把事儿办妥后回来接你……"

"以后你们有了难处，再搬回来也行啊……"

宝日吉格和博玛二人一根接一根地抽着烟，放在两人中间的油灯在风中忽闪，忽明忽暗。

时间在不知不觉中到了深夜。这个深夜仿佛沉到了海底，没有半点声息。门前的大柳树偶尔呼啸几声，在静下来的间隙里，传来几声不知是什么鸟唧唧的凄凉叫声。

喇喇要带着母亲搬回南大荒的消息不胫而走，人们议论纷纷。没过多久，这一天来到了。

早晨的太阳淹没在雾霭之中，朦朦胧胧。喇喇把灰毛驴塞进车辕子，将拴在桩子上的红乳牛牵过来，链在毛驴的脖子上。即使没啥可赠予的东西，但带上一点财产去当女婿，底气不是会足一些吗？想到这儿，宝日吉格把乳牛送给了他们。

大部分人都下地干活去了，前来送行的人没多少。只有孩子聚了一院子，仿佛与喇喇难舍难离的样子，围着他的身前身后转着。杜吉雅嫂子昨天晚上来过了，今天早晨又送来几块奶豆腐和十几个煮熟的鸡蛋。这时桑杰、楞特和村子里的老人陆续赶来，邻居们也都走出来扒着院墙观望。

喇喇面带喜色地来回忙碌着，把些许包裹扔到车上，吆喝母亲：

"快、快上车坐下！"

博玛本想与父老乡亲们说几句告别的话，可她心里转念一想，哈根艾力村的人们肯定会这样看自己：当初儿子幼小时来投靠别人，等到儿子长大成人了，把一个孤寡的老头扔下就走了，真是个无情无义的女人！想到这儿，她一句话也没说出来。一上车她的眼泪就开始往下流：

"桑杰、杜吉雅……我是个苦命人儿，活着的时候就想给这个玩意儿说个人……咳，没办法……关照点他阿爸吧……"说到这儿抽噎得再也说不下去了。

车子启动了，宝日吉格这时才拄着拐棍拖拖拉拉、勉勉强强来到门口。他倚着门框望着毛驴车，面部抽搐着哆哆嗦嗦地说：

"长命！跟你阿妈俩在路上多保重！有空常回来！"说到这儿，两行老泪顺着鼻子两边流了下来。

喇喇用鼻子"嗯"了一声。博玛转过身来：

"回屋吧，保重身体！"说完放声大哭。

喇喇吐着舌头，举起鞭子一声吆喝，毛驴车出院门上路一溜小跑。孩子们在后面追逐着，前来送行的人们含泪挥手告别：

"姨娘，赶明个儿串门来！"

"喇喇，以后有空来溜达！"

喇喇频频回过头咧着嘴：

"没事吧？没事吧！"仿佛要进城似的不停打问着，驴车走远了。

十一

乌力吉木仁河仍像往常，时而河水满漕，静静流淌；时而冲刷着两岸，奔腾向前。随着季节更替，候鸟来来往往，时光在不知不觉中逝去。

在喇喇搬走的那会儿，哈根艾力村的人们好一番热议，后来渐渐凉了下来。再后来，人们都忙着各自的生计，几乎都把他忘了。偶尔人们在田间地头碰上，或在茶余饭后见面，时而提起喇喇当作笑谈：

"这时喇喇要在的话，不定还会闹出啥笑话惊动着全村！"

"可不是吗。说不说的，喇喇走都好几年了，一次也没回来，不知他咋样了啊？"

春风吹拂大地的一个黄昏，喇喇猫着腰从哈根艾力村前岗上的小山包走了下来。他穿着露胳膊肘的褂子，把带补丁的黑裤子挽到膝盖以上，走路一跛一跛，沾满泥水的胶鞋，发出啪唧、啪唧的响声。几年时间里他真的变老了。矮墩的个子，两肩向下缩着，顺着黄脸庞上的两个小眼睛眼角，爬满了皱纹，绵羊鼻子下面的黄胡须耷拉着。

他不时地吐着舌头，望着村子一侧棱一侧棱地走来。这时十来个躲在护草沟里玩耍，年龄在七八岁上下的孩子见了，用手指着他：

"咳，快看，疯子，疯子！"说着聚拢过来，从前后左右围观。

喇喇停住脚步一咧嘴，吐着舌头逐一看着这些孩子，用谁也听不懂的蒙汉混合语问：

"你、你们，都、都是谁家的孩子？"说完朝一个孩子猫着腰走了过去。这时孩子们吓得四散逃走：

"咳！疯子！我们村来疯子啦！"

"打！打这个疯子！"孩子们叫喊着抓起土块向他抛来。

喇喇用手护着头，闭着眼睛喊：

"别、别打，我是哈根艾力村的人！"孩子们听了吵闹得更凶：

"你不是我们村里的人，你不是我们村里的人！"叫喊着从四面围攻。

这时有人从院子里看见后惊异地大声说：

"咳，那不是喇喇吗？别打，别打，不要打！"说着走出院子。

喇喇看见他们，一跛一跛地走上前，吐着舌头，只有那么一句：

"嗨呀！嗨呀！"之外啥话也说不出来，朝人们咧着嘴笑着，眼睛眯成一条线。

"哎呀，喇喇咋变得这么老了？"

"是呢，都快认不出来了。你从南大荒来的吗？"

"嗯。"

人们汇聚在当街，孩子们吵闹着，这时杜吉雅嫂子看见后，把喇喇领进屋。孩子们跟进杜吉雅嫂子家的院子，有的趴在窗台往里看。

喇喇脚刚迈进外屋，便抄起水瓢，从水缸里舀了一大瓢凉水，咕咚、咕咚喝了几大口，感到十分解渴地长出了一口气，然后用衣袖擦着嘴巴走进里屋，坐在炕沿上拱动着，望着杜吉雅嫂子龇着牙咧着嘴。

"咋样喇喇，还好吧？还没忘哈根艾力村？你阿妈身体还好吧？"

"她死、死了。"

"啥时候？"

"是那年。"

"那，那你有老婆孩子吗？"

"没、没有。"说到这儿喇喇在炕沿边拱耸了几下。

杜吉雅嫂子皱着眉头，一边忙着活一边问：

"那你咋生活呢？"

"给、给别人打工。"

不大一会儿，杜吉雅嫂子做熟饭，炒了一个菜，放上了桌子。喇喇盘腿坐在桌边，大口大口地吃着高粱米饭。这时，过去跟喇喇玩耍过的十几个孩子，听到消息赶来，趴在杜吉雅嫂子的窗台往里看。喇喇看见后停下筷子，心神恍惚地看着，开始一一记起，但一时又叫不上名字。他兴奋地往屋里叫他们：

"进来！进来！"这时他看见楞特的弟弟哈达，放下筷子，向外望着招着手说：

"哎，楞、楞特，进来，楞特！"他们推门走了进来。不大一会儿，楞特几个人，还有几个妇女，嘴里叨咕着："听说喇喇来啦？"一个跟着一个走了进来。

喇喇看见他们，赶忙溜下炕，走上前，看看这个咧咧嘴，看看那个吐吐舌。

"哎呀喇喇，想死你啦！你没想我们？"

"咋、咋不想呢？"

喇喇连连点着头吐着舌。

"你的庄稼长得咋样？"

"不、不好。"

"你咋突然想起回来了？"

"从、从地里偷着跑出来的。"

"我们的喇喇老了还没改逃跑的脾气！"大伙听了一阵哄堂大笑。

"那么以后就别回去了。"

"不、不行，叔叔生气，他、他不让……"

"……"

前来看望的人和村里的孩子都各回各家了。杜吉雅嫂子把他们送出门返回来说：

"喇喇，你继父去世才几个月。"他听了好像刚想起宝日吉格似的，神情凝重起来。他瞥了一眼杜吉雅嫂子，然后不由自主地望着外面，在嘴里嘟囔了一句"爸爸"之后走了出去。

宝日吉格的两间泥土房房顶长满一尺多高杂草，房檐下沉，烟囱开裂，窗户纸脱落，有的窗棂用黑抹布、旧衣服堵着。破旧房门上挂着一把大黑锁。院墙有几处坍塌，敞着豁口，院子里到处是驴粪牛粪、残砖断瓦。靠着西墙根，喇喇经常磨弹球那块大青石，依旧躺在那儿，被土埋没了半截，周围长满了杂草。

喇喇抠着鼻子望了片刻，猫下腰去将裤腿拉到膝盖以上，挠了挠腿肚子，吐了几下舌头，朝桑杰家走去。孩子们在后面簇拥着，吵闹着，人们趴在房门、院墙向外窥探着。

哈根艾力村的人们看见喇喇，开始时震惊，接着一阵高兴，后来开始怀疑，随后各种议论也开始出现了。

"我真没承想能见到喇喇。"

"他为啥回来了？"

"可能在南大荒过不下去了吧？"

"也许是。"

"要不他来分土地来了？"

"那不可能，上面说了，政策不能变，这里哪儿还有他的份？"

"要不就来继承他继父的家产？"

"说实在的，宝日吉格的那点家产，处理他的后事都没够，况且这几年宝日吉格成了村里的负担……他那几头牛成为村集体财产才对……"

哈根艾力村的人们就这样瞪着眼睛伸着脖子议论了几天，突然间发现喇喇已无影无踪了。

原载《花的原野》1992年第11、12期

译于2021年3月

平河惊涛

乌·宝音乌力吉 著

郭长青 译

乌·宝音乌力吉

本名宝音乌力吉，蒙古族，1950 年 10 月生。赤峰市阿鲁科尔沁旗人。中国作家协会会员，内蒙古作协会员。著有《信仰树》等三部长篇小说和小说集、诗歌、散文集等十余部。曾获全国少数民族文学创作"骏马奖"、内蒙古自治区文学创作"索龙嘎"奖等。《信仰树》获内蒙古自治区精神文明建设"五个一工程"优秀作品奖。

郭长青

蒙古族，笔名郭尔罗特·乌云呼布奇，1979 年出生。现于兴安盟科右前旗统战部工作。2013 年内蒙古大学第四期文研班暨文学翻译研究学习班学员、签约译者。翻译各类作品累计七十余万字，多部翻译作品入选内蒙古"优秀蒙古文文学作品翻译出版工程"。现为内蒙古翻译家协会会员、兴安盟翻译家协会副主席。

一

嘎如迪老人吃力地抬起满载的木车车辕，腮帮子上青筋突起。不慎被锛子砍伤的右脚脚掌一阵阵抽痛，就像电流穿过身体。

他在车辆制作和木匠活儿方面是个内行。只见他顶胯蓄力，绷直双膝，一下将载有家用木头的重载车辕抬过腰带，拽了拽"铁青"牛的缰绳，示意让它进入车辕内，不堪重负的车轴吱吱作响。

铁青牛忽闪着一对铜铃般的大眼睛，摆尾摇头，从车辕下伸脖子钻进挽具，张着冒汗的灰色鼻孔呼哧呼哧地喘着粗气，还忙里偷闲地在松软的草地上痛快地撒了一泡尿，挺直脖子在牛鞅子里站定，只等老主人下轭。

"实在不走运。"老人一边喃喃自语，一边小心地踮着右脚尖迈着碎步，系紧役畜的下轭系绳，视装载的重量，尽量使下轭系绳松紧适度，不至于勒牛脖子。

"我可怜的铁青。"嘎如迪老人心疼他的老伙计，拽着捆绳扶着左侧车辕吃力地爬上重载车。这时，老人的眼神落在山梁上晃动着分叉犄角的雄鹿和支棱着耳朵的母鹿身上。"这里面有没有《弥勒佛的故事》里的那头鹿呢？"他自言自语着，抖抖牵绳抽打在牛背上，赶走牛虻后催动车子出发了。

这辆车子上，装载着半潮湿的九十六根柳树橼子和二百零六根哈那①，以及用来制作套脑②宽横掌的四根一拃粗紫桦树干。

嘎如迪老人动不动就夸自己的木车是拥有十六条横掌，光车辕挽具部分就有十六拃的好木车。这个并非自夸。车主装载的木头恰到好处，行车时才不至于戳到役畜的大腿根和尾巴。

"我做的车子，是不会勒压牛脖子的，那是我的手艺。"老人心想。

纵置的木材从车尾后伸出了一庹左右。这样的装载使得车辆下山时木材尾部被拖在地上，缓冲重载车的下推力。

铁青牛是一头有灵性的牲口。牵绳只轻轻抽在它的脊背上，听到"驾"的一声吆喝，随即挺直脖子绷紧了牛鞅子，重载车车轮在它奋力拉动下吱吱呀呀地转动起来。

"可怜的铁青。"嘎如迪老人伸直了腿，对着牛车自言自语，"我这车子是不会让铁青失望的，我用了两年时间，精挑细选好木料才打造了这么一辆好车子，师父点拨之余还加了我自己的创意呢。"

车子沿着山坡路缓缓下行。顺着这条布满凹凸不平石块、灌木丛生的山路，再往下走四五里地才能到达平缓的地方。"这种路才考验牛儿的气力呢。"老人想。

铁青三岁那年，嘎如迪给它套车辕适应挽具。从那以后，车子、牛、老人十几年来一起游牧一起载货运输，直到如今。因此老人很心疼他的"老伙计"。他轻轻伸直了伤腿，沉浸在回忆中。

山梁上的鹿群跟随老人的车子，越走越近。其中有一头雄鹿走近车子，瞪着一双大眼睛，晃动着犄角好奇地张望着。

---

① 哈那：蒙古包的木制结构支架。数十根同样粗细、抛光后的木棍，用牛皮绳连接，构成可以伸缩的网状支架。

② 套脑：蒙古包的天窗，是蒙古包的重要组成部分。

……这头鹿该不是被驯乘的那一头吧？一头温顺雄鹿的故事在这里流传多年了。这时，铁青也发现了那头雄鹿，张开鼻孔支棱起牛角嗅着味道。高大的动物见了同体型的动物往往会显摆强壮的身躯示威。

　　嘎如迪老人摘下挂在腰带上的鞣制皮革烟袋，准备在玛瑙杆子烟斗里点上林东红烟叶。现在草木湿润，还没进入禁火期，老人放心地打火镰点上烟斗。

　　花白的头发用熟皮条随意一扎，再用掉了色的浅蓝粗布裹起来的嘎如迪老人边打火镰边想："这样的老头可是不多喽。"系在额头的熟皮条随着皱纹在颤动。老人的眼神还是那样好。他的眼睛扫过黑色鞣制皮革烟袋上醒目的红色刺绣图案，暂时忘记了脚掌的刺痛，开心地呵呵笑了起来。"这个是老伴儿去年给我缝制的。以为我老了，特意给我缝了个烟袋。真的是老了吧，要不然自己拿的锛子怎么能砍了自己的脚呢？"他把挂有银元吊饰的烟袋挂在手指上，想起以前的丝绸烟袋，虽然起了毛边但是仍旧躺在箱底，不由想起向他人炫耀老伴儿手艺的往事来。

　　……其实我不缺火柴或打火机的。但是用这个习惯了。打火镰点烟能让双手、肩膀和胸膛的毛细血管血流畅通，祛除胸中郁积的寒痹吧。嘎如迪老人用拇指和食指捏了捏打火石的白钢色尖头，自言自语道："只有这个不靠佛祖也能擦出火花。"

　　接近牛车的雄鹿驻足在柞树丛后面。"嘿！嗅觉灵敏的那东西看样子是闻到烟丝的气味了。你留在这里吧，山神爷。我是不会伤害你的，即使想，这条伤腿也帮不上什么忙的。"老人自顾自地一乐。

　　铁青用它那掉了一层表皮的粗壮大腿顶起车子内沿横掌，摆动宽大的胯骨走着。两个蹄子将路旁的泥土踩得七零八落，蹄子角质壁缝隙里尽是泥土。宽厚的脖子和支棱的牛角撑着重载车的牛鞅子，平稳前行。

这些木材足够做一顶有地方特色的蒙古包了，老人坐在颠簸的牛车上欣喜地想。还是送博物馆展览的蒙古包呢……

说起来，那是前年冬天的事情。市历史博物馆有个叫其其格的姑娘专程来找嘎如迪老人说："老爷子，听说您是多年的老木匠，现在想请您做一顶蒙古包，作为民族文化历史展品，而且必须做您家乡特色的那种。"政策好了，要让蒙古族特色的物品走上前台走入大众眼帘，这可是好事啊，至少要做成一顶漂亮的蒙古包留在博物馆才行。自打听到这个消息，嘎如迪老人便按捺不住内心的激动，忙活了起来。

十岁左右时，嘎如迪老人便跟着名叫扎巴的邻居老木匠，整天不离左右，看他锯树戗皮。时间一长，也搭把手帮着老木匠扯扯线，拉拉锯子。老木匠在嘎如迪父亲面前夸他："这孩子手很巧，也蛮机灵的。"久而久之，嘎如迪便顺理成章地成了那位老木匠的徒弟。

嘎如迪想起了他的师父——那位老木匠。脑海里闪过留着乌黑的八字胡，秃了顶的额头，一双炯炯有神的眼睛架一副老花镜，紫糖脸的老木匠的身影。噢，一晃他们都已去世啦。

老木匠的女儿比嘎如迪小两岁。如今嘎如迪的老伴儿就是他师父的女儿。

"腿怎么了？"老伴儿见到了一定会这样问的，会担心的。老人的心情沉重得像压了一块大石头。

正在老人发愁之际，车子已经下了山，来到山下平坦的路面上。

在山谷尽头的那座大山北侧，还有一处蒸腾着青色雾霭的大山谷，山谷以北是平坦广阔的英图草原。流淌在那片草原上的诺木罕高勒①岸边，有老人的家。

鹿鸣声回荡在远处的山峦。回窝的花翅大鸟向着大山翱翔。

---

① 诺木罕高勒：诺木罕，意为"老实""太平""平静"；高勒，意为"河流"。

夕阳落入西山高耸的群峰背后。混合着草木的芬芳与潮湿地气的味道，让老人心旷神怡。南山的顶峰在地平线上开始模糊起来。

渐渐地，群星闪烁，银河满天，夜幕笼罩大地。这点路程看着比较近，但是走起来要耗费不少时间。凉爽的晚风让老人神清气爽。

二

牛车已经到达诺木罕高勒渡口。潺潺流淌的河水倒映着群星，河面泛起星星点点的白光，昏暗的夜幕使渡口变得模糊。好在铁青老牛识途，它嗅着泥土，嘴巴哧哧地吹着河水踩着泥浆涉水渡河，被车辐条带起的河水哗哗作响。

车轮在对岸的河坎子上卡了一下，在铁青的铆劲儿拉拽和嘎如迪老人扬鞭催促下，好不容易过了河坎子，到了对岸的砾石滩上。老人长出了一口气，铁青的蹄子蹬得路上的砾石咯吱咯吱作响。

远处传来狗吠声，快要到家啦。这会儿老婆子一定热了茶饭等着我呢，想着老木匠当徒弟学做蒙古包的日子，恍若昨日。

土房子多起来后，住蒙古包的人家越发少了。牧群也不怎么走敖特尔①和夏营地了，找老人做蒙古包的人也越来越少，到后来干脆无人问津。山上的木材不是用在蒙古包的建造上，而是被一些不法分子偷砍盗伐用作他途，日渐稀疏。这让嘎如迪老人愤愤不平。

嘎如迪老人觉得建造蒙古包是在尊重祖先，塑造形象，是一

---

① 敖特尔：意为走场。

件很神圣的事情。

市博物馆的那位姑娘回去后来了一封信。信中透露说，连市长都认为在博物馆里收藏备展一顶蒙古包很有必要。并且，市博物馆的相关公函与市林业局发的制造蒙古包所用木材是否能就近取材的商洽文件一并下到了地方。"要陈列在博物馆，家乡特色的蒙古包要成为博物馆的展品了，这样即使我死了，但是我做的蒙古包也活在大家的眼中。"嘎如迪老人闻讯心花怒放。

老人对同辈人说："我是当过全区牧民代表的人！那是三十岁时的事情。在自治区首府参加会议时，到博物馆参观了设在那里的蒙古包。在那里工作的一位蒙古族姑娘看我身材衣着当模特挺合适，于是拿我当模特照相。后来仿照照片模样做蜡像。那都是那位姑娘的主意。"

区博物馆的那姑娘名叫其木格。那姑娘曾问我，"您是做蒙古包的木匠吗？"我想她可能是看了我的简介吧。市博物馆的这位姑娘倒是跟当年那位其木格长得挺相像的。老人心想。

市博物馆的公函和林业局的文件为嘎如迪老人从陶高图峰采伐建造蒙古包的木材提供了支持。根据公函和文件，旗、苏木特意批示：从陶高图峰树木中采伐建造一顶蒙古包所需的木材，包括柳树、杨树、桦树、稠李子树，共计三百六十根，以此数为准。

……老人决定，采伐建造蒙古包的木材时选好了再下锯子。这个获批采伐的陶高图峰上，生长着老人十几年前就看中的适合制作套脑的木材。而且只生长在光照充足的地方。

……老伴儿，嗨，你就别再劝阻我了。做完这顶蒙古包后我就按你说的把木匠"武器"都封存起来挂在墙上，那些武器可是你的父亲、我的师父扎巴老爷子留下的物件啊……

嘎如迪老人与老婆子这样念叨了几回，第二天早晨起个大早，套上铁青赶着牛车就进山了。

过了渡口没走几里地，发现在白天能够辨别马毛色的距离上，有一团蓝色"鬼火"在跳跃忽闪。地点大概在嘎如迪老人小时候采摘地梢瓜玩耍的塌陷坑那边，夜深人静的时候总有鬼火出现。据说被官军打死的嘎达梅林起义队伍中的几人尸首被扔在那里，后来虽然被乡里人收殓安葬，但是一到夜晚鬼火也会不时出现。老人心里不禁一凛，汗毛竖了起来。都是好汉骸骨。以前走了很多夜路，但我从来没怕过什么，现在也许是岁数大了走下坡路了，怪不得手里的锛子砍伤了自己的脚。老人捻了捻过胸的胡子，嘴里念叨着"祖先神灵保佑"。

遗传的过胸胡须被他视作是自身气魄所在。他满意地捻了捻胡子，觉得今天采伐的套脑木材和他蛮有福缘。十五年前，那棵树还只有斧子把儿一般粗细时，参加陶高图峰祭祀的他一眼就看中了。

这是一棵面向朝阳方向生长的紫桦树，长在众多桦树、杨树最显眼的位置。这棵树背靠的陶高图峰，据说是祭天的场所。嘎如迪老人记得，长辈们讲过的人类因破坏自然遭受洪灾的寓言故事。据说当大水降临时只剩陶高图峰一块陆地，只有虔诚的少数人才能抵达最后的这一块陆地，迎来新生。

那棵桦树挺拔而秀美，生长在风力湿度适宜的地方。这棵套脑木材或许是发生在这里的"新生"的象征吧，老人边走边想。

三

唉，这下弄的，本来想砍几根柞树做横掌，没承想一失手砍伤了脚掌。我是为了那几个侄儿才多砍伐了几根车掌，那是我们家族的传承者和后代。我那侄儿的儿子我可稀罕着他呢……

柞树做车横掌和盖棚圈时好用，但因为是单木纹木材，所以制作蒙古包用不上。师父说过，佛祖造六条纹路的六道木，悖逆者非要造五条纹路的柞树，看来都是吃了那悖逆者所造的亏，砍伤了脚……

"我的陶高图峰！我的吉祥大山。"嘎如迪老人念叨着。他的师父扎巴老人曾说过，那个地方生长着吉祥树。据说，制作朝廷郡王旗札萨克诺彦①夏季行宫的十二个哈那的蒙古包时，嘎如迪的师父参与了其中。诺彦大帐的所用木材也取材于此。

为了进山，嘎如迪老人这天起了个大早，赶着牛车前往陶高图峰。约莫太阳出山时到达目的地。

趁着采伐开始前，他想在野外煮点早茶喝。他卸了车给牛解了套，挠了挠牛颈下的垂皮，把牛拴在树上，在车子旁的背风地用斧子掏了个洞，找来三块石头当火撑子，从树丛南面沟里打来满满一铜锅泉水放在火撑子上面，捡拾一些干树枝塞进灶坑里，打火镰生火。

二十几天前来采伐的虚松的哈那和橡子木材现在变得干燥瓷实了，再削去枝杈装车就轻便多了，老人边看边乐。

干树枝噼啪作响烧得正旺，铜锅底冒起了水泡。

他想起很早以前与木匠师父在这里煮野茶喝的情形，鼻子贪婪地闻着烟雾里飘散开来的干松枝清香的味道。

西山平矮的山丘上，一群二十来头鹿在吃草，在树丛中时隐时现。一头雄鹿大概闻到了烟火气息，抬头向篝火处张望着。野生动物为何还对烟火有如此敏感的嗅觉呢？据说很早以前家乡有一位好猎手从山里捕获了一头鹿羔，在它三岁时放归山林。那头鹿该不是这个大家伙吧？嘎如迪老人浮想联翩。

① 札萨克诺彦：蒙古语音译。札萨克，源自"札撒"一词，意为"支配者""尊长"；诺颜，意为官员、领导。

四

等老人削完四十来个橡子的枝杈时，野茶已经煮开了，茶香四溢。打来朝西南方流淌的山泉水煮的茶味道没的说，老人频频咂嘴，放下斧子满意地坐在小牛皮垫子上，打算好好喝几碗再开工。

煮茶时没忘了放几撮额吉淖尔的盐巴，这盐还是铁青牛、结实木车、老人三个走额吉淖尔拉盐队拉回来的。

盛茶时，他想起了老婆子。他老婆子还是个年轻姑娘时，跟着父亲外出采摘山杏，在野外喝午茶，其中就有嘎如迪。他老婆子十八岁那年夏天的一个日子，山野上开满了五颜六色的花朵，鲜嫩的青草在随风摇曳。老人想起在挂满果实鸟雀啼鸣的稠李子丛旁，背着她木匠老爹与心上人小心翼翼卿卿我我的旧日时光。

"真是的……"老人笑了。他发现自己一个人笑起来声音还挺大。都说人老了以后就不爱笑了，我这还自得其乐呢，这算怎么一回事？他微笑着摇摇头，欠身用铜勺子从锅里舀了一勺野茶德吉①祭洒山神土地，嘴里念叨着"阿弥陀佛"，祭洒了三次。

喝茶时，他从碗口上沿的眉毛间隙里又瞥见了支棱着犄角的雄鹿身影，不禁想起很早以前发生的一头神鹿的故事。

……很早以前，老人父系祖辈的一位猎人上山打猎，他遇到了母鹿被狼捕食、因睡觉而幸免于难的一头鹿羔，把它带回了家。猎人的母亲对他说："不要杀它，这是我们的祖训，鹿是山神的坐骑。"猎人的儿子也很喜欢鹿羔，于是就把它养在家里。日子久了鹿羔和家犬、主人熟稔起来。

---

① 德吉：来源于萨满教传统，即敬献腾格里（长生天）而获得"份儿"（或者获得恩佑）的习俗。原意为食物的"头一份"，后来引申出"精华""珍品"等意。

一晃鹿羔三岁了。猎人的儿子习惯了骑着光背鹿撒欢，还调教它适应套辕。

一天，猎人的儿子骑着光背的三岁鹿出去玩耍。回来后满脸通红，浑身发热，请来大夫治疗也不济事。晚上还发烧说胡话："还我鹿儿，还我鹿儿，那是我的坐骑。"小男孩的奶奶和父亲相信孩子是被托梦了，认为是山神在催还他的坐骑。于是赶紧把鹿送回当初带回它的地方，放归山林。而那头鹿因为跟这家人熟悉了，围着猎人打转，不愿意离开。

不过它终归是野生动物，山林是它最终的归宿。于是那头鹿吃着草，不时回头张望，渐渐消失在密林深处。

第二年，祭山的时候那头鹿出现在山崖上。好奇的人们用望远镜瞭望，发现它的脊背上有汗屉印记。于是，"那头鹿是山神的坐骑"的言论就传开了。

……弥勒佛的故事里有鹿、狗、人相熟相依的故事。这头鹿是否就是那样的神兽呢？嘎如迪老人边想边喝茶，撕牛肉干的油腻的手捻着胡须。

趁着天好抓紧采伐套脑木材吧。嘎如迪老人看到太阳已出山，时候不早了，于是站起身来准备开工。

他用粗糙的手掌擦了擦利斧冰冷的横面，眯着眼睛留意观察，手掌从凹凸不平的紫桦根部到适合下斧的位置拃了拃，正了正嗓子，嘴里念起一段"酹祭白胡子山神"的祝颂词："嗬！圣明的白胡子山神，请赶快乘着鹿儿，拿着龙头拐杖，扶助有福之人……"清晰完整地念完之后他又说，"采伐的树木拿去用于建造蒙古包。"祈祷过后他找个舒服的身姿，开始挥斧砍起来。

一双虬筋盘结的大手紧握利斧，斧刃有节奏而又力道十足地落在紫桦树上，白白的木屑溅落在地上，一股清香的味道弥散开来。

从西北侧砍了二十来下，桦树根被砍出了巴掌大的口子。现在该到了从反方向下斧子的时候了。老人用手拨开阳光照射下绿油油颤悠悠的树叶，转到桦树东南侧，又下斧子砍起来。

这下你要离开生长的地方，成为蒙古包的套脑啦。一连砍了三十来下，被砍断的桦树向着太阳方向缓缓倒下。

桦树着地脱离根部后，老人双手捧起湿土撒在裸露的根部。嘴里念叨着："土粒儿一般多多生长吧！长成高耸入云的参天大树吧！树根已经盖上土了，就不会被风吹日晒了。"念叨过后他削去枝叶给桦树主干轻身。

老人知道自己只身扛不动桦树主干，叹息一声"还是老啦"。他解开系在腰上的熟皮绳，在树干中部和树梢打个笼头套绑紧，绳子两头搭在双肩上，双脚蹬地腰腹发力奋力一拖，拖动树干在松软的草地上向下滑行，来到了车子旁边。

嘎如迪老人像放倒了巨大猎物的猎人一般瞅了瞅粗壮的桦树干，长出了一口气。树的根部用于制作套脑的横掌，中段制作门槛和枢轴也足够了。

"蒙古包会成为最具民族特色的展品，留存于史册。"老人很自信。虽然觉得自己年事已高不该再这么抛头露面，但一想自己亲手建造的蒙古包会被大众参观欣赏，心里便释然，就这命吧，这把骨头都是为了蒙古包而老去的。

老人想起了之前在区首府博物馆参观的那顶蒙古包和按照自己模样制作的模特蜡像。

……意气风发的三十岁呀。我在三十岁那年当的牧民模范代表。那时才三十岁，老人瞅了瞅横亘在地上的粗壮桦树。

五

……三十岁！"我就要去区首府参会了。"嘎如迪老人微笑着对他女人说。

听说男人当上了模范牧民，要去首府参加代表大会，女人也为他而高兴。说起来也巧了，他女人为他缝制的蓝丝绸蒙古袍刚刚做成钉完扣子，就收到了会议通知。

嘎如迪女人心想，我做的这身蒙古袍不比那收音机上说的蓝丝绸蒙古袍差。开会的地方貌似离我们这里很远，可能是收音机上说话的人的地方，勒木扎布、宝音德力格尔唱歌的地方吧？

嘎如迪老人一家那时候放牧集体畜群中的大畜。闲暇时间做木匠活儿。

他运用从父亲那里学来的饲养保育牲畜的智慧放牧大畜。畜群连年没有疫病，幼羔平安，母畜健壮。

嘎如迪老人把制作套脑的桦木装在车子上，回想着三十岁那年参会的经历。他记得自己骑马从嘎查出发到了公社，再乘坐供销社运送羊毛的马车到达旗直所在地。

旗直所在地位于阿丽玛图山山襟，是个青砖房屋鳞次栉比，蓝瓦顶连成一片，空气中弥漫着刺鼻的煤炭灰味道，街道两旁长着高高的杨树和榆树，电话线纵横交错，玻璃窗户闪闪发光的地方。

嘎如迪肩上搭着白布褡裢，一路打听人民政府办公地点，走进旗政府大院。

他刚一进院，大门旁小屋子窗户里有一位戴着白光眼镜蓝色帽子，嘴里叼着烟袋的老头探出半截身子问他："你找谁？"嘎如迪掏出一张介绍信，那人大概是个打更的，瞥了一眼他手里的介绍信，说，"那你跟我进来吧。"他领着肩上搭着褡裢的嘎如迪来到一间办公室门口报告："阿旗长，牧民代表来了。"

那间办公室里办公的正是旗主要领导。

"我就那样子进去了，在阿旗长办公室喝的奶茶，还给我上了满满一盘奶酪呢。那时我就是代表啊。"他自言自语。第二天，他与另外一位代表乘坐敞篷的墨绿色汽车，到盟里转上了火车。

"那次会议上见到了乌兰夫主席。还握了手，合了影呢。"

嘎如迪老人总想起，当时与他同住一个宾馆的邻旗一位名叫通嘎的年轻牧民。那个年轻人寡言少语，只是用心地听别人说。开会期间两人还合了影，但是现在找不到了。

在博物馆参观蒙古包的事情对于木匠嘎如迪来说，是一段美好的回忆。蒙古包里的摆设和用具对他而言格外亲切。

蒙古包里负责讲解的那位姑娘也对身着崭新蒙古袍仪表堂堂的嘎如迪印象很好，还特意让他戴着牧民代表证照了张相。

会议期间，代表们畅所欲言交流牧业经验。嘎如迪就自己的诉求和经验这样说："我所担心的是自然草牧场的状况。我的家乡英图草原附近，有些农户私自割隔年枯草、灌木丛和芨芨草当柴火，为了药野鸡偷偷撒各种掺药的籽粒，牛羊吃了中毒，影响正常放牧。还有牧民们的狗吃了他们诱食肉动物的肉饵被毒死。奇怪的是没人制止这一切。我是从爷爷和父亲那里继承的放牧方法。家乡的自然现在还是美丽的，水也是清澈干净的，幸亏我的牧犬们不让狼群和盗贼接近畜群，我是靠着这些才当个好牧民的。"

主持会议的干部皱了皱眉头问嘎如迪："那些下药的、破坏草场的都是些什么人？"嘎如迪毫不打怵地说："都是要来种牧民口粮田的迁来的农户。"那位干部沉默了片刻又说："那您谈一谈繁育畜群的经验吧。"

嘎如迪思忖了片刻，说："畜群依靠有利的自然环境和水源、牧场、卧处的平衡才能顺利繁育。灌木丛保护好了，白灾时可作为畜群的避风处，大雨时能保护植被拦阻洪水。前年夏天的大雨中我们大队多亏了灌木丛的缓冲才受灾较轻。过度开垦坨子地、砍伐灌木丛的农业大队半数户都被水冲了。上级给他们拨了不少用于救灾援助的物资和资金，可是，对一直以来保护自然环境做得很好的我们连问都不问，依我看，想要做好畜牧业，保护好生态是关键。"

散会了。下午，一位夹着红包、记者模样的人来到嘎如迪入住的宾馆。

那人瞥了一眼嘎如迪，说："您多谈一谈政策和阶级觉悟方面的东西，您讲的不太适合登报或广播。"嘎如迪默不作声。

那人又说："那您是靠天放牧的人了？您还说繁育牲畜靠的是牧犬。您应该说这是好政策和好好学习的结果，等我给你润润色后再把你所说的见报和广播吧。"那人给他照了张相，然后走了。

那天晚上，一起住的小伙子通嘎与嘎如迪聊天时以商榷的口吻对他说："经验这类的东西想好了再说为好。"嘎如迪说："我们家乡的牧场面积和人畜数量基本上是富余和相适应的。按今后每年百分之十六的净增长算，把牲畜繁育和出售算在内，还有十五年的牧场承载。但是按目前情况，计划外的人数猛增的话，我的设想也是空谈。"

通嘎没再说什么，而是心事重重地叹了口气。

六

……这桦树是大山的恩赐啊，嘎如迪老人打量着装在车子上的桦树木纹心想。参加区模范大会的情形又在脑海中泛起。

老人三十岁时设想的畜群和草场、人口和家乡的平衡没有如他所愿。往后的一些年，英图草原和那些坨子地沟谷里迁来了很多农户，原先的大片牧场和打草场变成了庄稼地。

见此情形的嘎如迪以走场为由，从原来的据点英图草原迁至诺木罕高勒南岸居住至今。

没过多久，诺木罕高勒下游流经陶高图峰以西河段和南岸的山谷被苏木划定为自然保护区，嘎如迪老人据点的一半被划进了自然保护区里面。艾里①以南查尔斯图宝拉格②一带的保护区不是保护植被而是以开垦为主，牲畜一接近庄稼地就会被轰走。

桦树、蒙古包和牧民代表等回忆在嘎如迪老人脑海中轮番闪现。三十岁那年，因为当了牧民模范而被卷入所谓"政治黑路线"，但是在博物馆看到的那顶蒙古包依旧会让我想起"尊严"二字，老人心想。

回忆起往事，脚掌的疼痛就会减轻一些。嘎如迪闻到了他熟悉的干牛粪火的味道。

铁青牛不紧不慢地迈动着步伐，从屋外木栅栏西南角绕过，来到桦树拦挡的院落前，喘着粗气停下脚步。

听到牛哞声的大黄狗迎着主人跟着车子跑过来，站在牛车前频频摇晃着尾巴。在栅栏东南侧吃草的几匹马的绊套铁环叮当作响。总算是到家了，嘎如迪长出了一口气。

出来迎接老头子的老伴儿在月光下清楚地看见小心翼翼地扶着木材一端下车，脚后跟着地一瘸一拐的老头子，不由惊呼："你的脚怎么了？老头子！"嘎如迪老人扶着车辕跟跄走了两步说："不碍事，不小心失手伤了脚掌。"老人刚要伸手给牛儿解套时，善解人意的老伴儿早已抢先解开了下轭系绳，双手吃力地撑着重载车辕卸了车。

老伴儿把牛角上的牵牛绳解了下来放走了牛，然后对老头子说："你的脚受了伤不灵便，我还是扶你进去吧。"她搀扶着嘎如迪往屋里走，有灵性的大黄狗仿佛也发现了主人的异样，紧跟在身后嗅着。

……大黄啊！这次我要带上你的话，你也会遇到米拉圣人驯

---

① 艾里：意为村、屯；也指户、人家。
② 宝拉格：泉水。

化的那头鹿，你不会驱赶它，它也不会攻击你的！

"总算是到家了，还好，还好。"嘎如迪老人坐在掉了色的毛毯上，小心地伸直了发麻的腿。伤口灼痛得厉害，何况脚掌上筋脉多，肿胀起来的脚将靴子撑得紧绷绷的。老伴儿把靴子夹条拆开，才勉强把靴子脱了下来。

嘎如迪老人解下腰带，把打火石、刀子和烟斗放在铺上，拽过木枕躺下，稍稍歇了一会儿。

老伴儿知道老头子的意志刚强，忍耐力超人。四十岁那年，无名指指头肚被扎了刺，伤口化了脓。就医时医生说："感染病毒肿胀了，把手指头浸在滚油里就好了。"他按医生说的真的把伤指插入滚油里，却面不改色。

他小睡了一会儿，起身时诺木罕高勒那边发情期的水鸟在闷声地咕咕直叫。嘎如迪老人吃了两小碗面片儿后再睡下了。

第二天，喝早茶的时候侄子带着老人的侄孙驾着套残角牛的旧木车来了，当侄儿看到叔叔受了伤，就带一匹换乘的马，赶去苏木请医生。

正午时，侄儿请来了一位身上散发着酒精味，穿着灰色衣服，背着十字包的医生。老人心疼地瞥了瞥见了医生慌不迭地躲在角落里的孙子和递茶倒水来回忙活的老伴儿，露出脚伤给医生看。

医生很细致。他用消了毒的干净水将裹脚的绷带浸湿后揭了下来。然后用防止发炎化脓的药水擦拭伤口，再用纱布包扎起来，还打了一针破伤风的药。当医生听说他在野外不慎砍伤脚后自己火燎止血的过程，不由打个激灵，仿佛自己的脚掌也在隐隐作痛。

……砍最后一个柞树横掌来着。一不小心失了手，锋利的锛子砍透鞋底，在脚掌上划开了二指长的口子……

脚掌失去了知觉，鞋帮子被鲜血浸透，鞋底被锛子砍开的口子里渗出血来。

"这么流血可是要命了。现在该怎么办？"急中生智的他望向铜锅灶坑下烧了一半的碎柴火。

火！只有火才能止住流血的伤口。

嘎如迪老人慢慢朝石头火撑处爬去。他一横心，硬生生把右脚上穿的靴子脱了下来，刺鼻的血腥味盖过了脚气味。脱下袜子一看脚上鲜血淋漓，脚掌上的伤口张得像鱼儿的嘴一样。

他拿起一条烧得通红的残树枝，把燃着火苗的一头挨近伤口处。红彤彤的火苗吐着火星子，脚掌被火苗燎得火辣辣地刺痛，两次尝试都失败了。

"豁出去了！只有这样才能活下去。"他狠了狠心。

生存的意志超过了恐惧。他猛地把通红的树枝一头摁在张开的脚掌伤口上，只听得"嗞嗞"一阵响……

一阵钻心的疼痛袭来，他两眼发黑差点昏厥过去。千万不能把树枝丢掉了，他忍着剧痛坚如磐石一动不动，伤口被烧焦了，血被止住了……

"老爷子，您真是意志力惊人，要是您当兵的话肯定会成为很厉害的英雄的。"年轻的医生给他开药时不无钦佩地说。

七

养伤过了七天。嘎如迪老人的脚掌没有发炎化脓，肿胀也消退，自己能下地走路了。

决心要达成所愿的嘎如迪急着要开始他建造蒙古包的活儿。正当他从院落一角拖着用来做矫正弯曲器的弯曲榆树时，不料被老伴儿发现了，老伴儿责怪他说："你呀你！真是不撞南墙不回头，也不看看自己多大岁数了，脚上不是失了好多血吗？怎么像个榆木疙瘩死倔死倔的。"好说歹说拦住了他。可是，老人趁老伴儿不在身边时，早就把"矫正弯曲器"立起来了。

过了二十来天，老人的脚伤结了疤，快痊愈了。

"这死老头子是劝不住，就像中了邪似的非要把这蒙古包做成了才安心吧。"老伴儿拗不过他，索性也不拦着他了，而是在他刨皮晾晒修整建造蒙古包的木材时搭把手，挖了地灶，灶坑用黏泥抹了。

地灶烧火时他坚持要用自己捡拾堆起来的干牛粪。老伴儿对他说："沙地里的小叶锦鸡儿^①和河套里的干柳枝不能当柴火吗？既然那些个闲游的都能下镰刀开割，你给公家做蒙古包的怎么就不能用了呢？要不让侄子给苏木达说说吧。"嘎如迪老人说："别说了！沙地小叶锦鸡儿和河柳打死我也不会动的。"

老人还是坚持己见。有灌木丛的地方植被长得好，茂密的柳树和灌木丛能拦阻洪水巩固河堤。那样畜群才能保持增长，草牧场才能保持完整。老人笃定地想。

嘎如迪四十来岁时，上级要求开垦河套和坨子地，种植其他种类的牧草。结果，开垦后薄薄一层表皮黑土下露出了白沙，第二年下大雨发洪水，植被都被冲毁，英图草原逐渐开始沙化。

此后，又兴起一阵平整山谷开饲料地的风潮。结果洪水一来，植被都被冲走，平坦的地方出现了很多狭长凹地，水流冲下来的淤泥盖住了植被草木。

"千万不能对大自然随意开刀。"老人坚持自己的主张。

老人用自家堆集的干牛粪给蒙古包烧火。

地灶砌好了。烟道不逆烟，灶火烧得旺。老伴儿给老头子搭把手，往齐腰深的灶眼添加干牛粪。用于制作哈那和椽子的木杆放在被烧热的潮湿的长方形灶坑管道上，不一会儿木杆蔫软下来，再用矫正弯曲器加压，哈那椽子的木材就成型了。

---

① 小叶锦鸡儿：豆科锦鸡儿属植物，灌木植物，生长于草原、沙地及丘陵坡地。

嘎如迪老人的技术在使用矫正弯曲器矫正或弯曲木杆上体现得淋漓尽致。他用楂子夹着制作椽子哈那的木杆，插进弯曲矫正器约莫虎口大小的方孔中，再加压成型。修整好的木杆再用月牙形双把折刀刮一刮抛光，制作成哈那椽子木。

头一天，老人修整出三十六根哈那椽子木。

侄孙子从开工那天起，就陪伴在爷爷身边，给建造蒙古包的木匠爷爷当"小工"。他虽然年龄不大，但是很机灵而且眼尖，还不时用衣襟兜着木头碎块儿来给灶眼添火，显然对木匠活儿很有兴趣。可即便跟着爷爷做蒙古包当木匠以后这活儿也不好找啦，老人在休息间隙哄孙子时心想。

嘎如迪老人在十来天内完成了九十六根椽子木、二百零六根哈那木的修整定型。

套脑宽横掌用旺火烤干，逼出湿气后用曲弓量好，画线劈开放置。圈孔、插关儿孔等用圆钻钻孔，劈开的两半套脑用凿子打眼儿，直到够数为止。固定内圈的四根木条从套脑主干一角开割，老人一边使着砍伤脚掌的锛子，一边念叨："你这把愚蠢的锛子，别再往我脚掌上招呼了啊。那样会误了工的。"砍了两天，终于完工。

制作串椽子头的一百块儿勺木时，他把粗桦树一劈四块，锯得像压在模子里的奶豆腐一般整齐，然后刨平，熟皮条串连的眼儿都打好孔，和套脑木材放在一起。

这天，嘎如迪老人擦着老花镜，看了看堆积的木材，说："现在该穿缀套脑，穿连哈那和椽子啦。对了，还需要准备两样东西。"老伴儿说："你忙了半个月了，也该歇两天。天天敲打木头像个啄木鸟似的。"嘎如迪说："现在缺的是穿缀哈那套脑的结实的生牛皮条，绑哈那和穿椽子的毛绳倒好找。你还是想想法子从哪里弄到生牛皮条吧。"

老人家停工两天。

停工的头一天，他倒腾晾晒做哈那套脑的木材，选择一块平地清扫干净，作为穿连哈那的场地。第二天把屋子打扫了一遍，将供奉的圣祖成吉思汗像上的灰尘擦拭干净，落在哈达上的灰尘用鹤尾掸子轻轻拂去。歇了一会儿，惦记孙子的他到蒙古包旁的土丘上向东北瞭望。

八

张罗生牛皮条的事儿让老人伤了神。为了这事他让侄子去邻近艾里，向冬季阿拉新①上宰牛的人家打听。"牛皮价钱要高于市场价付给人家，碰到新一点的皮子就好了。"一心急着弄到牛皮的嘎如迪老人对正往皮口袋里倒捣炒米的老伴儿说。

提早做了晚饭的老伴儿要到拴母牛的长绳索那里挤牛奶。她洗了手，抹了把脸，奶桶用草云香熏了熏，提着圆木桶出去了。

落在急于见犊子的母牛后面的空怀母牛们慢悠悠地从草场往回走，在小土丘旁边又吃了一阵草，再往浩特②方向而来。老伴儿仔细地举手张望从草场上陆陆续续回来的牛群，发现从不掉队的铁青牛却不见踪影。早晨它可是领头去草场的呀……

铁青可从来没有掉队落单过。现在不见踪影有些不正常。"老头子！喂！铁青好像不在回来的牛群里，是不是我的眼睛花了？你再用望远镜看一下吧。"惦记牛的老伴儿一边拽着吃母奶的牛犊子，一边用毛绳在柳条篱笆空隙里打了活结，回头喊她老头子。

在家摆弄木材的老人听到老伴儿说铁青没有回来，于是进入

---

① 阿拉新：蒙古语音译。指牧区人冬前宰杀的储备牛羊肉。

② 浩特：蒙古语。原意为水草旁的"聚居地""定居点"，近代人们赋予了"浩特"新的概念，即"固定的城堡""城市"。

屋里，取下用熟皮绳系在东北角哈那顶端上的俄式望远镜，小心地迈着伤腿走上土丘，向草场方向瞭望。

从小土丘方向三五成群往回走的牛群中，没有发现铁青的影子。他转动望远镜焦距向远处瞭望，孤零零的山头上除了被褐底儿黑纹犇牛尾随的红毛三岁母牛和跟在它附近企图交欢的三岁公牛外，没有其他牲畜的踪影。

艾里的牲畜都返回来了，怎么唯独不见铁青呢？老人皱起了眉头。一些心思不正的家伙会在野外穿住牛鼻环后抓去当役畜，听别人说邻近屯子一些身披大毛羊皮袍的家伙有时么干，老人捻了捻缠在头上的熟皮条头带。

老两口估计，可能是邻近屯子的"驿夫"们把牛从野外抓去当役畜了吧？于是老人家想让侄子骑马去寻找。当他用望远镜向豆鼠山脚下消夏的侄子一家方向瞭望时，见夕阳余晖下，侄子和侄孙叠骑着一匹马过来了。

约莫一袋烟工夫，只听啪嗒啪嗒的马蹄声由远而近，侄子到了院外，下了马。

嘎如迪老人对侄子说："'铁青'没有跟原群一起回来，你去草场近边的各艾里打听打听，也许是哪一家的把牛从野外抓去当役畜了吧。"侄子一向对叔叔言听计从，于是满口答应下来，摸摸马儿肚带上马出发了。

夏夜的诺木罕高勒河畔晚霞鎏金，牧草的芳香调皮地从掀起的毡围子下哈那眼里钻进屋里。虽是个宁静的夏夜，但是因为铁青没有回来，心中担忧的老两口茶饭不香。

寻牛的侄子直到很晚才回来，可是没有打听到关于铁青的任何消息。

老两口跟小侄孙三个人心神不安地躺下了。惦记铁青的老伴儿把一只牛拐倒扣在镶银木碗里，嘴里念叨着"保佑铁青平安归来吧"。然后才宽衣歇息。

九

天色刚蒙蒙亮，嘎如迪老人就把解下绊套的怠惰黑毛色马牵过来鞴鞍，催马赶往草场一带寻找铁青。

内行人做什么都老到。嘎如迪老人就能清楚地辨别自家牛群的足印，即使隔了两夜，仍然可以循踪识别找回来。

到了草场时天色大亮。只见草场上到处是近几日刨草药根留下的新洞眼，黑乎乎的土堆散落在周边。

"这些贪鬼怎么连一块完整的地皮都不留下呢？"心生厌恶的嘎如迪老人扯着怠惰黑毛色马的缰绳，绕着那些黑乎乎的洞口观察，希望能发现蛛丝马迹。

"我们这些管事儿的也都是些酒囊饭袋尸位素餐的货色。也不知道赶一赶惩戒惩戒这些贪得无厌的家伙。除了败坏祖宗名声，升官发财外不想别的，一群银样镴枪头，背运懦弱的废柴……到了草牧场变成光秃秃不毛地的时候，看你们还怎么趾高气扬醉生梦死……"老人自言自语。

总算搜索到牛儿的足印了。他循迹追踪，可是没追一会儿，遇到种草的大轮子拖拉机连夜开垦的地段，牛儿的足印中断了。

切呼日图北侧山梁上，有几只受惊的狍子颤动着灰色的臀部向远处跑去，消失在山谷密林中。想起铁青有时到切呼日图北侧查尔斯图宝拉格饮水的情形，于是老人策马朝那个方向寻踪而去。

老人知道查尔斯图宝拉格的泉水清澈甘冽，煮野茶很适合。那里也时有毒蛇出没。铁青是不是被毒蛇咬了？老人心急如焚。

老人前年从查尔斯图采摘过山杏。但是从去年开始封山后，禁止采摘山杏，于是通往查尔斯图的羊肠小道也日渐荒芜了。

嘎如迪老人顺着西侧山间小径，在灌木丛中穿行时，蓦然发现了铁青的足印。从铁青杂乱的足印里看出，它有躲闪逃脱又被至少两人阻拦驱赶的痕迹。

灌木丛越来越密，粗糙的叶子不时扫在老人的脸上，怠惰黑骑打着响鼻。

灌木丛愈发稠密，于是老人下了马，顺着依稀可辨的小径循迹而去，从斜坡上溯走了好几里。

猛然地，老人呆立在原地。他发现了前面灌木丛中被套索勒住脖子倒在地上的硕大身影。被灌木丛半遮挡住的影子不太清晰，到底是牛，还是野兽？老人的眼睛花了。

太阳快出山了。山阴下灌木丛影影绰绰。他接近那头硕大的动物定睛一看，不是野生猎物，而是一头青牛。

老人的脑袋"嗡"地一下。他的铁青被粗铁丝套索勒住脖子倒在地上，已经死了。

"铁青啊！"老人悲痛地喊出了声。老人摸了摸牛毛，被人驱赶发的汗还没有干透。

"这里不是自然保护区吗？居然把草场上的牛赶入圈套致死呢？"老人悲愤不已血涌上头。

过了好一会儿，老人才缓过劲儿来。他下马拴住了马儿的前腿，仔细查看附近的足印，发现现场留有清晰而杂乱的胶皮鞋印，看情形刚离开这里不久。

前年，他来这里采山杏时，西侧查尔斯图山襟正盖着山林管护员的住所，那里离这儿不远，喊一声应该能听得见。

"有人吗？管护员在吗？"老人扯着嗓子喊起来。

好一阵子没有回音。等老人再喊时，西侧山梁灌木丛中有两人探出半截身子朝他喊："怎么啦？"声音在山谷中回荡。

"我的牛落入套索里死了。"老人大声回答。

"那怎么办？我们是护林员啊。"那两人站在参差错落的山崖上。

夏天天热。因为没有车辆，骑马来的他驮不动大牛。要是时间长了牛肉就臭了。他本想把牛皮剥下来带走，但是刀子又没随身携带，所以想从那两人手里借刀子剥了牛皮撇下牛肉，只好这样了。

"该着破财吧。没承想铁青会这样跟我告别呢！"老人的眼睛泛起了泪光。

"二位领导，求求你们。你们这个保护区里有人下铁丝套索，把牧民的牛赶入圈套致死。你们看怎么办？"两人中的大个子说："这里总有流动人员偷摸来作案，我们人少顾不过来。""这老头是要责怪我们吗？"矮个子接过话茬儿，语气中明显带着不满。

老人不吱声了。不管怎么样，得先从他们手里借来刀子。

"求求你俩！过来帮我给死牛剥剥皮吧。"

那两个面面相觑，"哦嗨"了一声，从山崖上下来蹿进了树林里。没过一会儿，老人西侧的灌木丛沙沙作响，那两人大呼小叫地穿过灌木丛过来了。老人仔细一看，发现其中一人穿着胶鞋。

那两个人随身携带着刀子。嘎如迪老人仔细地打量了一番两人的容貌，说："年轻人，能不能帮帮老头子剥剥牛皮？牛肉都留给你们。""嘿，这头牛是你的吗？别把人家的牛说成是你自家的。"那个矮个子阴阳怪气地说。嘎如迪老人说："你们哨点上的主官原先是我们苏木的干部。我嘎如迪这把老骨头家里有几头牛，毛色是什么样的他都清楚。"高个子皮笑肉不笑地说："对对。我们来帮你吧。"

这两个管护员很熟练地剥了牛皮，卸了四肢，剔解了牛骨牛肉。

"唉，该着的损失吧。"他把牛皮拴在皮鞘绳上，除了牛头和寰椎骨外，剩下的都留给了那两人，上马回去了。

嘎如迪老人驮着铁青的皮子回家时，老婆子忍痛安慰他："唉，该着的损失吧。"顾及老婆子的感受，嘎如迪老人没有表现得过于悲痛。

"老婆子！如今的世道究竟是怎么了？为什么有些人恣意妄为还啥事儿都没有呢？"嘎如迪老人用脂油和哈达装点铁青的寰椎骨时说。"铁青会成你蒙古包哈那套脑的皮绳的。"老婆子给他宽心。

老人把铁青的寰椎骨放在炉子里烧得正旺的牛粪火上，喃喃地说："任劳任怨的好牲口啊。""是啊，任劳任怨的好牲口。"老婆子附和着。

"铁青会成为我做的蒙古包套脑哈那的皮绳的，是这样吧？"嘎如迪老人好似在回应老婆子，又像是在自问自答。"真是那样的。"老婆子诧异地看了一眼老头子。

老两口把牛头皮煮烂后制作了胶水。这个胶水是用来糊门板的。老人把牛头骨埋在房后土坡的阳面，回想起铁青过往的种种好，在土坡上坐了好久。

铁青牛死后的第二十一天，老人把牛原皮裁成细皮条，把蒙古包哈那套脑穿缀起来，准备制作结实的哈那和漂亮的套脑。

＋

嘎如迪老人正安装橼子时，木栅栏外来了一辆绿色小轿车，引得大黄吠叫不止。忙于蒙古包琐碎活儿的老人还没迎上前去，副苏木达和文化站的干部已经进院了。

"这蒙古包做得可结实着呢。"苏木领导抬起正在制作中的哈那套脑看了看。

待砖茶煮开时苏木文化站的干部说："市博物馆民族展览所

需经费的详细报告已经递交到市长那里了。今年春天市南部发生了淹凌水①灾害，大部分资金投到了那里，所以报告申请的资金延迟了。"

嘎如迪老人沉默不语。副苏木达摆手比画着，偷瞄着老人的神色讨好地说："您可是有文化、有觉悟的人。总之尽快要把蒙古包打造出来，听说市长对这项工作蛮有兴趣。"老人没有吱声，只是微微点了点头。主妇老婆子盛了奶茶，端上奶酪和黄油，热情地招呼着："两位领导，请喝茶。"

苏木两位领导啃了块奶酪喝了碗奶茶就告辞了，说是要去嘎查达家。

嘎如迪老人听说市南部发生了淹凌水灾，心里有一种不祥的预感。他心想，如今凡是有用的植物草木都被随意砍伐采挖，别到时候弄得天怒地怨来一场大洪水，惩罚这群贪婪无度的家伙。

"老辈人说人是直立的妖孽，如今，指责别人的自己倒成了直立的妖孽。好好的在草场吃草的牛被截住赶入圈套致死。而那些是什么人？都是些欺世盗名的'公贼'罢了。更可恨的是居然对怀胎的母鹿下套子，把肚子里的鹿羔活生生地挤出来配药。"悲愤的嘎如迪老人攥紧了拳头。

"还恬不知耻，说有什么困难尽管说，有什么诉求尽管反映，现在来看没有用。当官的都说一套做一套。铁青被杀的案子我反映给谁呢？难道让贼喊捉贼不成？"

虽然心中忧闷，但是老人家没有误工。穿缀完椽子后又把绑哈那的毛绳都搓好了，制造蒙古包所需物品已经准备得差不多了。

老人家只盼着能够见到一个人。那个人就是市博物馆的其其格。如果她来了，会依着他的想法把蒙古包里的地方木制用具

———————————

① 淹凌水：冰上的流水。

免税。

没过几天，正如嘎如迪老人所期盼的那样，市博物馆来人了。不过来的人不是其其格，而是个留着赤黄胡须的消瘦的年轻人。

那年轻人猛夸嘎如迪老人蒙古包做得如何漂亮，啧啧惊叹。

一通夸赞没有让嘎如迪老人高兴起来，觉得这都是公门人员的客套奉承话。他一心想把蒙古包做得完美，于是问那位年轻人："现在就差幪毡装饰布和顶盖帡幪了。市里的民族用品市场可有这些吗？"那年轻人含糊其词地答："基本看不到。""装饰布有几个角的为好啊？"老人又问。"'脚'是什么呀？"年轻人反问他。碰了一鼻子灰的老人索性收了话茬儿。

"我在博物馆里负责管理收集古玩。民族用品这一块是由其其格负责的。她现在在首府学习呢。"

原来，年轻人此行的目的是为了收集蒙古族头饰和珍宝首饰。嘎如迪老人是细心的人，他看了看那年轻人的工作证和身份证，果然和他所说的一致。"呵呵，老朽年轻时在夜校念的三年书今天可派上用场了。"老人仔细辨认过年轻人证件上的蒙古文后对着老婆子笑了起来。

嘎如迪老人有急于用钱处，但是还没来得及跟老婆子说。蒙古包的帡幪、幪毡和装饰布他手里没有现成的，只能购买。这事儿得跟老婆子商量，而从他笑吟吟看着她的神态中，老婆子对他的用意也猜了个八九不离十。

趁外出看牛群的间隙，老人对正用大襟兜干牛粪的老婆子说："当着外人面前没法说出口。这个年轻人可能听苏木上的人说我家有古玩就径直过来了。拿几样东西听听价吧，要是价钱合适的话我看给他也行。"深谙老头子心思的老婆子说："你做主吧。给他看哪样啊？""你说了算。"老人答。

市里来的年轻人留宿在老人家里。早晨，喝早茶时主妇老婆子从箱子里拿出自己平时使用过的首饰给那位年轻人看。镶有白银珊瑚的五色发簪光彩夺目，耳环耳坠子上的绿松石珍珠和精致的金镯子让年轻人眼睛都发直了。

那年轻人把这些首饰放在手心掂量了下轻重："都是好货。就是两千块钱收购也不亏。"

老头和老婆子因为自己也不清楚这些首饰的行情，所以也没再讨价还价。

留着赤黄胡须的年轻人把手伸进口袋里摸了摸，然后伸出两根手指说："不能超过这个价了。钱的话现在就可以现金付给你们。"老头和老婆子互相交换了下眼神，然后说："那就成交好了。"

十一

嘎如迪老人又做了一桩买卖。他和秋天来买草的北头乡里的人商定，从他那里购买二茬毛制作的两条大毡子，并说好等毡子送来后，部分草场让他免费打草。没过几天北头乡里的那人上门来送毡子。于是老婆子剪裁八角的装饰布，宽边幪毡和门印花，按照老头子的心意缝制了。

嘎如迪老人的新蒙古包立起来了。顶盖他使用了自家原来的，上面苫了新的幪毡和垪幪。他费了很大心血，建造了一顶自己都没有住过的漂亮而又结实的蒙古包。

新蒙古包建成后，祝福仪式开始了。小侄孙做客助力祝福仪式，给爷爷奶奶轮流敬献阿木苏[1]。老嘎如迪拿出陈酿的粮食酒醑祭新蒙古包，自己也喝了半杯。看着崭新的哈那椽子，他不由想起为这个家贡献了所有的铁青，睫毛稀疏的老眼模糊了。

---

[1] 阿木苏：蒙古族食用的什锦稠粥。

他出神地环顾着一尘不染的崭新蒙古包的哈那、椽子和套脑。追忆起祖辈的他捻着花白胡子感叹："祖辈上好汉子多，到了我这辈儿上竟然这么落魄。"

老人的眼中又出现了充满希冀的神色。他抚摸着坐在旁边的侄孙头发。

祖先里曾涌现出除掉毒蟒的神箭手。我要是像他们那样智勇双全的话决不会让家园面目全非，眼睁睁看着铁青落入贼人圈套惨死。

嘎如迪老人向除掉毒蟒的祖先祈祷。他想起在山里不慎砍伤脚掌，用火燎止血时向除掉毒蟒的祖先祈祷的情形，崇敬的目光仰望着崭新蒙古包的套脑。

他想起了嘎如迪达坝①。那道达坝在切呼日图山南面。如今成了农屯林木基地，连名字都改了。

"那是从我这一辈上溯十三代时候的事情。"老人陷入回忆中。

……面向东北的陡峭悬崖下，是黑压压一片磙石。那里有蟒蛇的洞穴。

出现在久远传说中的那条巨蟒吸食人畜为害乡里。蟒蛇猖獗的消息传到了住在东北方，隔着三道岭的嘎如迪和查干两个猎人兄弟耳中。

兄弟两个决定猎杀蟒蛇，除暴安良。于是，两人赶在蟒蛇出洞的辰巳时前，来到与蟒蛇洞穴仅一河之隔的嘎如迪达坝顶，勒住坐骑缰绳，在弓箭射程范围内等待时机。

正在那时，他们发现蟒蛇洞穴北侧羊肠小道上有个行人在赶路。那个人往前迈一步又往后退两步，看起来很诡异。

"那人被蟒蛇吸着呢。"嘎如迪说。弟弟留神观察，发现那人被一道白雾罩住往后退去。那道毒雾发自西南山磙石边挺直脖子

---

① 达坝：蒙古语。意为有山口的山。

的蟒蛇嘴里。

"我来先射。我用这支烟油子箭射这个畜生的下颚，然后你用麝香箭射它的头部。"吩咐过弟弟后，嘎如迪纵马下岭，隔着溪流弯弓搭箭，瞄准蟒蛇簸箕一般的下颚"嗖"的一箭射去。

那支箭不偏不倚射入蟒蛇喉咙，涂在箭镞上的烟油子混合着蟒蛇的冷血流了下来。被蟒蛇吸食的人身后的白雾中断了。中了箭的巨蟒轰然倒下，卷曲挣扎，又蹿起身来挺直脖子搜寻着暗箭射来的方向，嘴吐着鲜红的蛇信子。

猎人查干大呼："哥哥快闪开。看我射它一箭。"说罢将涂有麝香的利箭搭在角弓上，瞄准正挺直脖子欲喷射毒液的蟒蛇头部，拉满硬弓一箭射去。羽箭正中蟒蛇头部，麝香渗入毒蛇脑中。只见那蟒蛇倒了下去痛苦地翻滚着，白花花的腹部朝天，顷刻又翻了过来，带着扎在身上的两支箭，扭动着巨大的身躯蹿进洞中。

蟒蛇残余的毒雾随着河水的蒸汽消散了。从那以后，这里再也没有出现过蟒蛇祸患。"如今刀枪不入的'蟒蛇'多了。"嘎如迪老人拍了拍膝盖，伸直了右腿。"如今的'蟒蛇'就算用涂烟油子和麝香的利箭也降不住啊。"老人家自言自语。

十二

到了秋末。

嘎如迪老人码了草场上打的草，把打草场周边的杂草收割后堆放起来。在远端打草场上打草时，挖药材后散落的土堆不时卡住钐刀，这让老人很恼火。眼看到了中午，他想把草场上的牛群收拢到浩特附近，于是催马越过几个土包，但是没发现自家牛群的踪影。

三十来头大畜总不能都落在套索里了吧？怎么回事？老人有些慌了。他搜寻了好几处山谷，只要是牛群涉足的地方都找了个遍，还是没有找到牛群。

你不是对自己牲畜的足印了如指掌不会认错的吗？他暗暗埋怨自己。蓦然，循迹追踪的嘎如迪老人发现了驱赶牛群的杂乱的胶鞋印。追踪鞋印走了一段路，发现草场上有两辆大车宽大的轮胎印，被车轮碾压的蒿草东倒西歪。最近来路不明的一些车辆总在附近来回游荡，怎能知道到底是哪个干的？从现场留下的痕迹来看，显然作案的人把车子开到低洼处打开后厢板，把车尾靠在坎子上，截住牛群一股脑赶入栅栏车厢中。除了两头母牛和一头三岁公牛逃脱外，其余的都被装车盗走了。

嘎如迪老人一口气往上顶，差点没摔下马去。他扶着鞍桥喘着粗气，好一会儿才平静下来。

能说什么呢，都是能量比自己大得多的盗贼干的事。嘎如迪老人非常鄙视自己。老人感到，这些家伙不像被他祖先除掉的蟒蛇那样仅靠自身蛇毒和吞噬能力，更不会让像他这样心地善良的人们得以安生。

读书给予人的醒悟是有限的，成为能工巧匠掌握门道给人的觉醒也是有限的，只有亲历苦难的人才会大彻大悟。嘎如迪仰望苍天。

……要是我错认了这些小偷足印的话就天打五雷轰！要是我没有认错的话就让老天爷来惩罚他们吧！

老人觉得，只有那顶凝结着他志气和心血的神圣的蒙古包才能代表他。人们看到蒙古包，就会想到这是叫作嘎如迪的人建造的。

"现在想那些对我没有一点用处。也当过那些代表见过一些领导。现在光天化日下牛群被盗走了，有谁来帮帮我？"嘎如迪老人催着坐骑，追赶偷牛的车辆，过了十多里地，见到装牛的那两辆大车已经上了车流穿梭的大路。来往车辆嗖嗖地快速驶过。这条路尽头连接着国道。

"这条公路还是向我们征收了修路费才建起来的。最后倒是给小偷行了方便不成？"嘎如迪老人眼睁睁看着偷牛的车辆驶远，无可奈何。追上他们是没有希望了，于是老人心有不甘地摇摇头，赶着侥幸逃脱出来的三头大畜返回。快到家时，他看见门口有几辆不同颜色的摩托车胡乱地停放着。

闻听马嚼子声的老婆子出来了，见老头子的脸色阴沉着。

"牛群被'蟒蛇'吞了。"嘎如迪老人的嗓音在颤抖。

老人愤怒的眼神落在屋外的摩托车上，问："谁的摩托？"

"来收税费的。"老婆子答。

老人进了屋。屋里的人们交头接耳，说他是资深模范牧民，都站起来给他让座。

"我们是收税费的。苏木过来的。"其中有个人对老人说明来意。

嘎如迪老人拉下脸说："怎么还要加收税费？交公的税费、草牧场使用费和教育基金都如数上交了。"穿制服戴肩章的一位干部神气地摆弄着挂在腰带上的电棍说："老人家，你还不知道有现代化建设费吧，现在我们在征收乡间路修路费、自然环境保护、文明建设等费用呢。"

嘎如迪老人的脸色一下平静了下来，挨个打量着那几个干部。

"小偷把我家的牛都装车盗走了，还是从你们收费修建的那条路跑的。保护区里我的役畜被人赶入套索死了。难道还让我交'牲畜被盗公路费''自然保护区牲畜被死亡费'吗？"老人冷笑着从怀里掏出香烟分发给干部们。坐在西侧的一位派头十足的年轻干部捻灭烟头拉下脸说："丢牛是你个人的事情。那归警察管。交纳税费是你的任务。"

"那苏木干部的职责是什么？公务员们是给谁服务的？要是

老百姓的财产被小偷盗走只是他个人的事情，那文明事业收费又怎么解释？"嘎如迪老人沉下了脸。

"我要到能说理的地方反映去。"嘎如迪老人霍地站了起来。铁青脸的一位中年干部见状连忙打圆场："嗨！老爷子您先别激动，我看这样吧。我们身上公务也繁重。你要交的费用不过千把块。要不把你新建的蒙古包算作上交的税费好了。当然你那顶蒙古包不止这点钱，多出的部分我们用现金给你补偿吧。"

嘎如迪老人沉默了片刻，向老婆子招手示意。老婆子明白了，老伴儿要穿正装。于是从放在东北角的柳条箱子里拿出蒙古袍、丝绸腰带、羔皮帽子递给他。"我要找主要领导反映。找警察报案。我亲眼见过那些足印，不会看错的。前前后后发生的事情里都有相似的足印。"老人暗暗打定了主意。

老人觉得身体不舒服，头晕目眩。"小偷光天化日下盗走牛群，干部软硬兼施要征用我的蒙古包。事情还是要找管事的说才行。一辈子沿着诺木罕高勒放牧，与世无争，到头来落到这个地步。"心事重重的老人穿戴整齐，把丝绸带的一头掖在腰带里。"老婆子……把我的火镰、烟袋和鼻烟壶递给我。"老人说话时有些口齿不清。

老伴儿诧异地看着他，说："你当是去参加代表大会吗？拿火镰、烟袋做什么？""你就按我说的做。"老人笃定地说。

挂着丝绸穗儿银饰件的刀鞘里，插着一把紫色刀把上镶嵌有珊瑚的蒙古刀，贴着刀鞘的筷子眼里插着一双象牙筷，象牙筷子和紫色刀把颜色泾渭分明。银色雕刻的火镰和刀子一起醒目地挂在丝绸腰带上。

"这些东西可价值不菲啊。"几个干部窃窃私语。

他把紫色丝绸烟袋挂在腰侧，烟袋上的刺绣是老婆子在二十几年前绣上去的。因为长期存放在柜子里，没有掉色，依旧鲜艳夺目。烟袋里鼓鼓囊囊地塞着玛瑙和鼻烟壶。

老人双腿发僵，头疼欲裂，呆立在原地，一声不吭。

老人的眼睛发直，凝视着前方。他右手紧握刀把，左手攥着玉石嘴长烟袋，像一尊雕塑纹丝不动地伫立着。来收税费的干部们都觉得很诡异。

老人听见铁青牛熟悉的声音在他耳畔哞哞叫了九次。

他想对老婆子说，你的铁青在哞哞叫呢，可是舌头已不听使唤。

他听见铁青嘴吐人言："要发大水了。"

来收费的那几个互相使个眼色，示意老人有些不对劲，我们还是走吧。

"我们走了，下次再说吧。"他们匆忙地前后脚溜出了门。

见到老头子有些异样，老婆子慌乱地一边问他："老头子，不舒服是吗？"一边扯着他的袖子，一边按压他的胸口。

"大水……大水……劫……"嘎如迪老人口齿蹇涩，一再重复着。不过，依旧原地不动，穿着整套蒙古服饰挺直腰板笔直地站在那里。

"老婆子，我要跟你告别了。都是那些令人憎恨的'鬼'……我死也要站着死……"

嘎如迪老人右鼻孔里流出了几滴白色液体，滴落在胡子上，像一颗颗丸粒儿在滚动着。

老婆子摸摸老头子的手腕，已经感觉不到脉搏的跳动，手指冰凉。侄孙子抱着爷爷的腿，"爷爷，爷爷……"地抽泣起来。

前些日子，死老头子总说早晚会死在那帮令人憎恶的"鬼"的手里。但是死也要站着死。而今你……老婆子呆住了。此时见到寻牛的叔叔坐骑的侄子推门进来了。

"你叔叔……"老婆子话一出口，泣不成声。

十三

嘎如迪老人去世后一个月，苏木干部们来解释税费的事情，悼念老人，劝老婆子节哀顺变。

老婆子和干部们就征收费用的事情好说好商量。说定派车来把新蒙古包拆解装运到苏木，再转送到市博物馆。老人一家需要上交的税费从蒙古包定价金里扣除。

这顶蒙古包成了嘎如迪老人留下的遗物，也是他一生中最后一个作品。

老婆子用老头子的长烟杆抽烟时想，你是做到了"站着死"，说真的，有谁愿意"站着死"呢？

秋末冬初的一天，老婆子听见由远而近的马达声。她现在一听见车辆动静心里就发慌。出门看时，大黄狗朝来车"汪汪"叫着，一辆紫色小轿车径直开到门口停了下来。穿戴得体的一位妇女从驾驶席上下了车。

老婆子仔细一看，认得来人。她是市博物馆的其其格。其其格款款上前给老婆子行礼问好，抚摸着老婆子粗糙的手背，两人默默对视了片刻，老婆子邀请客人进了屋。小孙子稀罕汽车，留在屋外。

老婆子从其其格那里了解到，苏木顶税费上交的蒙古包到现在还没有送到市博物馆。老头子的愿望还没有实现，这让老婆子很遗憾。喝茶时，老婆子一五一十地告诉其其格，老头子在世时为了建造蒙古包所做的努力和付出。

其其格听了抹着眼泪说："希望像老爷子这样热爱民族文化的人多一些吧。"做好民族文化工作可没那么容易。博物馆中民族文化物品展览收藏所需费用的申请报告早已报上去了，但是资金一直还没到位。老婆子听了问她："市博物馆还缺钱吗？""可不是嘛，你说奇不奇怪？"其其格说。

其其格对老婆子说，要把她接到市里的家中款待几日，并记下了嘎如迪老人的遭遇和生平。她对老人家说："老大姐，您跟着我去市里逛逛，散散心吧。"老婆子盛情难却，于是把家和牲畜托给侄子和侄媳妇代为照看，与侄孙子坐上其其格的小轿车，一路透过车窗观赏着沿路景色进城了。

其其格一行刚到家，她就接到了博物馆馆长的电话。馆长在电话中说："础鲁图苏木的昨天把新蒙古包送过来了，他们还把拆卸的蒙古包重新给搭建起来了。"博物馆馆长还交代给她任务，说是明天市长要亲自来看蒙古包，让她提前准备好解说词。

其其格把客人安顿好了之后，自己洗洗脸补补妆简单吃了点东西，就忙着带老婆子和她侄孙二人去博物馆，让他们看看嘎如迪老人的遗作——那顶新蒙古包。

墙上挂着"八骏图"浮雕的蓝色墙壁楼房二层大厅里，嘎如迪老人制造的地方特色蒙古包立在一座假山和人工树木的旁边。老人家一看，八角装饰布不见了，毡顶四周绣有吉祥图案的双边幪毡残缺不整。

"奶奶，装饰布怎么不见了？"小孙子问她。老婆子说："是啊，不见了，不知道丢哪里去了。"他们进入蒙古包内部参观。老人家环顾四周仔细看了看，说："嗨，真是晦气呀！套脑的宽横掌方向错了，哈那也没接对。你看，张得像兔子的嘴巴。"听老婆子这么一说，其其格着急地说："怎么弄的呀？这要是有中外来宾或者记者摄像拍照的话可怎么解释？况且，明天市长就要来看蒙古包了。"其其格束手无策。她用手机跟博物馆馆长通电话，跟他说蒙古包搭建错了，馆长也急了，问她："现在该怎么办？"

老婆子在一旁看着焦急万分的其其格，缓缓地说："让老身帮你把蒙古包重新搭建起来吧。"其其格知道牧民妇女们在敖特尔夏营地时不仅能单独拆卸蒙古包，还能再搭建起来。要是老人家能把她老头一手建造的蒙古包重新搭建起来的话，那是再好不过了，于是她长出了一口气。

乡下老婆子和她小孙子一起动手，将搭错的蒙古包拆卸了，把椽子套脑摆正，对正哈那接口，系紧了围毡包的毛绳，顶盖上苫了帡幪，系好了幪毡和装饰布的拉绳。

这时，一位肥头大耳，耷拉的眼睛上架着一副眼镜，脸色蜡黄的人来到蒙古包旁边。

"蒙古包已经重新搭建起来了。"其其格对那人说。原来那人就是博物馆馆长。

那人也不近前，看了看重新搭建蒙古包的老人和孩子，凑到其其格身边低声耳语："这是你家什么亲戚啊？""是建造这顶蒙古包的匠人的老伴和她小孙子。"其其格介绍说。

馆长稀疏的眉毛在眼镜上方耷动着，与老婆子握了握手表达谢意。

馆长还委托其其格，要她把乡下来的客人安排住进宾馆。

老人家跟着其其格参观了博物馆展览。她希望能够再看一眼自己卖出的那些首饰。

她问其其格："前些日子，你们博物馆的一位年轻人来家里，从我们手里收购了一些首饰，不知道在哪里展览呢？"其其格听了很诧异，但是仔细想了想恍然大悟。于是说："可能还没来得及摆呢。"她知道馆长的弟弟私下收购文物古玩，但是担心老人知道实情后伤心，所以搪塞了过去。

"那些首饰他多少价收购的？"其其格问。"两千。"老婆子答。其其格听了没再说什么。

第二天，其其格带着老人和孩子去参观蒙古包展览。

新建的蒙古包很是中市长的意。"真是既有地方特色，建造质量还高。"市长看着蒙古包的套脑说。这时博物馆馆长来到市长面前，满脸堆笑说："这是市长您倡导的。"他指着轻轻捻着蒙古包外围子的乡下老婆子说，"这个婆子是制作这顶蒙古包的木匠的老伴儿。那个木匠？"他的眼神转向其其格。"这顶蒙古包是位叫作嘎如迪的老木匠建造的。"其其格回头看了看老婆子。

市长听了木匠的名字沉思片刻，说："那人是不是以前当过自治区牧民模范啊？"其其格朝老婆子使了个眼色。

"是的。"老人家用颤抖的声音小声回答。

市长三步并作两步走到老婆子跟前，紧握着她的双手，动情地说："感谢模范牧民，巧手匠人嘎如迪老人家的老伴儿。"

市长去年才调到这座城市，却认得一个乡下老妇的老头子，这让馆长颇感惊讶。他不失时机地堆起笑脸对老婆子说："这位是我们通嘎市长，一直以来很重视民族文化事业。"

"那年我跟您老头子一起参加过全区牧民模范会议。"市长还询问了老人住址和嘎查居民小组等，又问她："现在您生活上有什么困难吗？"老婆子慌忙回答："没有。"于是市长欣慰地说："噢，看来旗里和苏木上对您比较照顾了。"他回身对随行的市文化局负责人和馆长说："本月中旬，亚洲有几个国家的文化人文学研究学者要来我市参观考察地方蒙古族居所文化，这顶蒙古包是展现我市形象的门面。"他们边说着边走进另外一间展览室参观。

其其格留下来，向老婆子问询记录蒙古包相关结构的名称后，一起回家了。

吃饭时，其其格对老婆子说："大姐，您把自家实际困难直接向市长反映那该多好。可是您却说什么困难也没有。"老人家说："说什么呢，老头子我俩一直以来相信党相信政府。不能给党和政府添麻烦。"

听了老婆子朴实的话语，其其格不禁感慨万千。她想起了曾在区博物馆工作的胞姐其木格。她从五十年代开始在博物馆工作，还没来得及成家，就在"十年动乱"中遭到迫害，身染重病，但是直到去世，她也没有申冤辩解过。其其格想，这种人用如今的观点怎么去评价呢？老实而又值得怜悯的一群人啊！

其其格陪着非亲非故的老婆子和小孩，一连十几天在城里游玩，不是亲人胜似亲人。可是老人惦记家畜思念家乡，急于回乡，于是其其格委托一位司机亲戚送老人和孩子回家。

老人家在回乡前又专程去博物馆看了看老头子做的蒙古包，发现嘎如迪老人三十岁那年在区博物馆照的那张像被放大后挂在西侧哈那上。

老婆子和小孙子上车时其其格握着她的手说："您孙子八岁了是吧？年龄够了也该入学了。要是您愿意的话让他在市里蒙古学校念书怎么样？这事可通过市长说一说，照顾他已故的爷爷和您，我看这事准能成。"

其其格优雅地俯身与奶孙二人握了握手，把两大包礼物装进后备厢里，礼貌地关上车门，挥手道别。

十四

嘎如迪老伴儿回乡过了两个月后，收到邮差送来的一封书信。信上说：

> 尊敬的老大姐，您好！您孙子去市里蒙古学校念书一事市教育局已经批准了。这事儿是市长亲自过问并吩咐的，学费从"希望工程"等几个渠道来解决。下学期秋季开学正式入学。您让孙子提前在嘎查学校学前班里熟悉一下环境。
>
> 大姐，您还记得博物馆里蒙古包西侧哈那上悬挂

的那张照片吗？那是我姐姐其木格多年珍藏并保存下来的。前年，她去世前留给我……她说照片的主人是她喜欢并敬佩的好牧民、好木匠。是她交代，让我去找他做蒙古包。在您面前我没能说出口……对了，我最近升职当馆长了……

您的妹妹：其其格

××月××日

　　这封信让老婆子大受感动，也怀念起老头子。她抚摸着精致的信纸，摸摸穿在身上的其其格给她挑选的紫绿色内衣。博物馆的那位其木格也喜欢我家老头子。唉……死老头子，瞒了我这么多年……心里五味杂陈的老婆子抹了抹湿润的眼角。

　　英图艾里小学离诺木罕高勒南岸艾里二十多里地。上学路上，这条河是必经之路。一到雨季或淹凌水期，别说是小学生，连骑马的人渡河都吃力。

　　老人家决定让侄孙子在嘎查学校学前班里学习一个学期，她打算把蒙古包扎在艾里小学旁边，自己住那里照顾孙子的学习和生活。

　　因为艾里小学位于嘎查西屯所辖范围内，所以孩子复习走读一事涉及土地草场所有权，苏木和嘎查以家庭承包地不允许有其他小组的人来居住为由，不同意老婆子搬迁。但是在市、旗力挺下，交付了"临时租住费"后，老人家、孙子总算和蒙古包、数头牲畜、大黄狗和牛车役畜一同迁往那里暂住一学期。

　　那个夏天，诺木罕高勒一带大雨接连不断，河水暴涨。休学期老婆子和孙子二人搬回艾里时，在乡邻十来个汉子的帮助下，才得以顺利渡河回到家乡。老人的孙子在学校学习期间，每次考试都名列前茅。

　　雨势越来越大。老人家通过老头子留下的"上海"牌小收音机时刻关注着天气情况。收音机里不时播报着：昨天，西拉木伦河、乌力吉木仁河发洪水，沿岸草场农田受灾。市长亲临灾区视察灾情……

一贯平静的诺木罕高勒今夏发怒了。山谷、平原、英图杭盖的低洼地带都是白茫茫的洪水，嘎如迪老人的故乡成了一片泽国，洪水已经漫延推进到了奶孙二人新近转移落脚的小土丘以北。

八月初旬。午夜过后雨势越来越猛，瓢泼大雨倾盆而下，天地间混沌一色。

"这洪水，来得真是凶猛。"奶孙二人只能节省着吃干粮。与豆鼠山头那边消夏的侄子一家失去联系已经半个月了。

"大水来了。"老婆子自言自语。两头母牛和牛犊只能放在近前的小土丘，无法走远。结实的木车伴着蒙古包，涂漆的木篷孤零零地立在车辕挡板上，变成了水上"小木屋"。

洪水已经围住了老婆子的家，上涨的潮水漫上土丘。哪里来的这么大水呢！雨下得怎么这么猛呢？小男孩抱着书包一脸焦急。

一抱粗的大树和房梁木，还有蒙古包的哈那套脑等不时从大水浊浪中漂过。

老人家已经预感到不妙，所以提前有所准备。她把干粮和奶酪、酸奶渣、砖茶、盐巴、牛肉干等塞入牛皮口袋中，再装进密封的柳条箱子里，用塑料裹了，防止紧急转移时被淋湿。

喧腾的洪水和瓢泼的大雨在半梦半醒中延续着。

……老婆子！耳边仿佛回荡着老头子的声音。大水来了，快走！

……陶高图峰是我们信奉的大山！大山会保佑你们脱离危难的，大水中结实的篷车会成为你们的救命之舟。她想起梦中老头子对她所说的话。

到了发洪水的第五天，蒙古包里已经进水，门外的木车泡在水中，眼看要漂起来。

老婆子和孙子二人抱着包裹，把贵重物品小心地装在篷车车厢中，爬上了篷车。

洪水水位很快升了上来，篷车漂了起来顺流而下。

"奶奶，我们要往哪里去啊？"小男孩问。"我们暂时离开家乡。"老婆子盯着篷车窗外的滚滚洪流说。

篷车在洪水中漂流而下时，见到仅仅露出牛角牛头的两头母牛在哞哞直叫，两行浊泪顺着老婆子的脸流了下来。

"奶奶你看！我看见篷车厢栏后面水里有个动物。"孙子指着车尾说。老婆子欠身从包裹和柳树箱子上沿向后看去，赫然看见，大黄狗在跟着车子奋力游着。

"大黄！快上来。"小男孩唤狗。大黄狗用鼻子噗噗吹着水，推开篷车盖子，就像海狗一样浑身湿漉漉地爬上了篷车。

奶孙二人和大黄三个在篷车上身不由己地随波漂流，过了一天一夜。

诺木罕高勒今年的洪水来得异常凶猛。连日来绷紧的神经松弛了些，困意就袭来。奶孙二人在悠悠荡荡的篷车中沉沉睡去。

波浪当中，摇摆晃动的车身缓和下来，篷车车辕里出现了青色脊背牛头状动物，挺直脖子推着篷车向前游去。

远处隐隐传来牛哞声，那是铁青的声音！

……老婆子！我会把你和孙子送到安全地带，送上陆地的。她仿佛听见了老头子坚定的语气，心中充满了强烈的求生信念。

……老头子！你的蒙古包已在市博物馆立起来了。哈那上还贴着你三十岁那年的照片。其木格是谁呀？她怎么一直保留着你的照片呢！

……哦，老婆子！那是我没来得及跟你说出的秘密啊……

"奶奶，我见到爷爷了。"小孙子醒了。

篷车就像被某种巨大的力量推动着，已漂出很远的距离。

十五

天亮了，乌云开始消散。雨势小了一些，天边的云层变得稀薄起来。老婆子以往以山头当作指南针辨别方向，现在只能在大水中四处眺望，寻找着陆地。

厚厚的云层慢慢上升，云缝中出现了太阳的微光。从太阳的方向来看，篷车是随着水流在漂向西北方。

整整七天没有见到太阳的大地迎来了一丝光亮。从太阳上升的高度判断，时间大约是上午。

"奶奶你看，那边有一只大鸟在飞呢。"喝了两口水的小男孩指着西北方上空叫了起来。

天上出现飞鸟，表明附近有高处或者大山。看样子快接近陆地了，老婆子松了口气。

小男孩用随身携带的小锤子奋力敲开了篷车的两扇窗户。带着水汽的凉风从窗口吹进来，水面上波光粼粼，车辕拍打在水上，扑哧扑哧作响。车子顺着水流和风向漂向北方。

小男孩从皮口袋里拿出牛肉干和酸奶渣递给奶奶吃。又撕一条牛肉干塞到闻到肉味儿嗅鼻子摇尾巴的大黄嘴里。

习惯了洪水喧腾的奶孙二人在温暖的阳光下身子暖和了些，又进入了梦乡。

……大河岸边，花草斑驳的地方，立起了一座崭新的蒙古包，奶奶和孙子二人在放牧。丢失的牲畜们也都找回来了。铁青变成了水牛，在大河中哞哞叫着。小男孩父母也迁到离此不远的豆鼠山头以南绿草如茵的地方定居……

大黄的吠叫声让老婆子陡然醒来。太阳已偏西，漂流的篷车已接近林木丛生的山腰高处。

晴朗的天空中突然传来一阵轰鸣声。心有余悸的老婆子以为又要下雨了，抬头仰望天空。这时早已醒来的小孙子说："奶奶！那是飞机的声音。"

形状像蜻蜓的直升机盘旋在山顶，不一会儿便没了踪影。车子在水流的推动下漂近山崖边。崖缝中伸出浓密的桦树和山榆枝干。

小男孩在村小学念了一个学期的书起到了作用。教室墙壁上不是有船只到岸后，水手把船只系在树上或是石桩上的绘画吗？灵光一现的小男孩胸有成竹地说："奶奶！你拿绳子来！我们想办法把篷车系在岸边的树上。"

老人家按孙子的想法拿出麻绳给他。小男孩把绳子的一头连接在车子的两辕上系紧，另一头系在大黄的脖子上，朝大黄招手，示意让它上岸。大黄按小主人的手势跳进水里游到岸边爬上隘口，绕着一株高大的桦树转了一圈，绳子就缠在树上。"好样的大黄。现在回来吧。"小男孩撕一条牛肉干朝大黄招招手。

大黄再返回车上时，长麻绳已缠绕在崖根下的树上。

十六

大黄狗趴在松软的草地上，睡着了。小男孩和奶奶两个人摊开包裹里的东西，在草坪上晾晒。

"奶奶，给你。"小男孩捡来一些松树枝放在奶奶用三块石头搭起的火撑子旁边。老人家伸手从柳条箱里掏出桦树碎块和锦鸡儿树根，对小孙子说："孩子，打火镰点火。"小男孩学爷爷有模有样地蹲在地上，熟练地打火镰点燃火绒，引燃桦树碎块生火。

篝火燃烧起来，缕缕青烟向上升腾。老婆子和小男孩把锅架在火撑子上煮茶。"大山保佑。"老婆子双手合十祈祷。

老人家坐在狼皮垫子上。孙在倚在身边，给奶奶敲着腿。

背靠山高林密的凉爽高地，稍稍放松下来的二人旁边，一头雄鹿领着十来头母鹿和鹿羔，在离他们不远的地方悠闲地吃草。鹿群的头领，那头雄鹿看样子并不惧怕人和狗，支棱着一对犄角，好奇地接近他们，嗅着他们身上的气息。

老婆子银白的头发在山风里翻飞。她喝叫大黄狗，警告它别招惹那头雄鹿。大黄趴在地上，下颚贴在两条前腿上，支起耳朵拍打着尾巴，温顺地听着主人的训斥。

鹿群渐渐走远。"奶奶！你看！好多红果子。"小男孩指了指一丛锦鸡儿树旁边压满枝头的欧李。"那是大山的恩赐。"老婆子说。虽然自然美景让老人的心情稍稍平复了一些，但是想起失去联系的侄子一家和家里的牲畜，心头依然沉重。

茶煮开了。老人家欠身用茶勺拨了拨茶沫，舀一勺德吉祭洒。嘴里默念："祖先的神祇，大山的神灵，请保佑我们。"一连几天没有喝到一碗热水的老人家向大山守护神和老头子的魂灵虔诚祈祷，用颤抖的嗓音念叨着"阿弥陀佛"。

老婆子把小收音机放在膝盖上，用不怎么灵活的食指摁下开关，收音机里市新闻频段正在播报着新闻。

"……后旗干部们在市长的带领下，深入础鲁图苏木为遭受洪灾的群众送去食品、饮用水、药品、帐篷等救灾物资，救助慰问灾民，转移安置受灾群众……"

无论如何，为了子孙后代也要咬紧牙关活下去。喝了几碗泡着酸奶渣的茶水，体力恢复了一些的老人家拆开毡包，让小孙子砍来扎帐篷用的木橛子，钉好帐篷的六个支柱，准备搭建露营帐篷。

老婆子和孙子二人关注着收音机播报的时事新闻。她从收音机里听到诺木罕高勒嘎查的群众被转移到高地安置，悬着的心终于放了下来，脚步也轻盈不少。

老婆子和孙子在露营帐篷里住了两天。第三天，天空中传来雷鸣般的轰鸣声，那是直升机的马达声。小男孩反应很快，想起在收音机里讲的自救方法，把红领巾系在长长的稠李子树干顶端，高举过头顶挥舞着。

直升机盘旋在陶高图峰顶，然后下降高度，随着红领巾的信号，朝老婆子和小男孩的露营帐篷方向飞来，就像蜻蜓一样向下降落，山梁上的树木草丛在直升机螺旋桨带起的气涡流中摇摇晃晃。

直升机降落了。怀抱着各种袋子和成箱的食品、药品的人们从直升机悬梯鱼贯而下。那些人关切地望着站在帐篷门口劫后余生的奶孙二人，走上前来。

大概是旗里的一位领导模样的人介绍说："您可安好？市长来救助慰问你们了。""我认得他们两个。我早答应让这个小男孩去市里蒙古小学上学的。"之前在博物馆见过面的通嘎市长与老人家亲切握手时说。

关切地慰问了从洪水中安然脱险的老婆子，通嘎市长又问她："您的孙子叫什么名字？今天就得让他上直升机，送到学校去。明天学校就要开学了。"没等奶奶张口，小男孩抢先说："我是嘎如迪爷爷的侄孙，我叫海青。"连日来在洪水中漂泊，胖乎乎的小脸蛋明显消瘦的小男孩高兴之余自报家门，抱着厚厚的油炸馃子和干净的水杯，脸上露出了童真的笑容。

通嘎市长饶有兴趣地欣赏着山峦的景色。他早听说陶高图峰周边的牧民们用心守护着这片大山。他惊奇于大山茂密的森林植被和众多的飞禽走兽。他出神地望着从脚底下延伸而去，红彤彤颤悠悠娇艳欲滴的大片欧李，脱口而出："多美的自然呀。"

一位干部对他说："市长！南山发生了一件怪事。偷载牧民数十头大畜的两辆汽车在诺木罕高勒下游被湍急的洪水冲走，作案的三个小偷有两个溺亡，剩下一个重伤。我听说活下来的那人还是个公职人员呢。"

"嘎如迪老人去世的消息我已知道了。他的故乡遭受了洪灾。平静的诺木罕高勒发怒啦。"通嘎市长望着一片汪洋的大地山川，若有所思又答非所问地说。

"嘿，好温顺的一头鹿。"随行摄影的人员不失时机按下快门。通嘎市长回头一看，长着一对大犄角的雄鹿靠近他们，一双大眼好奇地打量着这些"不速之客"，嗅着他们身上的味道。

"这片大山真是人与自然和谐共生的好地方。"市长不由感叹。关于如何转移老人家，如何妥善安置，他和旗里领导们在商讨着。

……雄鹿和大黄靠得很近。雄鹿支棱起一对犄角，大黄翘起尾巴摇摆着。远处的母鹿和鹿羔群聚拢在一起，丝毫没有惊慌闪避的样子……

原作收于《宝音乌力吉中短篇小说集》
民族出版社 2010 年 3 月出版
译于 2021 年

神树之子

包如甘 著

包如甘 译

包如甘

本名伊秀兰，蒙古族，通辽市科左后旗人。中国作家协会会员，中国少数民族作家学会会员，内蒙古作家协会会员，内蒙古翻译家协会新文艺群体委员会委员。内蒙古第九期文研班学员，鲁迅文学院第三十四期文学创作班学员。第五届"敖德斯尔"文学奖获得者，内蒙古首届新文艺群体领军人才。曾获"花的原野"文学那达慕小说类一等奖、全国蒙古语散文大赛一等奖等。著有小说集《细雨蒙蒙》、长篇小说《当年十八岁》等。

一、玛尼枝条

茫茫的玉米田一片黑绿。田野上空荡漾着迷迷漫漫的薄纱，就像把沉醉于其中的伊达木老人带到了海市蜃楼。玉米田绿油油的一片茂盛，丝毫没有缺秧缺水缺肥的样子。看着茁壮成长的庄稼，田老人的心情无比愉悦，他的身子也比往日轻盈了许多，几乎每天都不忘往地里跑。大自然也似乎应和着老人的情绪，阳光明媚，微风轻抚。

老人十七岁那年进城当了钢铁工人。刚去的那阵子闻不惯生铁的生锈味，头脑涨痛，无比想念家乡。于是他学会了吸卷烟，一开始卷得像火柴棍，很细小。在弥漫的烟雾中驱逐着想家之苦。然而在钢铁厂待了两年后，他卷旱烟的技巧比谁都熟练了，而且分量也加重了，指头般粗，俨然是一副老烟童的样子。

这时候从家乡捎来了信，里面夹了梳着两条麻花辫的俊俏姑娘的照片。他明白了一切，很干脆地辞了职，背着行囊回乡了。但他当时并不明白自己为什么要这么果断地离开前途无量的城市生活，难道仅仅是为了娶妻生子吗？不是的，当他踏上故乡的泥土，捏一把湿润的黑土时心里不仅打了个颤，就在这一刻他找到了答案，原来自己从来没有蜕尽温暖的乡情，更没有在故乡的黑土里把双脚拔出来。

就这样十九岁的伊达木和十八岁的麻花辫姑娘成了家，深深地扎根在这片黑土地上。他们先后生了两个女儿后，一家人急切地盼望下一胎是个男孩。农家房里有前炕和后炕。父母住在前炕上，伊达木夫妇和两个孩子则在后炕上。几代人的生活虽说诸多不便，却其乐融融，再填个男丁就子孙满堂了。

为此伊达木父子俩费了不少心思，也没少对长生天祈求过赐予一个胖小子。有一天晚上父子俩对着坐，抽起了卷烟。你一支，我一支，开始了卷烟持续战。满屋的苦涩烟雾中父子俩微眯着眼睛格外地沉默。他们各自游离于另一个世界，游离中寻找着活着的意义和担当。在这样的烟雾大战中，不经意间迎来了第二天的曙光，伊达木父亲也似乎想到了什么，揿灭了烟蒂说，今年春天你爷爷坟上的玛尼枝条长出了叶子，这是我们家族人丁兴旺的好兆头啊！天亮了，我也刚刚想起了这件事，我想会有好消息来临。

屋里的烟雾折磨了父子俩一整晚，然而还是在给了希望和寄托后慢慢散去。原来遍布整个天空的星星之间也有空隙，苦苦寻求的希望就在其间。

话说伊达木的爷爷，已经去世三年了。如今插于坟上的玛尼枝条已有繁枝茂叶的迹象，确实很奇巧。农家孩子早熟独立，潜意识里早就传承了父辈们对抗困境的意志。当天夜晚伊达木睡得很沉，他做了个奇怪的梦。梦里的爷爷白胡子垂垂，推门而入就说，伊达木，快起床去玉米地吧！

爷爷洪亮的嗓音在耳边回荡，人却很快消失在黑暗中。醒来后伊达木搓眼揪耳久久不能平静，心想是不是玉米地遭虫子啦？要不已经长成人高的玉米是不需要每天都打理的呀。于是他转悠了所有玉米田，确信无恙后才安心。但第二天夜晚爷爷又给他托梦，伊达木，快起床去玉米地吧！还骂他怎么这样不听话，然后爷爷的胡子变成了鞭子，在他屁股上抽打了几下。

伊达木求饶着惊醒。摸一下屁股确实有些隐隐作痛。早晨起身后他哆嗦着把爷爷托梦的事告诉了父亲，他父亲弹了一下烟灰，若有所思地说道，咱们去你爷爷的坟前吧！

祖先的坟墓在东南方向，坐落在太阳升起的地方。每逢清明，父亲总是领着不太懂事的小伊达木往太阳升起的方向走去，又往日落方向返回。后来伊达木虽然长大成人，也已经习惯于跟在父亲身后慢慢走。他觉得跟随父亲的脚步走路，心里就很踏实。

祖先坟墓依靠在一个很高的沙坨子旁。坨子附近有几棵老榆树。父子俩去的那天正好是秋高气爽。清风拂过老榆树叶子的沙沙声音细碎入耳，仿佛谁跟谁在轻轻叙旧。花尾巴的喜鹊立在高高的枝头上喳喳叫着，就像告诉他们祖先的这块洼地从未孤单过。伊达木惊讶地看见了爷爷坟墓上的玛尼枝条挺立高昂，已经成为了小树木，并且每一片叶子都青绿葱茏。他清楚地记得当年爷爷去世后他哭着喊着飞快地去找红鼻子爷爷。红鼻子爷爷是附近村庄里最有名的白事司仪。伊达木小时候碰见他会有点拘束，总觉得鼻子又大又红的这位邻居爷爷很神秘，就像披了一层神秘面纱似的。那次红鼻子爷爷从家里带来了写有六字真言的白布，把布子系在榆树枝条上。这是把刚过世的人入葬后在坟墓上插上去的枝条，是一种家乡风俗。据说，若是这个枝条从坟墓土壤里吸取营养和水分，成为一棵活树的话会是一件大吉大利的事情。若是枯萎了，便当成干柴用。树是根，也是命脉，所以乡亲们很注重这件事。因此红鼻子爷爷当然也很受尊重。他爱喝酒，他的红鼻子就是喝酒喝出来的。越喝得多他就越爱笑，鼻子也越通红。那天经历过无数次葬礼的红鼻子爷爷丝毫也没有伤心的样子，反而像平时谈话似的对着已经离世的人说，你好有福气啊，还让我给你系玛尼枝条呢。但你知道吗？最近我的手抖得厉害啊，谁知以后能不能写六字真言了？能不能给他人系上玛尼枝条了？很难说……

这时候跟在身旁的他孙子舍楞却说，爷爷您担心什么呀，不就是区区六个字嘛，我写，我会继承您的这门技艺……

后来当了小学教师的舍楞真的写了很多次的六字真言，而且比他爷爷写的还漂亮。他先从写给自己的红鼻子爷爷开始，乡里乡亲的白事上他没缺席过。他很庆幸自己找到了人生中的第二份职业，为了这份职业他坚持不懈，毕生都很努力。

爷爷的玛尼树那翠绿的色彩在微风中轻轻摇摆。干枯了好几年，现在却茁壮地成长起来了。它树干挺立，扶摇直上蓝天，一看就是粗壮、敦实的榆树前身。父亲把祭品点上，跪拜着说，您就给个痛快的梦吧，让您的孙子心想事成吧！

之后父子俩往日落方向回去。伊达木想回头看看爷爷的坟墓，父亲却制止说不能回头看，在世的人不能老惦记着过世的人，人活着就要向前看。不知道为什么，这次父亲让儿子走在前头，自己却守护在后面。

二、棒子

当天夜里伊达木睡得很沉，而且一夜无梦。他有些不敢相信爷爷没再托梦。第二天晚上，他有意喝了少许酒后酣睡过去，希望爷爷能再次光临梦境里。他的确做梦了，可梦里满是黑土地，自己在黑土地上劳作着，并没有看见爷爷的身影。醒来后他失望至极，怕是极乐世界的爷爷并不眷顾自己了。这时候他媳妇笑着说，爷爷给我托梦了，让我们去玉米田里呢！

让我去，也让你去。去了又能如何呢？伊达木好奇地嘀咕着。

他妻子一脸的娇羞，附到丈夫耳边轻声说，傻子，让我俩一起去呢，你还不明白吗？

哦，伊达木明白了。

夜幕降临，他带着妻子迈着轻轻的脚步来到了最高最茂盛的玉米地里。夜晚很幽静，唯有不知疲惫的知了欢乐地唱着轻快而舒坦的蝉歌。在大自然美妙的音乐中，年轻的夫妇俩感受到了从未有过的情调，遍布大地的玉米地里，两人共同弹奏了更加优美的乐曲……

次年初夏，伊达木的土炕上添了一个白胖小子。满月那天，伊达木的父亲高兴之余多饮了几盅酒摇晃着身子骄傲地说，我孙子是玉米，庄稼人的命脉啊，丰硕的好棒子嘞！

于是伊达木给大家敬酒宣布，爷爷给孙子赐名了！玉米、苞米棒子、苞谷……我觉得还是苞米棒子更加亲切些，就叫他棒子吧！

小棒子打小就聪明伶俐，有一双忽闪忽闪的大眼睛。伊达木夫妻俩也不娇惯他，所以小棒子从不懒散，只要有人叫他帮忙，他就应声而跳。但对于农活他不感兴趣，反而对牛羊牲畜无比地留恋。他的这种喜好愈来愈烈，以致在上学的道路上他没能走多远，连高中都没毕业就自动辍学了。理由很简单，回家放牧。

这片土地虽说现在以农耕为主，但也从来没有放弃过放牧的传统。先祖的游牧文化发展壮大于游耕，至今已来到定耕这特有的生产运作之中了。比起邻家，伊达木家的役畜更多一些，牛羊的数量在嘎查村里数一数二。

少年的棒子不愿意种地。开垦、播种、收割，即便这般辛苦，还得靠天吃饭。一滴雨水和一粒米之间的不对等让他好不恼火。他经常把自己学到的"粒粒皆辛苦"的字句念给从地里劳作而来的父母及姐姐们听，说这不是为自己的不情愿找借口，而是太心疼含辛茹苦的诸多劳动者们，为他们打抱不平。

父亲伊达木很是生气，你这小子，你可别忘了连你的名字都是玉米呢。你再得意再反逆能跳到哪里去？既然你不好好上学，那就种田是你的命，老老实实地接受吧！

棒子虽然不去田里劳作，可对饲养管理役畜方面却有独特的天赋。所以役畜问题上他一点儿都不让家里人插手和操心，且他饲养的牛羊都格外地肥壮。唯独年迈的爷爷站在孙子这边，前年去世的时候他拉着孙子的手说，要好好放牧，那是我们的足迹……

爷爷的遗嘱胜过父亲的唠叨。伊达木也深知放牧的益处所在，最终默许了儿子的坚持。

对于伊达木而言，他喜欢日出而作、日落而息的田园生活。他觉得农耕者就像人类的父亲，把一粒粒小种子播撒在土壤里让其毫无犹豫地生根发芽。地里的庄稼长得茁壮茂密，立挺枝秆的时候，他也仿若他们的父亲一般笔直脊背乐乎乎。有时候他背着手在田野里慢慢踱步，嘴里还不断地嘀咕道，人们啊！你们不要整天无所事事地乱蹦乱跳了！真把自己当成能不吃不喝的石猴了？没有农民种的谷子米子你们哪儿来的饭可吃呀？

伊达木自豪自己是个农民。虽然最初不情愿地当了农民，现在却为了当了农民这个身份而自豪了。

春耕季节，一家之主的伊达木却指望不上儿子。棒子忙于接羔，还不忘抽空往嘎查奶站跑。那里有太多的新鲜事了。他在奶站里结识了拉牛奶的卡车司机阿木古楞，听他讲天南地北稀奇古怪的事，真是耳目一新。

奶站是旗牧业局给几个重点嘎查设立的牧户收入所在地，也是整个旗里的乳制品生产的原料发源地之一。附近几个嘎查的农牧民把早晚挤出来的牛奶都送到奶站里积分换钱。所以每个嘎查都按周期安排了一个送奶人员，其中哈拉乌苏嘎查的海棠姑娘最引人注目。她有长长的两条辫子，一双水灵的大眼睛，赶着马车的样子一点儿都不输给男儿身。农家人就喜欢这样爱劳动的姑娘来做儿媳。所以伊达木对儿子说要给海棠姑娘说媒去。然而棒子却皱着眉头拒绝了，理由是朋友阿木古楞才喜欢这种女孩呢。父亲问儿子，那你喜欢什么样的女孩呢？棒子哼哼唧唧说出了心里话，自己不喜欢种田的，只喜欢放牧的。

伊达木猜想儿子的心思，猜到八九分。从放牧养畜的角度来讲，跟儿子情投意合的可能是舍楞的女儿敖尤黛了。但敖尤黛是自己家的干女儿，棒子的干妹妹啊！虽说没有血缘关系，但总觉得不合理。那么，舍楞女儿敖尤黛什么时候成了他们家的干女儿了呢？这中间确实有个故事。

舍楞在嘎查学校任教。教师是个让人敬重的职业，可是爱贪杯的舍楞却慢慢失去了被人尊敬的资本。爱喝酒，时常摇晃着身子走路，渐渐地他的鼻子也像自己红鼻子爷爷的鼻子一样红了起来。偶尔不喝酒的时候，他跟自己较劲，很严肃地自我批评，下定决心以后要远离酒杯。但过了今天，忘了昨天，酒还是照样喝，所谓的决心从来没有付诸行动过。

醉酒后他就经常骂人。骂谁呢？当然是自己的老婆了。骂老婆没出息，整天盯着西南方向不放。哼，我就知道你盯个谁，伊达木家不是在西南方向嘛，你不就是想多看几眼伊达木吗？

像这样想入非非、不合实际的奇思乱想打从他们年轻时候就开始了。他与伊达木同一年成家立业，然而人家伊达木夫妻抱有三个孩子的时候，舍楞却没有生养半儿一女。他妻子是颇有姿色、身材富态之人，性格却很懦弱。为不能生育之事她很自责，寻医吃药，去庙里点香拜佛，祈祷能早日有个孩子。在小棒子的满月宴上她抱着白胖胖的小子怎么也不愿意松手。她喝了两盅满月酒，沾沾喜气，然后拽着棒子妈妈问，怎样才能生出来一个这么可爱的宝贝？棒子妈妈无奈地回答说，这你得问问你大哥了。

本来是一句应付的话，传到别人的耳朵后却成了笑话。当时的伊达木很认真地想，怎么样才能帮得上舍楞一家？

这时候，爷爷坟上的玛尼树已经成了参天大树。不知从谁口中传出去的，有人说吃过玛尼树叶子的母畜必定会受孕，公的吃了，也会加倍肥壮。久而久之，爷爷的玛尼树被称为赐子树，有些乡亲们背着他往他家坟地附近放牧，为的就是让牲畜能吃到一两片神树叶子。伊达木也不计较这些，若爷爷的坟树真有神灵，给乡亲们带来安康的生活的话，自己应该为此骄傲。

伊达木是个觉醒的农民。他能懂得人与畜、地与田等半农半牧文化的深刻理念。在浩瀚的宇宙和神秘的自然界中人们只能望洋兴叹，但他总觉得有一种莫名的力量悄悄地指挥着自己，并且只有融入到那种莫名的力量后才能万事无忧。牲畜的受孕，人类的怀孕其区别只不过是高级与低级之别，生命的到来同样都神圣而可贵。他相信，自己的宝贝儿子棒子就是黑土地赠予他们的。所以他真的很想帮助舍楞，至于怎样帮助，倒要看看舍楞能不能相信"万物皆有灵"这一说了。于是有一次他拦住了下班回家的舍楞说，要是你有意，去神树面前求子吧！

舍楞不屑地盯着伊达木，口气中带有嘲讽说，我是个文化人，不信那一套。

伊达木生气地反驳道，那你还写什么六字真言？

舍楞轻蔑地笑着说，写六字真言是另外一回事，你是不会懂的……

三、敖尤黛

那是另外一回事！是的，对于舍楞而言，那确实是另外一回事。他从小就开始跟着爷爷参加了很多白事，也看到了会写六字真言的爷爷被人尊重的样子。后来他明白了人们在这样的空虚中如此忙碌，并非是虚拟的表现，而是，空既是存在，又是实体。你看，人来世时是空的，去世时也是空的。空是一种精神，所以他要把这种精神发扬下去。

他自认为自己是精神上的富裕者。教书育人，还会写六字真言。他经常在想，伊达木虽然有三个孩子，而我虽然没有孩子，也没饲养牲畜，庄稼收成也远远不如他的，但同龄人中谁还能跟我比渊博的知识呢？伊达木能吗？他会写六字真言吗？就算会写，他也敢写吗？他只是个物质的富裕者，精神上的贫穷者。怎么能跟我比呢？

嫉妒乃是一种人性的双刃剑，比起动物之间的捕食争夺更为复杂。舍楞表面上处于不在乎的状态，但嫉妒的火焰燃烧得很旺。他知道伊达木让自己去求子是真心话，可他就是不愿意让他知道自己接受了他的好意。被伊达木怜悯，让他指点方向，这不是舍楞想要的。所以在去不去给坟前树祈祷磕头的问题上，他纠结了很长时间。

最后他还是决定去看看，而且偷摸地，不想惊动左右邻居。那晚月亮很高，他领着妻子向东南方向走去。

坟地里有些阴森，他在嘴里不断地念着六字真经，把心跳压平静。榆树的枝头随风摇摆，似乎考验着来者是否虔诚。舍楞跪地祈祷，神树啊，您就赐给我一儿半女吧！

他还催促跪在一旁的妻子赶紧吃神树的叶子，能吃多少就吃多少。他妻子往嘴里塞满嫩绿的叶子，一大口一大口地嚼着，绿油油的汁液顺着嘴角而流，她眼眶里打转着泪水，那泪水似乎也开始变成绿色了。

是啊，绿色，绿油油的。从那晚以后舍楞妻子整整三十天用神树叶子当晚餐，也整整三十天腹泻出绿色物。以前胖墩墩的舍楞妻子很短时间内消瘦得皮包骨了，连走路都有些困难。这时候的舍楞很气馁，本来就不怎么坚定的意志开始摇晃起来。他骂妻子不中用，干脆停止吃叶子得了。没过几日，他妻子开始呕吐起来，这让舍楞大吃一惊。他连忙把妻子送到医院诊断到底得了什么病，不料医生恭喜他们要当父母了。

夫妻俩欣喜若狂。舍楞妻子更是高兴得痛哭流涕。因吃多了神树叶子的缘故，整个孕期之内她睁眼闭眼全都是绿色，就好像自己游离在绿色的世界里。所以她一生下孩子就自作主张地给女儿起了"敖尤黛"这个名字。敖尤黛是碧绿无瑕的意思，俗称翡翠。对于舍楞来说，起什么名字是无关紧要的事，最重要的是自己有孩子了，这就是莫大的欢喜。

舍楞家不饲养役畜，只靠几十亩旱田来做主要生活来源。以前还可以，就两口人，花销小。可现在不能将就了，添了个孩子，有了生命的延续，该为了孩子的将来做打算了。

舍楞妻子迫切地盼望着有牛有羊的日子。她听着不远处伊达木家棚圈里的哞哞声和咩咩叫，感叹道，人家过的才叫日子呢，多么地生机勃勃呀！她暗自琢磨着怎样才能沾得上富裕人家的财气，不一会儿就有了主意。她对丈夫舍楞说，我们把女儿给伊达木家当干女儿吧！

自从生下女儿后舍楞妻子就有了底气，说话时也不像以前那样吞吞吐吐了。她接着说，我们就说这是神树给我们托梦的意思，他们要是同意了，能不给自己的干女儿丰厚的礼物吗？

舍楞频频点头深表同意。他觉得妻子比起以前变聪明了，以前沉默而懦弱的妻子现在就像脱胎换骨了一样为生计运筹谋划，真是太稀罕了。总之，这样的妻子才是自己最喜欢的样子。

舍楞的妻子抱着幼小的女儿去了伊达木家，直截了当地说，昨晚神树托梦给我了，说这娃认你们俩做干父母，以后才能有顺当的生活。既然是神树的旨意，你们就接受这个干闺女吧！

即便是没有心理准备，伊达木夫妇也没有推辞。认干亲是一种家乡风俗，很平常的事情。既然说爷爷的神树做了红线，当然要答应了。认亲以后必须给孩子有个体面的赏赐，那叫见面礼。伊达木当然懂得这个规矩，他跟妻子商量了一会儿，把一头红白花二岁母牛指给了干女儿。

小敖尤黛真是个财神保佑的孩子。次年，干父母给她赏赐的母牛下了个母犊子。这两头母牛真够争气，每年都继续繁衍后代给主人家迎来了无限的快乐。有了美好生活的盼头，舍楞逐渐中断了跟干亲家的来往，更不愿意让女儿叫他们父母，以为那是对自己的不敬和侮辱。久而久之，伊达木夫妇也看清了原由，两家人的来往也逐渐减少了。

可是棒子和敖尤黛就不一样。他们经常在放牧点见面，一个叫棒子哥，一个叫敖尤黛妹的，互相谈论着牛犊子、羊羔子的奇趣事，好不亲热。

敖尤黛越长越漂亮，不仅脸蛋俊俏，身材也曼妙。棒子也长成了高大帅气的小伙。那年他们一前一后上学，后来棒子执意想跟敖尤黛一个班级，于是降级到她们班，两人终究如愿以偿地成为了同桌。就这样早熟的少男少女时好时坏地磨练着他们青涩的感情，高中毕业后异口同声地放弃了学业。

其实，是共同的喜好让他们下定了决心不再念书。跟棒子一样，敖尤黛也喜欢放牧。她家的奶牛也已经二十多头了，这都是当年的红白花的功劳。再者她母亲心思缜密，勤劳的双手从不闲着，加之敖尤黛是个善良能干的孩子，舍楞家总算丰衣足食了。

爱与爱是互相有感染力的。敖尤黛对牧畜的宠爱比棒子都显著。她能看牛的牙齿来判断乳牛或青壮年牛，或各阶段的特征及年龄称呼。她也急切地向往自家有个羊群，说自己爱放羊，想跟草原上的牧羊女一样，一边唱歌一边放羊。可她母亲说哪有精力多种经营呢？在家务活和农活上根本就指望不上你父亲，我整天忙得团团转，累得很呢。

所以我辍学帮您的嘛，以后我寻个有羊群的婆家不就得了？敖尤黛对母亲撒娇道。

我知道你想说什么。母亲笑着说。

您知道什么了？

我知道你对棒子好……但是不行的！

为什么不行呢？我跟棒子哥是青梅竹马，情投意合……

但他是你的哥哥呀，他们一家人对我们是有恩情的，我们可不能太过分了。

什么叫过分啊妈妈？我们又没有血缘关系……

唉，有些话没办法跟你讲……

敖尤黛不知道母亲指的"有些话"到底是什么，但对于她母亲来说，"有些话"就是她心里隐藏很久的话语，对谁都无法说出来。为了所谓的美好生活的向往，她选择了自认为卑鄙的捷径。当年她把女儿给伊达木夫妇做干女的时候说过这是神树的旨意。她的谎言刚出口，身子突然间莫名地颤抖，心口中间被针扎了一样疼痛至极。后来她如愿了，院里棚里有牲畜了。但不知为何，虽然没有明显的疼痛，她的身体却开始消瘦了起来。而且脸色发黄，精神不振。她总觉得有个神秘东西在慢慢地吸抽着自己的鲜血，每天一点点，一刻也不中断。

那种折磨倒是很仁慈，虽然身体病歪歪，生命却无恙。她认为这是自己真心忏悔，每天晚上都往神树方向跪拜的结果。敖尤黛现在已经十八岁了，看着健康成长的女儿，她对神树的感恩之情日渐增加，一天都没中断过默祷跪拜。她念叨神树原谅自己的过错，不要让自己过早地离开年幼的女儿，从今以后自己诚信做人，守妇道，做本分的人。

跪拜是一种养生。日复一日的跪拜动作会让人的某个部位受到锻炼。再者安静而向上的心态给足了她恢复身体的能量。

最重要的是她得到了心灵的洗礼。她现在看不惯周边的邪恶与自私自利，常常反驳丈夫的有些作为，甚至强烈地对抗着。

四、初享者

人类的享乐意义很广。有简单的物质享用，很容易满足。还有一种是精神上的享受，也叫心灵的升华。

已临半百的伊达木无愧是个心胸宽广的智者。他明白富裕的生活不是从天而降，而是用自己的双手来创造的。所以他们家的家风就是勤劳朴实，永远要向前看，不被困难打倒。两个女儿已到出嫁年龄，他给女儿们挑选了虽然家境不太殷实，但勤快、老实本分的婆家。他觉得自身奋斗来的富足才叫生活，坐享其成者感受不到劳动的美好。既然都有勤劳的双手，何不完成生活赋予的使命？

伊达木自认为对生活的这种态度完全符合自然规律。牧畜吃草，草变成了粪便，不仅给田地里做肥料，还给人类当取暖做饭的燃料。看来人与自然的某种关系是不公平的，人类只能索取，无法给予。一个农人，开辟土壤，种植米谷，吸取其营养。一个牧人，在广袤的草原上尽情地放牧，最终连牧畜的粪便都抢回去为自己所用。

伊达木敬畏与珍爱大自然黑土地，也因此替自然界打抱不平。可自己很渺小，不能随心所欲，左右不了什么。所以只能去神树面前诉说心中的郁闷。是的，自己真的太渺小了，连自己儿子的事情都办不好。

儿子棒子的婚事真让他头疼。棒子一心想跟敖尤黛结婚，不留给父母一丁点商量的余地。时代是属于他们的了吗？时代也选择他们了吗？他是真心疼爱干女儿敖尤黛的。女儿也罢，儿媳也罢，敖尤黛用什么身份来到他们的家庭里他都能接受。唯独不喜欢她的父亲舍楞。舍楞好酒、狡猾、不怀好意，不论在哪里碰到都用敌意的眼神来打量自己。他不愿意跟这样的人做亲家。于是他决定把自己的纠结说给神树听，希望得到答案。

爷爷坟前树现在已经是苍苍的老榆树了。远近闻名的神树，也叫赐子树。人们把这一片地带也称之为神树洼地。经过多年的风雨，老榆树似乎有了更浓的神秘和传奇色彩，即便是晴朗的天气，万物静待中，它的茂枝绿叶也会不断地演奏沙沙的妙音。粗大的根部不远处堆满了信徒们呈上的各种贡品，树枝上也系满了各色哈达，就像盛开的佛莲，五彩缤纷。

伊达木跪在树前。

爷爷啊，您虽然是我一个人的爷爷，现在却变成了众人的神树了。就像我们作为人，在自己的小空间里为父母、妻儿、亲属奔波，甚至为大自然、黑土地而多愁多虑一样，您也有作为神树的使命吧？人或事，往小说是个人的，往大讲是大众群体的。这个道理我懂。

爷爷啊，您曾孙子棒子的婚事，需要您的旨意啊。您就托梦给我吧，就像当年怀棒子一样……

提起往事他有些面红耳赤，但心胸舒坦多了，好似自己有了无穷的力量一样。他再次深深地跪拜三下。

当晚果然有了梦。梦里爷爷飘逸的白须长及膝盖，弯着腰捋胡须时坚硬的须根触地发出团团火光。在梦里他爷爷脸色很难看，说，你这个傻孩子，不想传宗接代了吗？不能对他们心软的，果断点！实在不行用这个教训一下我那个不懂事的曾孙！说罢，拔出一根银色胡须递给了他，自己则消失在黑暗中。

醒来后伊达木琢磨了一番梦境中的内容。不难猜出这是对棒子婚事的不同意。早晨起床后他惊奇地发现自己身旁躺着一根指头般粗大的榆树枝。他身子不禁冒出冷汗，跪地往东南方向念叨，爷爷啊，您果真来过了，您就保佑您的子孙吧！

可怎么样才能给儿子说清楚梦里的意思呢？看着棒子那倔强的眼神，伊达木很无奈。虽然梦境很神奇，但时代的变革中爷爷的思想观点是不是老了呢？孩子们你情我愿，向往着美好的生活，我何必要狠心拆散他们呢？要是舍楞摆摆手坚决不同意的话，这件事还可能有挽回的余地，因为舍楞太倔了，相比之下，棒子的倔强怎能拗得过舍楞呢？

然而伊达木失算了。舍楞不仅答应得痛快，而且托人说，在孩子们的终身大事上谁也无权干涉……

当头就是一棒，真是琢磨不透舍楞这个人。

其实一开始舍楞并不同意这桩婚事。因为妻子偏袒伊达木家，说，现在的富足而幸福的生活都是伊达木家所赐的。听了这话后舍楞气得直跳。去你的吧，真是乱弹琴。难道敖尤黛不是我舍楞的血脉吗？他们家给了我娃一头牛是没错，但我并没有强行硬拉他们家的牲畜啊。怪不得偶尔碰到伊达木，他那个神气样儿，好像我注定要给他低头弯腰似的。现在想起来伊达木这人太有心机了，不仅在自己妻子心里头占据了功臣般的地位，还把干闺女培养成了他未来的儿媳，真是一箭双雕啊。敖尤黛也是个小叛徒，跟着人家儿子形影不离，还说如果我要反对的话干脆出家当尼姑。真是反了反了，与其让她当尼姑，还不如嫁给伊达木儿子呢。嫁吧，嫁到棒子家去吧，把生你养你的父母忘掉算了……

舍楞又怨又气，给自己频频灌酒，不一会儿就酩酊大醉了。他在炕上倒下熟睡一阵子后便惊醒，看了看天色已经是子夜时辰。他妻子还没睡，看他醒了，轻声说，我想过了，我们还是成全女儿吧！

我就知道你会站在他们那边。

那又怎样？我自己清白如水，倒是你把那些肮脏的想法收回去吧！我只希望我们的女儿在伊达木家里平安地生活着，在那里神树会保佑她的……

舍楞无言以对。就是啊，每次关键时刻妻子的提议就像救生圈，波涛汹涌中起死回生。当年把娃给伊达木夫妇做干女儿以后他们的生活愈来愈好了。现在仔细想一想，把女儿嫁给他们家似乎也没什么不妥，最主要的是妻子刚说的"平安"二字深深地打动了他的心。是啊，自己的孩子这一生平安就好。

舍楞的爽快答应使伊达木慌了神。当晚睡时他点了三根香往东南方向祈祷，爷爷啊，要不我们就依您曾孙的意思，成全两个孩子吧！说完便躺下睡着了。蒙眬中他又一次梦见了爷爷，这一次爷爷把胡须剃得很干净，步伐也很轻快，嘴里说，哼，不听我的话你孙子会跑到很远了……然后变成了一团火便消失了。

伊达木非常急躁和不安，他把妻子和儿子叫到跟前开起了家庭会议。他给他们讲了几场梦里的过程。听完父亲的担忧后棒子瞪大眼睛反驳道，都到啥年代了您还信这个？如果过世的人能左右在世的子孙后代的话，他们去那边干什么呀？

说的倒是有理。伊达木不知如何是好，只能抽卷烟来消愁。

棒子也很忧郁。他深深地爱着敖尤黛，只等婚期的到来。他不愿意最亲的人们成为自己的绊脚石，所以年轻冲动的他不想再拖延时间，要用自己的努力去争取自己的幸福。

他约了敖尤黛，往玉米地里走过去。

这个世界必须有雌雄两种物体。在古代神话中记载着造物者一打哈欠创造了男人，再一打哈欠创造了女人。现在的棒子从未听说过打哈欠造人的故事，却按自己的本能在爱情的迷雾中探索着。他抓住敖尤黛的手，他的手就像钳子般有力，敖尤黛撒娇道，疼！棒子生气地说，现在的疼算什么，要是现在我们不争取的话将来的疼痛更会让我们窒息。

他不是对敖尤黛生气，而是想跟生活挑战一下，要做一个生活的征服者。不仅要征服眼前的困难，也要征服心爱的女人。男人是空气，是水、光、生命。女人需要用这些空气、水和光来绽放生命之花。

现在的棒子就是勇敢的征服者，也是个生活的初享者。他们不屑星辰圆月的窘迫与害羞，无视着一根根像哨兵似的玉米秆，无所畏惧，一路向前着。

五、引领者

当你早晨起床后最想看到的是什么呢？千丝万缕的阳光，还是摆满手把肉的木盘和飘香的奶茶呢？或者是整洁房间里的透亮的窗玻璃？嗯，是的，应该是那样的。

对于现在的棒子来说，能看到妻子敖尤黛的可爱笑容就是最大的幸福了。这个来之不易的幸福是两人共同争取来的。他们打破了世俗，把生米煮成熟饭，让两家人无言以对，无奈而投降。

脸上洋溢着幸福笑容的敖尤黛把灶台柴火收拾干净后，带着冷风走进卧室招呼棒子该起床了。棒子伸着懒腰，把敖尤黛的小手贴在胸前问，我们成婚多长时间了？

敖尤黛回应，整整一个月了。

那我就要该开始干了！

开始什么呢？敖尤黛有些莫名其妙。

开始崭新的生活呀！

听他这句话好像棒子这个人从来就没有好好生活过似的。他起身吻了吻妻子，他的爱恋与奋斗的意志荡漾在眉目之间。

他用自己的方式来拯救了自己的爱情。当自己的父亲还在琢磨着神树给托梦的情景时，当敖尤黛的父亲等待着媒人的到来准备要多少彩礼的时候，敖尤黛的母亲突然发现了女儿身体的变化。她对着女儿吼了半天，问女儿是不是棒子的时候，敖尤黛也不藏着掖着很自如地回答说，是的！听闻此事，刚刚喝过酒的舍楞火冒三丈，拿起铁锹，一副将要打死棒子的架势冲了出去，但最终还是被妻子拉进了屋里。醒酒后他气馁了，也忧伤不已。他跟伊达木斗了半辈子，斗来斗去还是没斗过他。他叹着气服软了，嘴上却说，伊达木的儿子有种，有种。

冬月初，棒子和敖尤黛的婚礼如期举行了。敖尤黛的腹部虽不明显，可满脸的妊娠斑实在是藏不住。同伙们逗着棒子说你真行。棒子却傻傻地笑着说，我这是给自己引领方向呢。

据说人开心的时候体内就会发生奇妙的变化，从而得到新的动力和力量。现在的棒子就是这样。他感觉到在自己的热情与斗志面前没有可以阻挡的东西。所以他无比地珍惜这份来之不易的婚姻生活。

婚后一个月很快过去了。这天他对父亲提出把土房改成北京平房的想法。父亲问他那是什么古怪的房子，听了就挺新奇的。

房顶是平平整整的，砖石结构的，夏天可以上房顶赏月纳凉呢。

父亲很好奇，问儿子盖这么高级的房子需要多少钱。

城里人两年的工资，牧区人的十几头牛吧！

棒子回答说。

儿子将要带来新奇的东西，父亲便答应了。开明豁达的伊达木觉得作为父亲可以给儿子开路，也可以给儿子让路。也许自己的观点看法已经过时了，该给年轻人让路了。

次年的春天，柔风吹来万物复苏的时候，棒子的北京平房也开始动工了。但也遇到了困难。沙坨子路处处阻挡着拉砖石的汽车，盖房子的事也很难有进展。棒子明白了其实盖房子是小事，要修一段使沙坨子人们通往外界的路才是大事。于是他找嘎查长说明了修路的设想，听说嘎查无权做主后再去找了苏木，看到苏木的领导也无奈摇头，他干脆去找了旗里的有关部门。最终在棒子的不懈努力之下，旗里下达了修路的红头文件。就这样神树洼的乡亲们开始修建起了通往外界的柏油路。这工程虽然持续了大半年，每家每户都出了人力和财力，但一直带头张罗的棒子受到了乡亲们的赞扬，在众人中建立了威信，自然而然地成为了神树洼地的年轻带头人。

盖完房子住进去后，伊达木才发现了这种房子最致命的缺点。所谓的北京平房，房顶平平的，容易积水。恰巧这一年雨水绵绵，北京平房漏雨成筛子一般，怀有身孕的敖尤黛躲着滴答的水，接到盆里来回挪动着。最让她难受的是要是夜里漏了雨，那种滴答声忽然间就变成树叶的沙沙声响，让她无法入睡。有时候她用棉花塞耳朵，想睡一个好觉，但感觉到身上飘满了落叶，让她无法呼吸。好不容易过了雨季，敖尤黛虽然顺利地产下一个儿子，但孩子过了三天后夭折了。

一夜之间伊达木的眼圈都变青了。他想到了爷爷托梦时的孙子要远离之说。痛苦、焦虑的他只能对儿子发火说，盖什么平顶房子！漏雨得像无顶帽一样。我孙子的夭折八成是屋里的潮气造成的。你赶紧把这房子的平顶改成坡顶的。

伊达木在心里想，所谓坡，就是立。万物皆以立为尊，立了好，立了就会变好的……

棒子听从了父亲的话，再次动工把平顶房改造成了坡顶房。这个红瓦块坡屋顶不仅造型美，而且不积水，防水性能也很好。跟着棒子盖完北京平房的几户人家，看棒子把房顶改成坡顶，他们也毫不犹豫地学着改成坡顶了。在他们眼里棒子就是新事物的带领者，跟着他折腾准会没错。

为了支持儿子的这种带领精神，开明的父亲把家里牲畜的经营权交给了儿子，自己则一心一意地忙于农活。棒子也索性做起了牛羊销售生意，开启了另一条生计之路。

敖尤黛热衷于挤牛奶做奶食。和婆婆一起拎着满桶满桶的奶子做奶豆腐，收奶油，奶香飘满朝夕晨昏的景色当中。年轻的敖尤黛陶醉在生机勃勃的气氛里，对那些奶牛也情有独钟，用自己的方式来给它们取名逗乐。她忙里忙外，兴致正浓时棒子却把那几头奶牛给卖了，还说恰巧碰上好价钱，不卖可惜了。敖尤黛不喜欢棒子这种爱折腾的性格，完全不顾及别人的感受。久而久之敖尤黛的活泼可爱的性子被磨平，对丈夫有了怨言，性情也变得懒散。

怀第二个孩子的时候，全家人都急切地盼望着大胖小子的到来，可事不如愿，生的是一个女儿。这时候的棒子已成为了附近闻名的牛贩子，他由小做到大，承租了城乡中间位置优越的大牛市，专门给牛贩子们提供做交易的场地。城里的朋友阿木古楞给他办妥了所有经营手续，作为回报，棒子把牛市里的饭店让给阿木古楞经营，让其抓收入。

棒子很满足现在的成就，觉得自己变得老练和成熟，可以驾驭很多事情了。他的牛市也很火旺，按规则他从成交双方平分的利润中抽出一定比例的利润；自己也拉来牛羊，从中得利，感觉暴发的日子近在眼前。

棒子回家的次数明显少了。即便回家了，也嫌弃起了妻子做的饭菜不合胃口。他雇人把自家院里的牛羊往牛市赶，自己却在一旁指挥。敖尤黛自然看不惯这些，对丈夫满是怨言。她时常告状给婆婆说，您儿子变了，变得狂妄自大，膨胀无比……

但婆婆也无奈，只是劝说儿媳，男人需要哄的，我与你公公生养三个孩子，日出而作，日落而息，从未拌过嘴。其中秘诀就是相互信任，不可以挑刺儿。

敖尤黛对婆婆是敬重如宾的。勤劳的婆婆从未多言多语，做事却井井有条。她爱劳动，好像对她而言，活着就是为了劳动，劳动就是活着的全部意义一样。

六、种子

也许是并不久远的事情。据说考古学家们从古埃及土壤里挖出了一颗种子的化石。而且那是一颗已经发芽的植物种子，细细数来竟然有六百二十五根嫩芽。这个发现足够证明自然界的神奇，也成为植物界向人类炫耀的硕果。

一颗种子，倍增到六百二十五颗。可谓种子的力量无限之大。种子从大地里吸取营养，生根发芽，推出土面，张开叶片，沐浴光与空气，至此，一株幼小的植物体在天地间尽情撒欢。千万颗种子向上生长，开花结果，把平凡的世界点缀成不平凡的自然界。点缀，看似平凡，其实并不平凡。这也是个合情合理的哲学问题。

伊达木不懂哲学。可他懂得农田靠种子的力量生长，大自然被农田、树木、花草来点缀，因此大地会更加富饶美丽。一粒粒优质的种子变成枝茂叶绿的农田，再跟充足的雨水结合，完全可以让勤劳的农民大有收成。伊达木自从当农民那天起每天都辛勤劳作，与大自然亲密接触，早已成为了勇当奔康致富的农民能手。

唯独犹豫焦虑的是能否抱上孙子的问题。他认为农田的种子和人类的种子意义相同。农田的来源是种子，人类的种子是用来繁衍后代。男孩就像种子，可以兴旺家族。所以他急切期盼儿媳妇给他们生一个传宗接代的大胖小子。但这样的期望现在已付之东流。前些天发现敖尤黛怀了第三胎后，计划生育队来到了他们家，不仅给敖尤黛实施了流产手术，还把绝育手术都一并给做了。这件突如其来的事情使他们全家人陷入了无奈和痛苦之中。伊达木更是后悔当初为什么没能阻止棒子和敖尤黛的婚事。有一回他懊恼地拉住刚从牛市回来的儿子，要让他去祖坟上烧香跪拜。

可儿子还是固执地反驳说，爸你这是怎么了？如果一棵树能断定一个人的生与死的话，我们现实生活中的努力有什么意思呢？要是真能给解决的话，我们每天都给神树磕头就对了。

树，树！只是树而已吗？那是你的祖宗，你明不明白？

伊达木火冒三丈，差点往儿子脸上扇过去。

是是，我错了。不是树，是我的祖宗。但是现在的这种情况神树怎能赐给我一个儿子呢？

你懂不懂天恩地泽？

我爸整天用天地来压我！我要去牛市了，那里有很多钱等着我去收呢……棒子一边无奈地笑着，一边趁机出门而去。

没有守护家业的男丁，挣再多的金钱又有什么用呢？父亲懊恼地在儿子背后喊着。

有一种人，略有成就后便不知天有多高，地有多厚了。你看，现在的棒子就是这样。他漫不经心地往牛市赶着。春天到了，微风轻轻地吹来，他心中的烦恼似乎减少了许多。他骑着摩托车欣赏着开始发嫩芽的路边草草木木，用有点不屑的眼神瞅了瞅在地里干活的几个人。心里感叹道，唉，可怜的农民啊，整天劳累劳作到头来能赚到几个钱呢？

农民脚下的路只能通往农田里，而牧人赶着牛羊能走到通往世界的路。这是棒子悟出来的真理。他觉得走向农田和走向世界是两种极端的事情，人往高处走，水往低处流。谁不想走向世界呢？他曾经把这个感悟说给父亲听，他父亲皱着眉头告诉他，你这是农田产量和牧畜产量的狭隘见解，你没看到本质。你想想，首先不去农田的话怎么能去世界呢？因为通向世界的路上必须经过农田，让你生存的基本东西在农田里……

那时候他根本听不进去父亲所说的话。现在也一样，心中燃烧着莫名的一团火。什么农田、世界，现在的他真的不愿意多想。

看似不在乎，他却比父亲都更在乎传宗接代之事。虽然膝下有两个可爱的女儿，他也无比地疼爱着两个娃，但他总觉得生养儿子是自己义不容辞的责任与担当。所以他绞尽脑汁地想着怎样才能生出一个儿子，也想到了醉酒后的岳父曾经教导过的话语，人啊，活着要动动脑子，靠靠运气……

来到牛市时已经是傍晚。老朋友阿木古楞正等着他酌两杯。棒子心里有憋屈，欣然答应。他连续喝了三杯后明显有了醉意。这时候从厨房里走出来了一个漂亮的女孩，给棒子杯子里倒满了酒。

这是哪位呢？

我表妹，从城里来这儿没几天，帮我打理饭店呢。

哦！棒子点头答应着便打量那女孩。女孩是见过世面的人，一点儿都不拘束，而且主动介绍自己叫小花。人不仅长得好看，名字也好听。棒子居然心情好多了，苦涩的酒也变成了甘甜的味道。他心里突然间有了主意，温婉的眼神不时地盯着女孩。

有花盛开，蝴蝶自然飞来。就这样城里的小花毫不犹豫地接受了棒子的温暖，把自己的柔情蜜意也毫无保留地交给了帅气的棒子。早晨，太阳刚刚升起，棒子在牛羊的叫声中懒散地从屋里走出来，在他后面，幸福的小花给他叠被扫地，俨然是一对恩爱夫妻。牛市的有些客人误以为小花是棒子的妻子，讨好地叫她老板娘。这时候的小花笑得很灿烂，相信自己不久的将来必定会成为真正的老板娘。

没有纸能包住火的。棒子的这些龌龊事情传到了舍楞的耳朵里。舍楞告诉了妻子，最后传到了敖尤黛耳朵里。自从生了两个女儿以后，敖尤黛变得更加忧郁和懒散，就觉得自己对生活没什么热情了。遇到必须处理的事，动不动就喊着妈妈和婆婆来帮忙。现在她忽然听到这消息后虽然半信半疑，还是大哭大闹非得去牛市弄清楚事情的来龙去脉不可。舍楞制止女儿，自己则来到亲家院子里叉着腰喊道，敖尤黛是你们明媒正娶的媳妇，现在为什么这样对待她？

伊达木的脸色忽白忽红，他蹲在门旁不停地抽着卷烟，眼里满是惆怅。抽完一根粗大卷烟后团团烟雾似乎整理了他的思绪，他慢慢地站了起来对着大家说，你们谁也别动了，我去寻来我儿子！

然而他并没有往牛市走去。他知道如果这些传闻是真的，自己即便是把儿子拉回家了，也不能把他的心收回来。他走着走着不知不觉中来到了神树底下。树叶沙沙作响，仿佛在问他，你为什么才来呢，早就该来了呀。

伊达木跪着说，爷爷！我错了，我不应该让棒子和敖尤黛结婚。现在我看到了违背您旨意的后果，不仅抱不到孙子，还把儿子的心给整丢了。我为了发挥他的潜力，任由他折腾。他可好，把祖宗的脸都给丢尽了。我不知道现在该怎么办才好。

春天的阳光和煦温暖，幻景蜃楼变幻莫测，给大地带来了绿色的气息。神树的嫩叶似乎有了更加神奇的色彩，微风中尽情地摇摆。伊达木跪坐在地上感受到那些叶子就像千万只眼睛般心疼地盯着自己，就要给他诉说什么事情似的。他闭上眼睛静静地感受着这些，不一会儿就进入了半醒半睡的状态。

朦胧的睡梦中他突然看到从神树上跳下来一个穿着红肚兜，乌黑头发，光着屁股的小男孩。可爱的孩子用清亮而幼嫩的嗓音对他喊，爷爷，爷爷！

哪儿来的大胖小子啊？伊达木在梦里高兴地问。

我是您孙子呀，我在寻找着我妈妈呢。

哦，你是我孙子？你妈妈不是敖尤黛吗？

她可不是我妈妈！

伊达木惊奇地问道，难道你是从牛市里来的孩子？

是的，爷爷您不欢迎我吗？

我才不认你这个孙子呢！

伊达木有些不高兴地说。

如果爷爷不认我的话，我也懒得去投胎呢，还是在树上自由自在地玩耍吧……

说罢，红肚兜孩儿很快消失不见了。伊达木失落地叫着孙子，醒后发现满脸是泪水。他用手擦干眼泪，抬头望向神树茂密的叶子，叶子仍然沙沙作响，就好像梦里的红肚兜孩儿正眨巴着眼睛调皮地望着自己。

伊达木没去牛市，拖着沉重的步伐回到了家里。看他就一个人回来，舍楞冷笑着问，你寻到的儿子在哪儿呢？

伊达木摇摇头，愧疚的眼神不敢正视咄咄逼人的舍楞，卷着旱烟，叹息着说，从此以后父亲去寻儿子呢，还是儿子来寻父亲呢，真的说不清楚了……

七、叙述者

当晚棒子从牛市回来了。

他直接去了岳父家，看到敖尤黛坐在炕上正在哭泣。一进屋岳父二话没说就给他一巴掌，他捂着脸还没回过神，岳父又给了一巴掌。

他是听到风波后就马上赶过来的。没想到岳父来了个突然袭击，自己防不胜防。棒子沉默着坐在炕沿上，心情稍微平复后说，我会解释清楚的，你们非得来个硬的干什么呢？

他岳母来到他面前小心翼翼地问，他们说的是真的吗孩子？

棒子无奈地点点头。

你干那种事，敖尤黛可怎么办？

敖尤黛是我妻子，永不改变。

但那边的姑娘怎么办？

我要的是儿子，不是她。

明白了……岳母似乎松了一口气。

一旁的敖尤黛平静地说，算了吧棒子，我想着都恶心。你走吧，我再也不想见到你了！

经过一整天的哭闹后，敖尤黛仿佛成熟了很多。她想通了，不想再哭闹了，任由这件事发展吧，大不了两人散了，把两个孩子自己带上。

母亲最懂女儿的心思。她悄悄地问女儿有什么打算。

当然要离了，要不然我被人侮辱成什么了？敖尤黛倔强地回答。

母亲生气地说，你敢？你敢打这个主意我就不认你这个女儿！

谁都在气头上，无奈的棒子回到了家。父亲坐在炕桌上方，看儿子进来用眼神示意让他坐到下方。这是父子俩多年来养成的默契，家里发生需要解决的事情，父子俩总是这样对坐在一起商讨。母亲在另一个房间里哄着两个孙女睡着了。棒子在父亲面前低着头小声说道，爸，发生了这件事，我不为别的，只想有个传宗接代的儿子，您就别责怪我了。

儿啊，这是责怪不责怪的问题吗？你的名声没了，家也快要破散了……

父亲摇摇头叹息。

棒子硬着头皮说，爸，这些我都明白。但是我如果不这样做的话，我们家香火就断了呀……

父亲再次深深地叹息。不知是默认了还是在无法改变的事实面前认输了。他忧伤地问棒子，你要是真有了个儿子将来让他做什么呢？种田还是放牧？

棒子没想到父亲会这样问，觉得好笑，但讨好地回答说，您让他种田，我就让他种田；您让他放牧，我就让他放牧。

哼，你这是说的一套，做的一套。我让你种田，你种了吗？不管家里的庄稼，只顾着养畜放牧了。我知道放牧好，是我们必须传承下去的生计。可你想过没有，我们只靠放牧的话面临着很多问题。

什么问题啊？儿子不屑地问。

伊达木有了兴致，说，我给你讲个故事吧，我在包头钢铁厂时听工友们讲的，后来电视上也看过类似内容，这是一段历史呢。那时候朱元璋北伐，元顺帝被迫北退后北元和明朝三百年的对峙形势开始了。蒙古人勇猛善战，朱元璋一度出兵攻打北元，但始终不能将其征服，在这种情况下，两方采取了以和求和、以战迫和的政策，朱元璋频频往上都送信说，你们统治塞北，我们统治长城以南。从此塞北仍然放牧为生，长城以南由种田而生。

塞北虽然有奶食肉食、绒毛和皮子，但他们太需要丝绒、缎子、米面、茶叶、瓜果蔬菜等物品。长城以南除了没有毛料外，各式货物齐全。这正是明朝隆庆万历以后，蒙古与内地之间各种形式的贸易市场遍布长城全线，明蒙经济交流空前繁荣的原因。现在你掂量一下放牧和种田的分量……

听到这里，棒子这才明白了父亲讲的故事。原来父亲给他讲解的是去往农田和去往世界的矛盾。他无奈地盯着父亲，时而点头，时而摇头。然后说，放牧和种田，两者都选岂不是完美吗？

父亲轻轻叹息说，谁不想选择完美啊？但是世上完美的东西少之又少，得看清哪个是重，哪个是轻。

这不是一箭双雕的法子吗？说的不只是农田和放牧的重要性，还指的是家庭与孙子的选择问题。他真心佩服了父亲，父亲是个普通的农民，但此刻，更像是个哲学家、辩论家、精确的叙述者。最后伊达木很认真地告诉儿子，有些东西可以急切地期盼，但不可以用手段来得手。

当夜电闪雷鸣下起了倾盆大雨。看着不胜酒力靠被子而睡的父亲，棒子的心里五味杂陈。对自己操碎了心的父亲明智而豁达，遇事总是分析得很细致。棒子心疼地看着苍老的父亲，不禁枕着父亲的腿躺下来。这样一躺身心便松软、安静而踏实了。他在想，多年以后，我儿子会不会也这样枕着我的腿安静地躺一会儿呢？那应该是膝下有儿的真正幸福吧……

次日，棒子冒着雨来到了岳父家。他很想跟敖尤黛好好聊一聊。但敖尤黛拉着脸不搭理他。他心里一阵凉，无奈地要转身离开的时候，他弱不禁风的岳母却叫住了他。棒子连忙去扶着岳母说，妈，我把您送到医院吧！

他岳母摇摇头说，不用了，我把所有的愿望都寄托给神树了。但这两天我没有向神树磕头，二十几年来头一次这样做。你想知道其中原因吗？

棒子低着头说，我知道，您在生我的气。

生你的气是肯定的，但我对神树有更多的怨气。这些年来我一直都在诚恳地祈祷的目的就是保佑我的敖尤黛，可现在看来我女儿却被推进了痛苦的深渊。所以我不朝拜了，我心中的信仰完全破灭了，我宁愿接受任何惩罚，也要说出心中的委屈……

从二十多年最虔诚的信徒嘴里说出了这些话，话音刚落，她便倒地口吐白沫。敖尤黛急忙喊着妈妈想扶起来，可是一切似乎已经晚了，妈妈的鼻孔里渗出来了两条血水。即便这样，她还是用微弱的声音对女儿说，这是我口无遮拦的过……神树在惩罚我呢……女儿，你和棒子都是神树赐给我们的孩子。你要学会包容、大度、坚强……丢掉懒散……要原谅棒子……说完她深深地叹息一声，把两手艰难地挪到胸前便没了呼吸。

那天神树洼地里起了大风。神树发出从未有过的哀鸣，似乎为一个虔诚的信徒而惋惜和悲伤。舍楞老师万万没想到自己竟然给妻子也写上了六字真言，他悲痛万分，使出浑身的劲儿才完成了短短几个字。他想亲手给妻子换上丧服，可妻子合十的双手僵硬得无法分开，红鼻子老师实在没办法了，大声哭着说，我知道你这是逼我呀，好吧，好吧，我答应你，我接着你的虔诚，在余生里会向神树跪拜的。你就安心地走吧！

他妻子的双手这才慢慢被解开，缓缓地垂落下去。

八、城里小花

就叫她城里小花吧！

小花已经怀孕两个月。

最初她察觉到那个醉酒后的男子的眼神那么火辣，处处盯着自己时，好奇地问过她表哥对方有没有妻儿。她表哥时常夸着叫棒子的这个牛市老板，说人很精明，能挣大钱的主儿。还故意给他们创造出接近的机会，开导表妹说棒子现在是否有家室，跟眼前的机会并没有多大的关系。城里小花失恋不久，心情正处于低落的阶段，自然而然地接受了棒子的示好。

尘土飞扬的牛市点燃了城里小花的爱情火苗。她无比地欣赏着帅气的棒子，毫无犹豫地投送了怀抱。一个傍晚时分她进了棒子的屋里，直到第二天的早晨才出来。跟棒子好上以后她一度也很迷茫，虽然棒子对自己很热烈，但绝对不给她一个亲吻。她问起缘由，棒子却不耐烦地说，你表哥没给你说清楚吗？我不谈感情，只谈儿子。

这时候的小花才明白了一切。原来自己多情了，自己不知不觉中成为了尴尬的交易对象。她伤心地哭闹了几天，然而没人理会她。后来她清醒了，明白了自己再伤心也无济于事。于是她开始了报复的行动。她张口伸手向棒子索取金钱，妥妥地实行了交易的本质。这时候的棒子也愿意付给她自己能承受范围内的钱财，因为只有这样，他心里才好受些。甚至他跟表兄妹俩谈到，待小花给自己生下儿子以后，牛市的所有利润都归他俩。

不久城里小花开始呕吐有了妊娠反应。母爱的本能使她生出了私心，她决定偷偷去棒子家找其妻子乞求成全自己。她化妆打扮得很精致，想在情敌面前有个优越感。她雇用了去往神树洼地的车，到中午时分才到达了目的地。

干净整洁的庭院，冒着烟雾的房子，显然这户人家正准备着午饭。敖尤黛在狗叫声中从厨房里走出来，好奇地迎接了漂亮的不速之客。

这段时间敖尤黛清瘦了许多。自从母亲去世以后她一下子成熟了，每每想起母亲的遗言心里会绞痛难忍，后悔自己不够好，没有照顾好最亲的人。虽然对棒子有太多的怨气，但为了两个年幼的孩子她不想离开婆家，并下定决心要死死地守护好属于自己的阵地。现在她看到了打扮得如此娇艳的女人，猜到来者是何人。城里小花看了看朴素的敖尤黛后，嘴角露出轻蔑的笑容。接着如得意地说，我是从牛市来的。敖尤黛也不输给她，笑着说，哎呀，那你咋就不在脑门上写下"牛市"两个字呢，好让我敲锣打鼓欢迎你！

小花无话可回，硬着头皮进了屋，恰巧两位老人正要用午餐。城里小花瞬间没了脾气，装作老实本分的样子，向老者们问好。敖尤黛一副不在乎的样子，给客人倒茶送水，对着公婆说，这位是从牛市来的。

伊达木是个精明的人，早就看穿了来者的意思。他意味深长地瞟了一眼老伴，老伴很快读懂了其意，召唤敖尤黛给客人盛饭，并把两个孙女一人抱一个津津有味地吃起了饭菜。这种幸福的场景，小花看在眼里，嫉妒在心里，好几次想说棒子的名字，提醒他们她也是棒子的女人。可老两口偏偏不给她这个机会，一会儿给孙女们切肉，一会儿夸着儿媳的厨艺如何地好。城里小花虽然气急败坏，但还是忍着性子多坐了一会儿。后来棒子妈看出了端倪，和蔼地说，你就别客气，我们家敖尤黛是万里挑一的好媳妇，我们一家子就爱吃她做的饭菜，但愿也合你的胃口。外面也开始变天了，是不是要下雨呢？等雨过后你再走吧……

果然城里小花一刻也坐不住了，就像咽喉里卡了什么东西一样。她起身要告辞，机智的婆婆便对儿媳说，送送客人吧，把狗拴好了，别把客人吓着了。

敖尤黛无比地感谢为难之际给她撑腰的婆婆，她高兴地应和着婆婆的话语，随着小花到了外面。

夏天的午后，阴阴的天空乌云密布，欲要下雨的样子。敖尤黛有点担心地看了一下天色，想着该不该挽留这个女孩时，城里小花却用挑逗的语气问，你该不会不知道我是谁吧？

我不想知道，没意义。

敖尤黛憋着恼火说。

小花抚摸着腹部说，这里已经有了小生命，你还觉得没有意义吗？

这种羞辱谁都无法承受，敖尤黛狠狠地盯着眼前的女人，火冒三丈，你这个无耻女人，快快滚回去吧！你休想替代我的位置，想都不要想！

没想到温顺的敖尤黛会对自己使厉害。小花恐慌之极，快速离开了那里。但雇来的车送她后就返回了，不知道现在该怎么回去。她无奈地挨家挨户打听有无去往牛市的顺路车，到了嘎查东口，正好遇到了在院子里溜达的舍楞。这时候的舍楞因喝酒的事早已被劝退岗，整天无所事事。这天他装作观看天象，其实早就看到了往棒子家走过去的陌生女人。他猜到八九分，真想替女儿出出气。但碍于面子他忍了一中午，没想到冤家路窄，自己找过来了。

从牛市来的吗？是不是要回去呢？

红鼻子老师很平静地问道。

小花一惊，他怎么知道我从牛市来的呢？她有些戒备地看着眼前的老人，说，能不能把我送到牛市附近？我会付钱的。

可以呀，但你要付多少钱呢？

按你的意思付给可以吗？

小花只想下雨前快点回去，没心情跟这个老头计较什么。这倒好，老头赶了个毛驴车，这使城里小花大跌眼镜。她坐在车上觉得很滑稽，无奈人生地不熟的，任由老头领路赶车。

舍楞失去老伴以后从北荒买了一头毛驴。他觉得毛驴才适合自己的性格，更适合倔强的老伴和女儿。"倔驴"是俗话，他想体会这俗话中的本意，更想驾驭"倔强"这两个字的全部意义。再者，牛羊马饲养麻烦，唯独这倔驴给点干草清水即可。后来他把院子里的牛羊全部变卖为现金，只留了这头毛驴，高兴之余骑上它哼两句，需要时还套在车上赶车逍遥，一个人、一头驴的生活好不自在。

雨点，一滴两滴地开始降落了。风沙飞扬，天色瞬间暗淡了下来。套在车上的毛驴发出鬼嚎般的叫声往东南方向跑过去。小花害怕级了，支支吾吾地说要等雨停后再走。中午的酒发挥起了作用，风沙雷鸣中失去理智的舍楞不管不顾小花的请求，嘴里却自言自语道，你不是想夺走我女儿的幸福吗？门都没有！要不是你作怪，我老伴也不会这么早地离我而去。我现在把你送到神树底下。让神树审判你……

小花当然听不清楚他在说什么，不一会儿已到了神树脚下。舍楞跳下车后跪倒在地使劲磕头。城里小花惊恐万分，知道自己遇到了神志不清的人，正想逃走，不料舍楞跳过来一把就把她拽到神树面前。他强行让小花跪下，自己也跪在一旁说，神树啊，都说您的神力无边。当年您赐给了我女儿敖尤黛，现在她已长大成人嫁人为母。但这孽种却破坏了我女儿的幸福，把我妻子也推向了绝路。我和妻子都是您虔诚的信徒，现在您就惩罚她吧，我就求您了……

舍楞脸色发紫，流着口水，不停地磕头，似乎着了魔。

突然天空中电闪雷鸣。那惊人的光线连接了地面，像极了梦幻中的可怕场景。想要奋力起身的城里小花被一股巨大的力量甩出去了。那是闪电击中的力量，她重重地摔倒在地上，万箭穿身般的疼痛中她下意识地捂住了腹部。她用微弱的声音求助，艰难地侧头一看不禁尖叫了一声。着了魔般的那老头已经静默了，刚才的闪电正中了他的头部，全身已发起黑色。那头毛驴早已从车上脱身不知了去向，毛驴的主人却保持着跪地合十的姿势，变成了人间雕塑。

九、再逢春

伊达木老人去看望了丰收的玉米地，别提心里有多高兴。他踩着松软的乡间沙子路往家里走。他愉快地眺望着不远处的豆子地，那里儿子和儿媳正在埋头苦干。草丛里的秋虫各自弹奏着美妙的音乐，微风轻轻地吹拂，大自然无比地和谐和安详。

老人挺着腰板慢步走近庭院，他感觉到胃部突然疼痛了起来，于是靠墙休息了一会儿。他抽了一根卷烟后疼痛才逐渐退去，恢复了元气。这样的疼痛已经持续了十余年，就是从那年一个可怕的下午开始的。

那个电闪雷鸣的午后，这一生都难以忘却。他们把一个孤身女子从家里逼走以后天色很快就变了，并下起了雨。老两口有点后悔不应该把女孩逼走，再怎么说她也是爹妈养的孩子啊。这时候风雨交加，一声声雷鸣轰然而过。那一瞬间伊达木的心里就有了一种不好的预感，似乎已经发生了什么。

果然不出所料，没过多久一位邻居喊道，神树着火了，冒着一团黑烟……

伊达木愣住了，感到心口绞痛，胃部往下一沉。但他顾不了那么多了，跌跌撞撞跑出去。

虽说神树的枝杈没有折断，但茂密的叶子已经全部烧光了。神树脚下全身烧黑的舍楞依然是跪着的姿势，旁边的年轻女人在血水中奄奄一息。闻讯跑过来的乡亲们都惊慌失色，唯独伊达木绝望地哭喊着跪倒在地。这场面太惨烈了，人们闻到了肉体被烧焦的味道，有的人在吐，有的人在哭，一片狼狈。紧接着，冷静了下来的乡亲们把城里小花送往附近的医院，忙于把舍楞的尸体按风俗妥善下葬。这时候天空开始晴朗，西边的天际线上挂出了七道彩虹。

从那以后神树不仅失去了神力，似乎也已经忘记了一年四季的开花结果。挺拔的树身支撑着诸多的枝杈，枝杈上却长不出一片叶子了。爷爷的神树到了这般田地，伊达木深深地责备自己，一夜间白了头。他的胸口绞痛，胃里翻江倒海，不思茶饭，只跟卷烟打交道时，有一天家里来了个中年男人。那人自称是个算命的，吃了你们家的饭菜可以给你们算算。伊达木对他诉说了神树的事，那人很有把握地说，神树被脏东西给玷污了，所以失去了神力，无法正常繁殖叶茂了。伊达木问他有没有恢复的余地，算命先生笑着起身告辞说，寒冰不能断流水，枯木也会再逢春。时候未到，时候到了自然会长出新叶子。

时候到了自然会长出新叶子。这句话给了伊达木新的希望。他望向宽阔的原野，仰望着清澈的天空，时不时地迷恋于太阳升起的方向，他深信一个人的毅力和感染力会传到大自然的影像中，总有一天会有相应的回报。他深深地叹息，不再想追究什么，用一根接一根的卷烟来麻痹自己。

闯了这么大的祸，棒子无法在牛市里继续待下去了。于是他把牛市的经营权统统交到了表兄妹俩的手里作为补偿，只身回到了父母身旁。虽然已经恢复身体的城里小花对他哭诉过种种伤痛，可棒子的心从来就不在她身上，果断地划清了界限。后来小花也明白了强扭的瓜不甜，自己也得到了不错的经济补偿，放开从前，这事总算了结了。

棒子承认自己不是个称职的儿子，他跪在父母面前请求原谅。父亲盯着他好一会儿，叹息着出去了。母亲心一软，扶着儿子站起来，叮嘱他必须给敖尤黛郑重道歉。敖尤黛不声不响地站在一旁，眼里满是怨恨。棒子犹豫了好一会儿，他知道再诚恳的道歉也弥补不了对妻子的伤害。于是他说，对于你的任何选择我都无条件地答应，但我要说明一点，你在我心目中的位置从来就没有变过……

生活步入了正规的轨道，父母还是原来的父母，妻子任劳任怨地操持着家务，两个女儿也对自己撒娇可亲，但棒子的自责和痛苦没有减弱。因为之前变卖了牛羊，投资在了牛市上，如今院子里已没有了牲畜的影子，家里经济情况也下滑了一大截。他不知道没有了牛羊的日子里自己到底怎么过？惆怅后悔之际他偶尔也会酗酒，他觉得酒这个东西也挺好，可以消除很多烦恼。

这下伊达木不淡定了。他必须要跟儿子好好谈谈，想把儿子从迷茫中拉出来。于是他从种田开始把儿子引到了牲畜的话题上。

儿啊，春耕到了，开始去地里干活吧！

爸，种地能有多大的收成呢？

秋收后至少能买到两头母牛呢。

就两头？能管什么用？

到了明年，两头就变成四头了。

棒子无精打采地说，您咋不说二十年后变成四十头呢？什么时候是个头儿啊……

从小到大，从少到多。一点一点的积累才是将来的基础和经验。你爷爷、你父亲都是按照这个道理走过来的。再说你不是要跟牛羊一起走向世界吗？但首先要保证自己的饭碗，把饭碗端稳了，这样才能去外面，才能有底气走向世界。

　　父亲的一席话通俗、易懂。现在的棒子也领略到了其中的含义。他突然间觉得自己在年迈的父亲面前是多么地渺小而幼稚。

　　清明一过棒子就开始在地里埋头干活了。虽然从小就懒于下地劳动，但农业大师父亲在一旁守候指导着他，使他干劲儿十足。再说今年的雨水也很及时，农民们刚播种不久后万物大地上便细雨绵绵。雨水阳光是庄稼收成的两大要素，瑞年的气息似乎也唤醒了曾经因碰壁而萎靡的意志，棒子融入到了田野生活的艰辛与快乐中。

　　秋收之后棒子如愿以偿地买了两头母牛，又添了一辆农用四轮车。这样过了几年，棚圈里的牲畜多了起来，孩子们也到了上学的年龄，敖尤黛也恢复了往日的欢声笑语。棒子仍然喜爱放牧，同时还能把地里的农活做得井井有条。伊达木老人把儿子的这些变化看在眼里，喜在心里。但时间的推移中他紧锁的眉头始终展不开。

　　一个夜晚，老人在棚圈里转悠后径直往东南方向走去。原本以为孩子们都睡着了，可最近发现父亲有些不对劲的棒子并没有睡着，而且一直跟在后面。草原温馨之夜，旷野在朦胧的月光下无比安详，脚下的路忽隐忽现。虽然力不从心的样子，父亲的步伐却很坚定。

　　老人来到了干枯的神树底下，他站在那里一动不动，沉默了好久后才跪坐在地上。

　　爷爷啊，您到底去哪里了呢？

　　他在嘴里喃喃自语。

　　您走了，顺便把我的魂都给带走了。这些年您把神树的容颜隐藏得很深，甚至也不给我托梦了。您这是完全渗入到大自然，永不回来了吗？要是那样，您就把我的肉体也带走吧！我知道我的时日也不多了，胃里总有个东西在作怪，肆无忌惮地折磨着我呢。我等着呢爷爷，等着与您相见的那一天……

爷爷啊，您走后我太孤独了，没有人给我指明方向了，而我自己却学会给儿子指明方向了。作为人，我问心无愧，唯独苦恼的是未能目睹延续香火的希望。但是，一个人的希望这么容易破灭吗？我不信，从来都不信啊爷爷……

棒子的心都碎了。父亲看着淡定，心里边却隐藏了多少个秘密啊！父亲有重病，却瞒了家人，为的不就是不让亲人们担心嘛。一切都是自己的错，自己的莽撞和无知造成了父亲的病根。棒子跟在父亲身后已经是泪流满面。

第二天早晨棒子想带父亲去医院诊断病情，他故作高兴地说要跟父亲一起去城里游玩几天。但父亲早就看懂了儿子的意思，说出一大堆理由推辞，反而劝儿子和儿媳到城里医院去检查身体。他对儿子说，听说大城市里的医院能做试管婴儿。电视、收音机里也经常讲这些奇特的例子。昨晚我想明白了，我们要相信科学的神奇，你们快去试一试吧！

听后老伴却笑了，你这不是胡闹吗？敖尤黛已经做了绝育手术，你说还能再生？现在好不容易风平浪静了，你就别再给孩子们添乱了。

伊达木老人瞥一眼老伴说，这就你不懂了吧？正因为做了绝育手术了，我们才期盼科学的奇迹呢。再说现在计划生育也放开了，让做试管婴儿。我们当然要向长生天祈福祈祷，也要相信时代的发展和科学的奇迹。路在面前，我们为何不往前走走看呢……

看着儿子闪烁的眼神，老人接着说，照我的话去做，这样的话我的身子也许会好起来了。

这样一决定，生命的奇迹真的发生在棒子和敖尤黛身上了。到城里医院检查后，两人的自身条件毫无问题，马上就可以做试管手术。他们按医生嘱咐住院调理了一下身体，很快接受了手术。手术很成功，有个小生命稳稳当当地坐在了敖尤黛的子宫里，夫妻俩高高兴兴地回到了家。

　　儿子和儿媳回来了，并且带来了未出世的孙子。伊达木老人欣慰地笑着长吁一口气。那晚，月亮皎洁。大自然被笼罩在金色的寂静中，宇宙大地蕴于瞬息万变之间。扑鼻吹来的阵阵芳香就像生命的气息。闻着这样的气息，望着从窗外透进来的月光，好久没有睡过安稳觉的伊达木老人突然间很想好好地睡一觉。他枕了高枕，感觉到没了忧伤。自己就像游离于梦里云里。朦胧中他惊喜地看见了消失多年的爷爷，爷爷红光满面，和蔼地笑着走近他身边说，伊达木，快起来呀，跟爷爷走吧！

　　爷爷，这些年您去哪里了？是我不好，没能保护好神树啊。您是不是怨我才不理我呢？

　　什么话？爷爷笑着说，不是说好时候未到，时候到了自然会长出新叶子的嘛。

　　那是您说的话吗爷爷？

　　哈哈哈！总有事情是不可泄露的。我的孙子快跟我走吧！你也该要跟神树合为一体了。不久的将来，你的孙子也会向你跪拜、祈祷，让你指点方向，一代传一代，永不熄灭……

　　说完爷爷如释负重般飘然离去。

　　从第二天开始老人的身体逐渐消瘦，精神颓废。他知道自己时辰不多了，把儿子叫到身旁突然间问，你知道我的腰板为什么总是这么直吗？

　　棒子有点摸不着头绪，又点头又摇头。

　　老人自问自答道，因为我不愿意输给岁月和生活。生活越艰辛我越要努力对抗。一个人挺直腰板行走在天和地之间，我想没有困难可以打倒他的。我儿，要记住，你要永远挺直腰板。我走后继续放牧，种田，两者不可缺一。这样，可以自生自立，走得会很远……

就这样，老人不思茶饭过了几日。棒子想把父亲送往医院救治，父亲却坚决摇头。棒子明白父亲在到了生命的尽头也要守住这片土地，这也许是他的最后一个愿望。无奈的儿子哭着说，爸，您就给您孙子赐个名吧……

神树的孩子……神树的孩子……

伊达木老人拼尽全力说出了这几个字。那一瞬间他微闭的眼睛看到了蓝蓝的天空、牛乳般洁白的云朵及远方的山峦。他还看到了浩荡的玉米田和从草原深处走出来牧归的牛羊群。大地也变成了圆体形状在他面前转呀转，最后转入了眼帘。微风卷绿浪，漫天的花草香中老人欣慰地一笑。他又看到了神奇的一幕，早已枯萎的神树上长出了新鲜的叶子，那小小的叶片现出透明均匀的绿色。老人沉浸于这无限美好的绿色当中时，突然从神树上跳下来一个穿着红肚兜的男孩儿，他有乌黑的头发，炯炯有神的一双眼睛，屁股上的蓝胎记格外显眼。胖嘟嘟的男孩儿用清脆的声音喊了一声爷爷，然后蹦着跳着向自己跑过来了……

原载《花的原野》2019 年第 11 期

译于 2022 年

雁归时节

额敦桑布　著

赵朝霞　译

额敦桑布

蒙古族，中国作家协会会员，编审，1949年9月24日出生于内蒙古巴林右旗。毕业于内蒙古大学中文系。文学生涯始于1972年，出版文集有《绿野清泉》《秋蝉声声》(汉文版)《遥望》《青柳绿叶》《萧瑟秋风》《十三渡》《额敦桑布文集》(1—6卷)。先后荣获第七届"中国韬奋出版奖"、内蒙古自治区文学创作"索龙嘎"奖、"敖德斯尔"文学奖、"花的原野"文学奖等。

赵朝霞

蒙古族，1985年出生于内蒙古通辽，副译审，内蒙古翻译家协会副秘书长。翻译作品散见于《民族文学》等杂志，多篇译作入选"优秀蒙古文文学作品翻译出版工程"。

一

　　火车驶到石泰河煤矿的时候已是晚上九点。这里是森林茂密的山区，四周的群山在昏暗的天色中显得黑压压的。

　　因为人家随口说的一句话，就大老远地来到这个陌生的地方，太荒唐了！拉斯噶顿时后悔起来。车次和到站时间都告诉五麻子了，他想着如果五麻子不来接他，今天就得睡大街了。他下了车，外面正飘着雪。车站的灯就像油即将耗尽似的，暗淡无光，背着大包小包的人们簇拥着向前走。一些人用手套或者围巾拍打着身上的雪。地上刚落下的松软的雪被踩出大大小小形态各异的脚印。拉斯噶拎着他的破包，在拥挤的人群中东张西望，从西门出去，没有看到五麻子的踪影。门口人来人往，聚集了很多车马。这时拉斯噶心里凉了半截，他靠边站了站，四处张望，焦急地等待。过了一会儿，人们一个个都走了，只剩下他自己。连路边的那几个小商贩也收拾东西推着车走远了。

　　拉斯噶和五麻子是去年认识的。拉斯噶那时在外打工，有一次去朋友家吃饭，五麻子也在，据说在煤矿上做电工，从那之后就没再见过。像是为了不辜负煤矿工人这个身份，五麻子有张乌黑的脸，笑的时候只有牙齿是白的，肩宽腰窄，一脸麻子，能说

【183】

会道，嗓门又高。没人知道他究竟叫什么名字，据说在家里兄弟中排行老五，所以大家就叫他五麻子。

"我们这些人啊，过一天是一天。要是哪天矿井塌了，就一下子把这世间所有美好都抛弃了，到时候老婆孩子、钱财也成别人的了。所以啊，我们的每一天都是从死神手里抢来的，大把挣钱，大口喝酒，为兄弟两肋插刀！"他拍着胸脯说。聊起了矿上的收入，他说一个月挣两千是没问题。当时公职人员的工资都不到一千，拉斯噶被深深地吸引了，他想如果在矿上干两年，不但把债都还了，还能攒下一大笔钱。于是，他真的就来到了这个地方。这下好了，他左右张望了很久，不见五麻子。他没有手机，现在该怎么办？怎么联系五麻子？这时他眼睛里闪过车站里的长凳，实在不行只能在凳子上凑合一晚上了，旗①里的汽车站是允许的，这儿不知道让不让睡人。无论如何，过了今晚再说。虽然这样打算着，他仍站在原地不动，不死心。雪下得越来越大，大片的雪花在空中飘着。街边两排低矮的房子毫无美感。已经等了半个多小时了，他的帽子、肩膀、衣襟上全是雪。刚过完年的北方天气依然寒冷。他缩了缩肩膀，用沮丧的眼神扫视街道，盼着五麻子能从什么地方冒出来。他出门的时候身上就带了五十元，买车票，给五麻子带的酒和糕点，自己路上吃的东西花掉了一半的钱。现在兜里就剩下二十块。出来前他还了部分债，剩下的一点钱留给了父母，以防一家老小遇到什么急事。这二十元得省着点儿用，除了车站里的长凳，他没有更适合的去处了。他垂头丧气地推开车站门的一瞬间，跟一个匆忙赶来的女人迎面相撞。她手里拿着的板子上歪歪扭扭地写着粗大的几个字"接拉斯噶"。女人惊慌地后退一步，说：

"对不起，着急接人没看见你。"拉斯噶又惊又喜，说：

---

① 旗：内蒙古一级行政单位，相当于内地的县级。

"哦，哦，没关系，我就是拉斯噶，我就是拉斯噶。"对方瞪大了眼睛，说：

"哎呀，这可真巧啊！我是五麻子的媳妇，叫芙蓉。"她笑着自我介绍。看起来也就三十来岁，比五麻子小多了，身材娇小，有张热情的脸，是个年轻的小媳妇儿。拉斯噶笑着说：

"要是嫂子不来的话，我就得睡凳子上了。"

"嗨呀，咋能让你睡凳子呢。你哥今天夜班，走之前跟我再三嘱咐接你的事儿，我忙着把孩子们都哄睡，时间就晚了。"她不好意思地说着，还没等拉斯噶回应就把他的包拎了过去，走到路边放到自己那辆破自行车的后座上，领着拉斯噶就往前走。运煤车压过的路凹凸不平，他们深一脚浅一脚地走着，有一句没一句地聊，雪还在下。

五麻子的家离火车站不远，他们很快就到了。两间砖房，走进屋子打开灯看见炕上睡满了孩子，被子里露出四个小脑袋。拉斯噶心想这家可真是人丁兴旺。

"据说这个煤矿老早之前就有了，可到现在这地方都没啥发展。最近煤价涨了，人多了，但生活条件还是不行，大部分矿都是个人经营。你看我们这日子过的！"女人叹了口气，在炕沿处扒拉出一块地方，让拉斯噶坐下。炕脚堆满了孩子们的鞋。拉斯噶脱了外套向前走过去准备坐下，踩了一脚鞋堆里躺着的猫，猫"哇"一声跳起来跑掉了。芙蓉笑着说：

"孩子们养的猫，绊手绊脚的。"说着将餐桌靠着炕放好。然后给拉斯噶端来一大盘热腾腾的饺子，还有咸菜。

"我忙着弄孩子们，都没来得及炒菜，这不正月还没结束嘛，给你煮了饺子，当是新年饭，一直放锅里热来着，老弟先凑合一顿，下次好好招待你。"芙蓉说完笑着坐到他旁边。拉斯噶从包里拿出两瓶家乡酒、一包点心给女主人，然后吃了起来。他真是饿了，一路上没怎么吃东西，肚子里啥都没了，他顾不了那么多，狼吞虎咽起来，说：

"这已经够好的了，给哥哥嫂子添麻烦了。"夹咸菜的时候他瞟了一眼芙蓉，虽然右侧发根有一道疤，可她脸上总挂着笑，乌黑的眼睛神采飞扬，看着很顺眼。

芙蓉说："我给你找了个房子，干净，房租也便宜。三间房子住两家，一个月给二十五元就行。有点儿不方便的就是，住另外一间的是带着孩子的单身女人。是个可怜人啊，跟我是老乡，还没到三十岁呢，老公就扔下她走了。这倒也无所谓，不是狼也不是虎，一起租房子有什么的呢。我那口子说，你的工作已经跟吉日嘎拉 93 号井领导说好了。"听到跟一个单身女人合伙租房，拉斯噶心里总有点别扭，但不知道该说啥，过了一会儿，说：

"行！嫂子，在找到其他合适的房子之前就先这样吧。"说着把筷子放下擦了擦嘴。芙蓉赶紧说：

"老弟你多吃点啊，赶了那么远的路，肚子肯定饿，吃、吃！"芙蓉劝了好一阵儿。

过了一会儿，拉斯噶拿起外套，说："嫂子，天不早了，我该走了。"他站了起来。

"要是不嫌家小的话今晚就在这儿凑合一晚吧，你哥我们俩都是爽快的人，没那么多事儿，跟我们不用客气，时间长了你就知道了。"芙蓉嫂子说。拉斯噶坚持要走，芙蓉从家里打包好被褥，他们就出门了。外面雪已经停了，夜幕总绊住行人的脚，路灯将暗黄色的光洒在雪地上。走过几条冷冷清清的街道，到了一家院外。院子由半人高的砖墙围着，院门没锁。芙蓉先走了进去，嘴里说着：

"妹妹！睡了吗？租房的弟弟来了。"很快东屋的灯亮了，过了一会儿外屋的灯也亮了。门开了，一个穿着旧毛衣的女人在灯光下揉着眼睛。拉斯噶惊讶地看着她，总感觉在哪儿见过。她身材娇美，修身毛衣里的两个乳房格外凸出。她将散乱的头发扎到脑袋后面。芙蓉笑了笑，介绍道：

"这是我弟拉斯噶。这是你邻居红艳。"然后转向红艳：

"我弟坐的火车晚上才到的，所以这么晚打扰你。现在你们俩是邻居了，俗话说：远亲不如近邻。"

"是啊，是啊。"红艳只是轻声应着，她帮着把被褥拿到西屋铺着席子的炕上，看着拉斯噶，低声说："我已经提前收拾好了，炕热着呢。"

二

　　拉斯噶将五麻子媳妇送到院外，回来的时候红艳已经回屋了。他把外屋的门轻轻地闩上，走到西屋，发现门上没有闩。东屋门上也没闩吗？没听见上闩的声音。刚认识的年轻男女只能这样竖着耳朵，听着彼此的动静睡觉了。他从炕边找到一块两尺长的破板子轻轻地靠住门放好，开始观察四周。屋子后面有个小炕，地上有张破桌子，两把烂椅子，除此之外什么都没有。能看出来墙面是曾经刷过的，但现在已经被烟熏得黑乎乎的，墙角布满了蜘蛛网。墙上还有孩子拿钉子乱划过的痕迹。门底下冷风带着雪的寒气吹进来。过了很长时间，东屋的灯一直亮着，这女人怎么还不睡？他把被褥铺好躺了上去。他翻来覆去地怎么也睡不着。一时间，从未有过的孤独感席卷而来，怎么就流浪到了这个举目无亲的陌生的地方？想到将在这低矮破旧的屋子里独自生活，他不禁沮丧起来。刚才看见红艳的时候他想到了一个人，红艳挺起的胸脯、圆润的乳房、不高不低的个子和那纤细的蛮腰都跟那个人很像，还能是谁呢，就是一起生活了近十年的前妻萨仁呼。嗨，想起她干什么！那件败坏名声和践踏彼此信任的事情让他们的婚姻走到了尽头，今天的选择是为了忘记和逃避。可是来到这儿偏偏跟一个那么像萨仁呼的女人成邻居，他想不通命运为何如此喜欢捉弄人。女人是不能信的，说不定又是一个来者不拒的货色。就这样，他对东屋的女人没留下什么好印象。

拉斯噶是在羊群中长大的孩子。他从小喜欢马，中学一毕业就回到了家乡。萨仁呼他们俩是同一个嘎查①的，青梅竹马，毕业后两个人就成了家。最近，连年干旱，草原日益贫瘠。老家的年轻人或是因为灾荒，或是随时代的潮流，把家乡扔在后面，纷纷进城打工。拉斯噶为了还债，也去苏木②上开了家叫"伊日贵"③的蒙古餐馆。他的家乡生长着很多伊日贵，一到春天，漫山遍野的伊日贵长出嫩芽，诉说着时节的到来，拉斯噶特别喜欢它们。给饭馆起这个名字是希望在他贫穷的生活中幸福像伊日贵一样早日长出嫩芽。可怜的父亲得了中风，多年来医药费已经把这个家逼到了尽头。拉斯噶为了给父亲治病，把牛羊能卖的都卖了，不仅跟乡里乡亲、兄弟姐妹借钱，甚至都去卖过血。后来从信用社贷款开了饭馆也没挣什么钱。苏木的人来吃饭大部分都是赊账。拉斯噶没办法，把饭馆留给媳妇，进城打工去了。他想着只要把一屁股的债还了，再攒上点钱，生活就没问题了。女儿朱娜才五岁，再过两年就该上小学了。马上过年了，在外打工的人们一群一群地回到家乡。常年漂泊在外的人们，谁不想回到温暖的家里过团圆年，大家都有父母、妻儿，都是有血有肉的人。拉斯噶也拿上了工钱，背着年货，回到了旗里，迫不及待地他跟人借了辆破摩托车匆忙地回到了被西斜的太阳照着的那个家。媳妇去饭馆还没回来，女儿平时由邻居家的老奶奶照看，拉斯噶把东西放下就往邻居家赶过去。女儿看见爸爸开心得不得了，"爸爸，爸爸"地叫着紧紧地抱住拉斯噶的脖子。拉斯噶见到女儿鼻子都

---

① 嘎查：内蒙古最基层的行政单位，相当于内地的村级。

② 苏木：内蒙古一级行政单位，相当于内地的乡级。

③ 伊日贵：白头翁花。

酸了，让女儿骑在脖子上回到了家里。把包里的糖果、新衣裳、玩具都翻出来，女儿嘴里裹着糖，手里拿着娃娃，蹦蹦跳跳。

"奶奶最近来过吗？"父亲问女儿。拉斯噶的双亲跟其他老人们一样留守在老家。

女儿回答说："奶奶好久没来了。"

"那咱们家都来过谁呀？"拉斯噶继续问。女儿抓着布娃娃的手，不知道想起什么了，突然歪着脑袋问：

"爸爸，有三只手的布娃娃吗？"

"人都有两只手，布娃娃也一样。"拉斯噶说。

"不是，有一天晚上我睡觉的时候摸到妈妈有三只手。"女儿睁大眼睛说。女儿的话给正沉浸在回家的喜悦中的拉斯噶当头一棒，他眼前发黑，说不出话。他知道女儿总是拉着妈妈的手睡觉。女儿看着爸爸的样子，好奇地问：

"爸爸，爸爸！你怎么了？我说的可是真的！"奇怪爸爸怎么突然就僵住了。

"没事，爸爸没事，宝贝去玩儿吧，这个娃娃好看吧？"他用颤抖的声音努力地说着。

东屋的灯灭了，从门缝照进来的光消失了。屋子里安静得可怕。外面雪早就停了，月亮透过云的缝隙，将这间荒凉的屋子多少照亮了一些。这时，听见屋子角落里的煤堆底下有什么动静，接着老鼠们出来了，这下世界是它们的了，肆无忌惮地跑来跑去。看来，得把五麻子家的猫借过来了。他更睡不着了，等待自己的是什么工作？这地方到底是啥样的？还会遇到些什么人？这些无边无际的思绪在他的脑子里穿梭。挥之不去的三只手又浮现了。

因为快过年了，饭馆很忙。什么过寿、婚宴等各种请宴一个接着一个，萨仁呼忙活了一天，很晚才回到家。拉斯噶尽量表现得自然一些，避免让妻子起疑心。总不能因为孩子的一句话，就吵起来。可是孩子是看见什么说什么，她的话也不能完全不理会。总之拉斯噶有了心结，他想如果孩子的话是真的，事情总有水落石出的时候。女儿晚上早早就睡了。许久未见的年轻夫妻，匆忙地吃过饭就迫不及待地钻进了被窝。两个人刚开始亲热，拉斯噶就想起了那三只手，一下子就不行了。妻子觉得奇怪，"怎么了？身体不舒服？"她略带遗憾地低声问。拉斯噶像松了劲儿的绳子似的躺在妻子身边，长长地叹了口气，不知该说什么。

"工地上搬东西的时候伤着腰了。从那之后好像落下毛病了，稍微不对劲后背就疼得乏力。"他像是在请求原谅。妻子心疼做苦力活的丈夫，没多想，把脸贴在他的胸口，温柔地抚摸着他的后背。过了一会儿他们聊起了家常。

拉斯噶说："好不容易回来，把事儿都赶紧办完。这边搬一车煤，给老家父母那儿再搬过去一车煤。守在老家的父母不知道过得怎么样。这么冷的天，取暖都成问题。我外出打工，你忙活饭馆，把老两口扔在了一边，就算父母没想法，乡亲们也会说三道四。"第二天，他打着闲置多时的拖拉机，从镇上拉回一车煤。下午又拉了一车，太阳快下山的时候要往老家出发了，夕阳将远处的山顶照得红红的。饭馆里虽然忙，妻子还是赶回来，给公婆准备的年货把拖拉机装满了。快动身的时候，她说："天已经晚了，不行明天早点出发吧。"妻子的这句关心的话，在拉斯噶听来更像是一种虚伪。

"别了，办完一件是一件。父母也天天盼着我回去呢。我带朱娜走，爷爷奶奶肯定想孙女儿想得不行了。我们回去多待几天，你就踏踏实实地在家。"拉斯噶故意说成要走好几天的样子。母亲给女儿套上好几层衣服，反复嘱咐："别让女儿着了凉。"拉斯噶说：

"放心吧，一会儿就到了，冷不着。"

天黑的时候他们到了。三间早该修补的土房子歪歪扭扭，再破也是家，再穷也是妈，家给一个人的温暖是什么都比不了的。母亲常年忙里忙外照顾着生病的父亲，延续着家里的生气。见到父母拉斯噶高兴极了，可一想到还没来得及让父母享福他们就老了，他的心揪着疼，眼里泛起了泪花。母亲见到孙女儿开心得不知所措，翻箱倒柜把好东西都拿出来。父亲努力地往上探起身，抹着眼泪。嫁出去的妹妹拉斯格玛正好也回来了，所以茶很快熬好了，饭也做好了。这会儿工夫拉斯噶把煤都卸下来了。拉斯噶有心事，吃完饭跟父母说：

　　"我还有急事得出去一趟，晚上可能回不来，就别等我了。"他把女儿留给父母，自己一个人开着拖拉机往苏木赶去。夜深人静，拉斯噶先把拖拉机停在苏木东边，然后步行往自家方向走。月亮还没有升起来，漆黑一片。他们家在苏木靠东的位置，前面的那堵破墙正好被拉斯噶利用。他假装方便的样子在墙角蹲了下来，看向自己的家。家家户户亮着灯，只有拉斯噶家黑着。十点多的时候妻子回来了，很快灯灭了。没有其他人的踪影，四周静悄悄的。偶尔不知谁家的狗慵懒地叫一声。夜出奇得冷，拉斯噶的下巴不由自主地开始打颤。十一点了，没有任何事情发生。妻子是清白的，拉斯噶后悔了，他为自己的所作所为感到羞耻，鬼鬼祟祟地躲在这破墙后面，简直不像个男人。拿孩子的话当真，也许孩子睡觉梦到三只手罢了。他打算如果再没什么情况就回去。他想抽烟，又怕发出火光，只好拿出一根放在鼻子底下闻起来。这时，一个黑影绕过墙出现了，黑影的举止动作看着太熟悉了。黑影在拉斯噶家窗边站了一会儿，便直接进门了。灯亮了一下很快就灭了。拉斯噶脑袋嗡嗡的，到现在他都想不起来当时自己是怎么走进家的。拉斯噶进去的时候苏木达巴勒都正光着身子匆忙找裤子。巴勒都是拉斯噶和萨仁呼的同学，最初鼓动他们开饭馆的就是这个巴勒都，他说在苏木上开饭馆，绝对挣钱。现在事情很清楚了，所以也好处理，他们没有大吵大闹，没过几天，拉斯噶就把妻子扔下，领着孩子走了。萨仁呼掩面大哭，再怎么样都无济于事，拉斯噶父母极力劝说也没能挽回。拉斯噶明白破镜无法重圆，他已下定决心，反正彼此还年轻，趁早各走各的。

三

没过多久，拉斯噶迷迷糊糊地睡着了，这时突然传来汽车声和人的说话声，看样子红艳家来客人了。有一个年轻女人的声音格外刺耳，应该还有一个男人。红艳像是在做饭，进进出出的，还有锅碗碰撞的声音。拉斯噶静静地躺着。那几个人哇啦哇啦说着话，后来像是要睡了，突然又吵了起来，而且吵得很厉害。那个女客人时不时调高嗓门，一听就是个不好惹的。拉斯噶一头雾水，这是咋回事？芙蓉嫂子明明说住隔壁的是个带着孩子的单身妇女，这又是谁深更半夜领个女人过来，还大吵大闹，太奇怪了。过了一会儿，外面安静下来，他们终于要睡觉了。

第二天一早，拉斯噶起身出去，看见东屋的门关着。院门口的雪地上有大货车停过的痕迹。原来半夜来的客人又赶了个大早走了！拉斯噶很好奇，到底是什么人深更半夜来人家母女这儿，又吵起来？清晨的风吹得院子里两棵樱桃树的枝丫来回晃动。七八只麻雀像是冻坏了似的坐在树枝上，见着人过来也无动于衷。被煤渣染黑了的几只麻雀偶尔叽叽喳喳几声，懒洋洋地在树枝间穿梭。院子中间小路两边的地很明显是种菜的。

拉斯噶抬头看见周围被树木覆盖的山穿上了白色铠甲，发出闪耀的光芒。顺着山谷坐落着一排排年久的红瓦房，在一夜间也换上了白色新衣。拉斯噶走出镇子，在松软的雪地上留下一串脚印，再沿着一条小路上了北面的小山坡。向哪个方向看都是连绵的山和茂密的树林，满眼的冰雪。只有山脚下的矿井和刚卸下的煤堆在雪中显得漆黑。镇子的南面有一条细细的河从西北向东南围着山脚流淌，应该是石泰河吧。石泰河镇顺着山谷无边无际地延伸开来。这地方属于茉莉县。拉斯噶想起五麻子说过，"巴掌大的茉莉县，广阔的石泰河镇"，这回他真信了。现在人们应该都在准备早饭，家家户户的烟囱冒着黑色的煤烟。从一望无际的广阔草原来到了这样的地方，拉斯噶心里总有一点别扭。家里没有碗筷，拉斯噶路上买了豆浆油条。回到家的时候红艳也起来了，不知为什么在灶旁背过身抹着泪，听见拉斯噶的脚步声，她慢慢起身，擦掉眼泪，说：

"你去外面了？"红艳表现出对拉斯噶这个新邻居的尊重。她身上还穿着昨晚的红色毛衣。细长的眉毛下不大不小的乌黑的眼睛在闪烁，睫毛依然潮湿。女人一副伤心的样子将眼睛转向别处。

"嗯，想去看看石泰河的景色，路上买回点吃的。"说着将手里拿的东西向上提了提。听见说话声，从里屋跑出来一个五六岁的女孩，抓着妈妈的衣角，害羞地看着拉斯噶。母亲摸着女儿的头，指着拉斯噶说：

"姑娘，跟叔叔问好，这位叔叔以后是咱们的邻居，这下咱俩可有伴儿了。"

"叔叔好！"小女孩眨着眼睛看着拉斯噶。让拉斯噶一下子想起了他的朱娜，太像了！身高体形，那双眼睛，还有那两撮小辫子！看那圆圆的小脸蛋儿，怎么会这么像！难道是拉斯噶太想女儿了吗？拉斯噶的眼睛泛起了泪花。唉，谁的孩子不都一样嘛，他不由自主地蹲下身抓住女孩儿的手，嗓子被什么东西堵着，过了好一会儿才说：

"乖孩子，你叫什么名字？"

"我叫兰兰，兰花的兰。"小女孩回答。

"哦，这么好听的名字啊！"拉斯噶递给她吃的，女孩把手放到后面，抬头看向妈妈。母亲无奈地笑着说：

"叔叔给你，你就要吧。"女孩儿接过吃的开心地跑回屋子里。拉斯噶仍在原地发愣。他把他的朱娜留给爷爷奶奶了，离开了母亲的孩子不知道怎么折腾爷爷奶奶呢……拉斯噶回头看见女孩的母亲正背对着他蹲在灶旁一手拉风箱，一手抹着泪。锅里散发出玉米饼的香味。昨晚的动静拉斯噶听到了，这个女人到底遇到了什么不幸？遭到恐吓，还是抢劫？拉斯噶搓着手不知所措。过了一会儿他终于问：

"昨晚，家里来客人了吧？"其实他还没想好到底该不该问。这下，像是被说到痛处，红艳哭得更伤心了。正在拉斯噶不知如何是好的时候，红艳说：

"是啊，孩子的父亲来了。"说着用手捂住了嘴。拉斯噶说：

"哦，怎么那么着急就走了？"女人沉默了一会儿，叹了口气说：

"已经好几年不见踪影了。昨晚突然回来还领了个年轻女人，说是熟人。睡觉的时候那个女人一定要睡我们夫妻俩中间，所以就起了争执。说起来真够丢人的。今天一大早，他把家里剩下的东西全收拾好拿上就走了，这次永远都不会回来了。我在他的离婚协议上签字了。"她平静地说，眼泪已经哭干了。这时小兰兰跑出来趴到母亲的后背上，双手搂住母亲的脖子。唉，世界上还有什么比让自己的孩子失去父母更痛心的事！一个是被丈夫抛弃的女人，一个是抛弃了妻子的男人，而且都有一个小女儿，被命运戏弄的两个人就这样相遇在一起。

四

拉斯噶看着母女俩，心里隐隐作痛。这时，五麻子走了进来。

他一把抓住拉斯噶的手使劲儿地上下摇："哎呀，老弟你果然来了啊！哥昨晚夜班，没能去接你，实在对不住！没办法让你嫂子去的。"他走进屋子从包里拿出两个大馒头和装在饭盒里的菜，"你嫂子说你还没来得及准备锅碗瓢盆，怕你饿，一大早让我过来的。我拿来碗筷了，快吃！这些锅具你先用吧。"说着把东西放到那张破桌子上。拉斯噶感动极了，有股热流从心里涌到嗓子眼儿。没想到只有过一面之交的兄弟能对自己这么好，尤其是在这迷茫无助的时候。他搓着手，激动地说：

"真是麻烦哥嫂了！我不知道该怎么办了。"

"嗨！客气什么，离开家就得靠兄弟。我那时候也是奔着我兄弟来的这地方，都一样，慢慢落脚了就好了。快吃吧，吃！一会儿咱还得去矿上。"

吃完饭他们出发了，路上五麻子逗他说：

"你嫂子可给你找了个好住处，你那邻居真有几分姿色。老弟你有福气啊，要媳妇有漂亮小媳妇，要孩子有招人喜欢的小姑娘，这下肯定不会想家了。"说完哈哈大笑。拉斯噶脸上挤出了笑，能说什么呢？

东北方向一个山谷的尽头有吉日嘎拉第 93 号井。据说这个矿被个人买了，矿主每年把该拿的拿走，剩下的什么也不管。矿上的具体事宜全由矿长负责。矿长把拉斯噶交给李组长。李组长身材魁梧，缺颗门牙，所以大家都管他叫李豁牙子，是个四十来岁的健壮男人。他看了看拉斯噶，用怀疑的口气说：

"放羊的蒙古人能干煤矿工人的重活吗？"五麻子赶紧说：

"怎么干不了？我这老弟是个结实的蒙古汉子，看这身板儿。"他笑着捶了捶拉斯噶厚厚的肩膀。他们一组七个人，一天三班倒，意味着下井中间不休息干够八个小时。薪水是拉一车煤记一元，月底结算。每列七辆车，每辆载一吨煤。要是拉出的煤里有石头就不给钱。一个人每天拼命干差不多能拉九到十辆车。拉斯噶拿到安全帽和铁锹，还有一张卡。下井之前，用那个卡换已经充好电的照明灯，戴到帽子上，真是个重家伙，压得头都抬不起来。除此之外，别的什么手续或者合同都没有，来去自由，没人管。因为不登记谁从哪儿来，所以人没了就没了。工作服也没有。

从那天起，拉斯噶的矿工生活就开始了。第一天是下午四点下井，拉斯噶吃得饱饱的，三点多出发了。走在外面他想到了自己放牧的时候，直挺挺地坐在马背上，挥舞着套马杆驰骋，多么威武。再看看现在，工人们一个个抱着大铁锹，匆匆沿着小路赶往矿井处。拉斯噶从门房领了照明灯往里走，李豁牙子正在井口等他。这儿没有澡堂，也没有放衣服的柜子，什么都没有。他把破大衣放井口用石头压住。李豁牙子跟他说完注意事项就沿着井口斜着向下延伸的洞步行走下去。另外，一个主洞里空车或者装满煤的车上下驰过的时候轱辘底下冒着火星子。从井口走到干活的地方用的时间都能熬好一锅茶，碰上个体力不行的人，路上就累得够呛了。住在山区的人都知道，下坡路比上坡路难走。周围漆黑一片，原来黑到了极点，连光都失去了力量。每个人安全帽上的照明灯只发出豆大的亮光。煤的味儿、潮湿的味儿，还有其他各种味道夹杂在一起。很明显，井下没有厕所。对于生长在空旷原野上的拉斯噶来说，地狱大概就是这种漆黑、腐臭的地方，他甚至想，沿着洞一直往下走，说不好就能到地狱。井下千疮百孔，有很多通往各个方向的洞。到了地方，李豁牙子就像战争指挥官似的迅速布置好工作。上一班的没给他们留现成的煤，所以他们得自己采煤。一直以来，爆破工作只有老严来做。据说老严是矿里二十年的爆破老手。从一个落下的小石子就能判断出井里将出现的危险。爆破的时候就怕瞎炮，去也不是，不去也不是，去的时候要是爆炸了人就完蛋了。但是老严能做出准确的判断，所以李豁牙子一直不愿意让老严走。炸药爆炸后李豁牙子立刻摁铃让上面送风。大家跟着李豁牙子在黑色的尘土中捂着口鼻钻进去，用柱子顶住横梁加固顶板。这些木头是他们下井的时候用空车运进来的。隔一米支一根柱子，中间还加楔子。接着七个人开始装煤，装满后将七辆车依次接好，摁铃，车缓缓启动。拐弯儿的时候需要推一下车，太快或者太慢都有把墙刮倒的危险。跟装土不一样，整块的煤很难装车。大铁锹捅半天才能把煤块铲起来。装满一车刚要直直腰，下一班空车又到了。就这样中间不休息连续干八个小时，身上穿的衣服早就被汗浸透。脸上、脖子上、衣服上下全被煤尘覆盖。拉斯噶刚来肯定会不熟练。一次，车拐弯的时候他没有及时去推，结果车撞到墙，顶棚塌下来一块，瞬间黑尘滚滚。好在当时车行驶缓慢，所以没有发生什么危险。但是耽误工作进度，影响了大家的收入，所以大家肯定都有意见。他们组有一个从西部来的叫关石英的，身材矮胖，所以大家都管他叫关矮子。他冲拉斯噶瞪眼，骂道：

"我操你妈！没长眼睛啊？"正被洞里的漆黑压得喘不过气的拉斯噶，让人骂得如此难听，心里的火一下子冒出来了。他一把抢起铁锹，砸向了关矮子戴着安全帽的头。关矮子倒在地上，不知死活。惊恐的另外几个人，拿着铁锹向拉斯噶围了过来。他们头顶上的灯微弱地亮着，人黑压压地逼近。拉斯噶急红了眼，抢着铁锹，大喊："别过来，谁要闹我就把谁干倒！"组长李豁牙子见情况不妙，慌忙地说：

"你到底想干什么？"拉斯噶仍然抢着铁锹，说：

"谁都有母亲，没人从石头缝里蹦出来吧？是母亲辛辛苦苦把我养大，努力让我成人，你不是也一样嘛！他怎么能骂我的母亲？谁再骂我的母亲，我就跟谁拼命！"李豁牙子听完拉斯噶的话，向那几个人训斥道：

"这小伙子说的是人话，对的。谁都不能骂别人的父母！赶紧都回去干活去！"挨了一铁锹的关矮子十分钟后醒了，摸着脑袋站了起来。从那之后再没人欺负拉斯噶。组长李豁牙子是个公正的好人，经过这件事，他了解到了拉斯噶的为人。

五

拉斯噶从井里出来的时候已经是半夜了，一轮明月挂在天空。清新的空气让他舒畅起来，但是寒风将被汗浸透的衣服吹得像冰一样刺骨。幸亏有那件留在井口的破棉大衣，不然真不知道该咋办。他穿着自己带过来的工作服，早已脏兮兮，赶紧脱掉然后套上大衣，匆忙往家赶去。这时人们都已经睡了。抱着铁锹回到自家院子里，发现红艳的灯竟亮着。拉斯噶拖着疲惫不堪的双脚推开门走进去，红艳就急忙从屋里出来，说：

"总算平安回来了！累了吧？你第一次下井，心里总不放心。"说着端来热水让他洗一洗。她穿着粉色的内衣，头发盘了起来。虽然一身朴素的装扮，但是格外好看。这么晚了还在等着他回来，拉斯噶很感激。他不好意思地说：

"太麻烦你了，我自己来吧。"红艳却从他身边走过去到灶旁，捣一捣让灶里火燃起来。这里家家户户缺啥都不缺煤，灶里的火日夜不灭，用烧火棍捅几下火就能旺起来，家里一直暖烘烘的。这个温暖的小家和红艳那张热情的脸，给了累到极致的拉斯噶不小的慰藉。这世上的男人是不能缺女人的关怀啊。他想起以前出门回到家，萨仁呼也是这样端茶倒水、忙活着做饭。而如今，一切都离他而去，自己来到了漆黑的地狱之门，想到这儿鼻子就酸了。他赶紧背过身去，脱外套的时候在窗台上的破镜子里瞥见了自己。谁都没见过鬼，想来鬼就是这样有张像锅底一样黑色的脸吧，只有两个眼睛忽闪着，咧开嘴便能露出白色的牙齿。当他洗漱完，红艳已经把中午做好的饭，热好了端到桌子上。

"嗨呀！太麻烦你了，多不好意思，让你这么忙活。"拉斯噶吞吞吐吐地说着。

　　"别客气，我在家也没事，这些都是顺手的事儿。你习惯就好了。"说完轻轻地把门关上出去了。真是个热心体贴的女人，刚刚人家在的时候拉斯噶还觉得难为情，现在人家走了倒惦记起来了。人啊，是个奇怪的动物。又累又饿的拉斯噶没有力气想别的事情了，拿起筷子将五个馒头和一盘子菜全干掉了，他往后靠了靠，缓缓地舒了一口气，卷了根指头粗的旱烟。矿里不允许抽烟，他一口接一口贪婪地抽起来。没头没脑地想了一堆事儿。今天矿井里幸亏塌得不严重，否则这会儿拉斯噶我估计已经在阎王爷那儿报到呢，谢天谢地！算我命大。那关矮子死了才好，就算让我偿命也无所谓。本来在那个像地狱似的黑洞里憋屈难受，还让人骂爹骂娘，有比这更屈辱的事吗！气头上给了他一铁锹，长这么大没这样生气过。

　　过一会儿拉斯噶起身出去方便，满天星空万里无云，明的、暗的星星在原地眨着眼。天空是多么空旷，偶尔有流星划过。他想如果今天稍有不慎，就像那流星一样从这个世界上消失了。

　　他拖着疲惫的身体回到屋子里，将外门闩上，红艳的灯仍亮着……

六

　　一到三月中旬，石泰河便有了生机，冰雪开始融化。这儿是靠近海的林区，所以气候潮湿，到处盛开着桃花、杏花。拉斯噶他们门前的两棵樱桃树，一夜之间开满了白色的花朵，芳香四溢。这一天拉斯噶休息在家，上午他陪着兰兰在院子里看花，红艳也穿着条纹毛衣出来倒水，走到他们身边。她刚洗完头，最近她特别喜欢打扮，乌黑的秀发越发油光水滑。她说：

"今年咱们院里的樱桃树花开得可真好啊！"她的"咱们"这个词像是专门说给拉斯噶听的。是啊，连花儿都看懂了人的心思似的。拉斯噶折下一枝花开得最漂亮、茂盛的枝条，插到装着水的瓶子里，给了兰兰。极度缺乏父爱的兰兰开心得合不拢嘴。摇晃着小脑袋，蹦蹦跳跳地跑进屋子里，头上的两个小辫子俏皮地跳动着。红艳看着女儿一直默默地微笑。

拉斯噶今天也很高兴。他来石泰河已经一个月了。不但习惯了矿工的工作，也领到了可观的工资。苦他是能吃，从农村出来的他比谁都明白，只有吃苦，人才能活下去。他想，照这样下去，不到两年，非但把债都能还清，说不定还能给父母盖间亮堂的房子。他看着兰兰想起了他的朱娜。女儿上学，长大成人还需要很多钱，现在就得开始攒钱啊！他还要继续拼命。昨天他一拿到工钱，手头上留了点钱，剩下的全还了信用社贷款。到附近的商店买了军用被褥，把五麻子家的东西还回去了。除了米面，还买了些便宜的锅碗瓢盆，他做好了长期待下去的准备。红艳对他的帮助比他想象的要多。不管上白班还是夜班，疲惫地回到家里总有热饭等着他，有时候红艳把拉斯噶的饭菜给热好，有时候她自己做饭的时候多做一点，即使是粗茶淡饭，拉斯噶也吃得津津有味。累得动弹不了的时候能有口热饭吃，拉斯噶打心眼里感激她。有时候连衣服也给他洗了。这样的邻居真是打着灯笼也找不着。所以，领到工资的他没忘给兰兰买个漂亮的布娃娃。小姑娘也很快和拉斯噶熟了，总要缠着他嬉闹。这里的人不愁家里没有煤烧，拉斯噶利用休息时间从废煤堆里给红艳捡回几麻袋，给自己也捡回几麻袋。平时下井的时候夹上一个面粉袋，出井的时候就背回一袋煤，这个是跟别人学的。多余的煤攒一攒还能卖点钱。看门的偶尔会阻止，但是直接被拉斯噶怼回去：

"我们每天拼死拼活地挖煤，拿点煤回去烧怎么了？你让我们回家喝西北风去？这么冷的天让我们冻死吗？"看门的实在拿这个人高马大的年轻人没办法，只能让他走。

正当拉斯噶他们在院子里的时候，五麻子摇摇摆摆地走了进来。

"哎呀！老弟在赏花哪！你嫂子让我把你叫过去，走！自打你来这儿都没好好请你吃顿饭。今儿个我也休息，跟哥喝两盅。"拉斯噶本来也打算去他们家看看，所以路上买了十元钱的酒、水果，搞得五麻子怪不好意思，说："老弟你太客气了，还买什么东西！"俩人聊着聊着到了五麻子家，芙蓉嫂子热情地迎接。正在炕上玩儿的孩子们赶紧溜下炕，最小的两个躲在门后露出脑袋看着拉斯噶。芙蓉嫂子让孩子们到外面玩儿，都撵出去了。

"老弟下了几个星期井身体更强壮啦！"芙蓉嫂子说着把桌子摆在炕中央。拉斯噶笑着说：

"强壮能强壮到哪儿去！幸亏有哥嫂的帮忙，让我能混口饭吃。"芙蓉嫂子端过来两盘腌菜，还有酒，说：

"看看，别人能干的活，咱也一样能干不是？但是干这行得时刻小心谨慎。说起来老弟来这儿也一个月了，想家了吗？邻居红艳挺好吧？"她看着拉斯噶，眼角露出一丝坏笑。

"何止挺好啊，都是年轻人，看他们样子早就熟了，我刚才去的时候人俩正站在院子里赏着花，谈着心呢！"五麻子和他老婆一唱一和，往杯子里倒酒。拉斯噶说：

"哥哥嫂子这是拿老弟开玩笑啊，无所谓了，笑一笑十年少嘛！"也跟着他们笑起来。他想起红艳说起过，芙蓉嫂子和她是一个村的姐妹，老家离这儿很近。芙蓉嫂子小时候父母离婚了，继父对她不好，为了生计，十几岁就跟着别人离开老家，到处打工，吃尽了苦头。十六岁就嫁了人，现在是四个孩子的母亲了。五麻子是她第四个丈夫。前三个不是因病就是出事故都走了。尝尽了人间疾苦的这个女人，依然对生活充满着希望，否则早把这无情的世界抛弃了。就在拉斯噶和五麻子聊天的工夫，芙蓉端上来热腾腾的四个菜，笑着说：

"你嫂子我笨，这些菜不知道合不合老弟的口味。"拉斯噶说：

"嫂子太谦虚了。您炒的这几盘菜个个色香味俱全，光看着就能看饱。"这时，五麻子将手里已经空了的酒杯放下，说：

"老弟啊，哥告诉你，石泰河这个地方有两样东西远近闻名。一个是这儿的酒，水好所以酿出来的酒也好喝，入口的时候烈，咽进去的时候却是绵柔的，怪得很，喝完酒第二天从来不会难受。还有一个就是这儿的女人，个个长得漂亮，性格又好，有些东西说是说不明白，在一起过的时间长了，自然就品出来了，就能跟你说不出来的情投意合，你看你嫂子，多热情！多招人喜欢！"他笑着看向媳妇。拉斯噶很认同，将杯子里的酒喝了，说：

"这话说得没错。'一方水土养育一方人'，每个地方的人都有自己的特点。那天晚上我在火车站正发愁的时候，嫂子出现了，我的心里一下子拨云见日，就像见到了亲人一样温暖。再说这儿的酒真是越喝越香，从井里出来回到家喝上几盅一下子解乏了。"几杯酒下肚，五麻子提高了嗓门儿，说：

"怎么样？老弟早就品出我们石泰河的味道了。再过段时间，老弟你根本就不想回去了。这地方就是这样，你想想为什么会有这么多爷们儿宁愿天天去阎王爷门口转一圈，也不肯离开这儿。"坐在炕边的芙蓉嫂子笑着说：

"行了，不管怎么样，一起过日子，你能说这些话我已经很高兴了。话又说回来，你哥要是脾气一上来，可就不管你是谁了。看我这儿，是用凳子打的。"她将头发掀开，露出了旧疤。五麻子不好意思地用食指擦掉鼻尖的汗，笑着说：

"嗨，那不是你扔过来的凳子被我挡了一下，结果砸到你了嘛！"三个人笑了一阵，关矮子拿着一封信走了进来。

"哪儿都找不到拉斯噶,原来在这儿。"说着将手里的信递给了拉斯噶。不打不相识,自从那次打完架他们就成了好兄弟。不知道是害怕了还是看顺眼了。这不,一拿到拉斯噶的家信他就一刻不耽误地给送过来。家里发生什么事了?拿到信的拉斯噶吓一跳,把一家老小扔下的他咋能放心呢。他来了才一个月,没有什么特殊的事情家里应该不会来信啊。

七

那封信是嫁到苏木附近村里的妹妹寄来的,信里写着:

"亲爱的哥哥:一切都好吗?一想到你在矿井里干活,我就担心得睡不着觉。父母还有朱娜都很好。我写这封信是想说说萨仁呼嫂子的事情。请原谅虽然你们已经离婚了,我还叫她嫂子。嫂子这个月来找了我好几次,她太可怜了,整天伤心难过,蓬头垢面的都快认不出了。饭馆也关门了,开口闭口都是你和朱娜,说完了就开始哭。父母那儿也去了好几次求着能不能把朱娜给她。我看你们俩要不复婚,要不把朱娜给她妈!萨仁呼嫂子误入歧途也都是为了这个家的生计进了坏人的圈套。你何必要这样拆开人家母女俩?看在你自己亲骨肉的分儿上,你就原谅她吧,我求你了!这样下去对她们母女俩的健康都有影响。万一有什么不幸,你就要自尝苦果了。请哥哥你谨慎考虑。爱你的妹妹拉斯格玛。"

拉斯噶自从收到妹妹的信,经常失眠。毕竟是一起生活了十几年的夫妻,还有个可爱的孩子,感情怎么能说断就断呢。更别说像他们这样的青梅竹马,一直深爱着彼此。她为了那个家,背着孩子起早贪黑,给躺在病床上的公公端屎端尿,让一家人的生活看到了希望。拉斯噶想到这儿,心如刀割,他不能离开萨仁呼啊！不管是盯着房顶躺在空荡荡的屋子里，还是抱着铁锹走向矿井，拉斯嘎的心里总是想着萨仁呼。尤其是每当看到对门的红艳，就更加思念萨仁呼。她也是这样有着丰盈美丽的身材，只知道埋头干活的安静而温顺的女人！他还梦到过，爱女心切的她像个疯子一样到处找她的女儿。

不过，回头想想，这件事情他是一点儿错都没有，他提醒自己内心一定要坚定，要忘了萨仁呼，这样萎靡下去，干活的时候都有可能会出事故。是啊，他理应去恨玷污圣洁爱情的萨仁呼，理应去恨毁掉他们幸福生活的巴勒都。他努力地忘掉他们，希望摆脱内心的煎熬，但却无济于事。他担心萨仁呼这样闹下去，影响孩子健康成长。萨仁呼如果跟了巴勒都一起过也就省事儿了，那样的话拉斯嘎也不会这么难受了。矛盾和纠结把他折磨得够呛，他甚至咒自己死就死了吧，死了就解脱了。所以，下井的时候他懒得走路，就改从中间有铁轨的洞下去，他把锹把架在铁轨上，坐在上面往下滑，铁轨两侧有两根粗管子，一个是往外抽水的，另一个是往里送风的。上面还有电线。虽然会挨班长骂，关矮子他们也经常干这事儿。像跳进悬崖似的刺激感让人忘记所有，悲伤从心里飞走，脑子里空空的，感觉自己没有了重量，就像是飞往阴曹地府的灵魂。旁边的铁绳变紧说明上面有车下来，要瞬间滚到侧面，不然眨眼间就会被飞驰下来的车撞烂。有时候，他更加疯狂，直接坐上运煤的空车下去。坐在车上，风从耳边呼啸而过，有一次，他隐约感到隧道顶上有什么东西，他迅速弓腰坐下去，安全帽瞬间被撞飞。如果拉斯嘎的脑袋再往上高出一个指头，他脑浆都会被撞出来。那是当时挖井的工人钉上去的铁钉没有拔下来，幸亏拉斯嘎眼疾手快。因为这件事情，被李豁牙子骂惨了。

那天拉斯嘎回家，红艳在等着他。她那水汪汪的眼睛透出平静安详，给拉斯嘎端来洗脸水。再把饭菜盛好，放到桌子上。他们现在彼此之间不再那么拘谨了。每天干完活回到家，红艳总是把他的饭菜热好。看到拉斯噶平安回到家，红艳才能舒一口气。红艳看着拉斯噶吃饭，拉斯噶健壮的身体让红艳心里升起一股暖流。六个馒头、一大盆菜被拉斯噶干光了，他向后仰着，红艳这才轻轻地开口："拉斯噶哥！"打破了屋子里的安静。她低着头，过了好一会儿，问：

"你最近怎么脸色不好？家里出什么事了吗，还是因为我和兰兰给你添了麻烦？"拉斯噶拿出一根烟边说边点：

"没有，没有！都挺好的。以前也跟你说过，姑娘跟着爷爷奶奶在老家。至于你们俩，我是感激不尽，每天回到家，有热饭吃，还处处照顾我。跟你们做邻居是我的福气。你从明天开始就不要出去捡废铁、瓶子什么的了，你给我做饭，我应该给你发工钱。一个月给你三百！虽然少点，差不多够你们俩吃喝了。以后再慢慢想办法。"红艳沉默不语，脸上滚着泪珠，她用指头拨走脸上的泪：

"那怎么行，我知道你的钱也不富裕。我什么也不要。你是个好人，我第一眼见你的时候就看出来了。我总祈祷好人能够平安。下井的时候心里不能有杂念，无时无刻要小心。这里隔三岔五出事故。"

"那倒是，我今天差点就见不到你们了。坐着运煤的空车下井，头顶有个钉子，把帽子给勾飞了，就差一点儿。"拉斯噶笑着说。红艳的脸变得煞白，说：

"老天爷呀！以后可千万别再犯懒了，走着下去安全。"他们又待了一会儿，红艳起身，用温柔的眼神看了看拉斯噶，长长地叹了口气，向门外走去。

拉斯噶看着红艳的背影，又想起了萨仁呼。躺下了总也睡不着，巴勒都又闯进了他的脑子里。

八

　　巴勒都是拉斯噶的同学。小时候特别淘气，学习不行，但在音乐、体育方面却有天赋。球打得好，所以当了体育老师。有一点不好是总领着学生们出去喝酒，被校长盯上了。好在旗宣传部部长是他的酒友，原来的旗教育局局长。一天，巴勒都找到老朋友诉苦，求他能不能给换个别的工作。老朋友看着巴勒都的样子，很同情，过了好一阵儿，说：

　　"我们办公室现在缺一个人，主要是搞接待，给客人跑前跑后，从住宿到吃喝要安排得妥妥当当。你酒量好，还能说会道，而且歌唱得也不赖，这个工作或许适合你，愿意的话就来吧！让你当办公室副主任。"这么好的机会从哪儿找啊，除了吃喝没别的事儿，真是合了他的意啊，巴勒都一听就乐了。他欣然接受，很快就到了新的工作岗位。巴勒都的接待工作做得细致入微，上至领导，下至随从人员，顾及到每个人。从一个眼神、一个表情就知道哪个领导喜欢什么，真是贴心周到。嘴巧得出奇，而且天生能喝酒，喝酒跟喝水似的，两斤酒喝下去脸不红，心不跳。从没有人说过巴勒都主任的不好，都竖起大拇指夸他。宣传部长发掘出这么好的人才，得到大家更大的夸赞。运气来了挡都挡不住。一天，市组织部赵部长给巴勒都来电话，说：

　　"巴勒都啊！我明天陪老父亲去你们那儿，看看草原。是我个人的私事儿所以就别告诉旗领导！吃住你安排就行。"赵部长以前任宣传部长的时候巴勒都曾经招待过他。领导对他如此地信任，这对巴勒都来说是个千载难逢的机会，他兴奋极了。遵照领导的意图，此次行程没告诉其他人。巴勒都细致入微地安排好吃住和行程。让他们好好玩儿了两天。献了哈达，敬了酒，还给唱了悠扬的歌儿，老人开心得合不拢嘴。刚把赵部长送走，旗领导们就闻声赶了过来，纷纷问："听说赵部长来了，住哪个房间？"巴勒都迎上去说：

"赵部长已经走了。叮嘱我谁都别说，我不敢违背领导的意图啊。"他搓着手。从那之后，巴勒都在领导眼里一下子高大起来。旗委书记碰见巴勒都会拍拍肩膀打招呼。旗长在饭桌上看见巴勒都会专门拉到一边亲密地单独喝上几杯。其他人张口闭口巴主任、巴主任地讨好他。没过多久，巴勒都成了巴勒干苏木的代理苏木达，过了几个月正式成为苏木达，整个人神气十足。他的记事本上没别的，净是些谁家亲戚当什么官儿，谁跟什么领导有交情之类的。工作从来不放在心上，管那些有屁用！他认为，不管怎么样，太阳总是会升起来，把精力放在工作上还不如给自己好好铺路。晚上动不动领着客人去萨仁呼的饭馆，吃喝完就拍屁股走人。

"巴领导，结一下账呗？"每当萨仁呼问起来他就说："这么大个苏木还能跑了是咋的？就算官儿跑了衙门还在，怕啥？记账吧！"萨仁呼的饭馆主要接待苏木上的客人，再加上赊账越来越多，萨仁呼就慌了，但是这个可怜的女人又有什么办法呢？

深秋的一天，太阳快落山了。"过来把钱拿回去吧。"巴勒都让萨仁呼到他办公室来。干部们都下乡了，苏木政府的院儿里冷冷清清的，办公室里也不见有秘书在。萨仁呼心里突然有点发怵，又不是不知道巴勒都这个人，平时就老爱动手动脚，为了把钱要回来，一直以来萨仁呼都忍着。跟巴勒都要债，简直是猴嘴里掏枣。无论如何一定要把钱要回来，萨仁呼鼓足勇气向前走，推开了巴领导办公室的门。办公室里就巴勒都一个人，看见萨仁呼便开始嬉皮笑脸：

"学妹过来坐！以前你是校花，现在是苏木上的一朵花！今天哥哥真是想你啊。"说着指了指身边的凳子。看着巴勒都奇怪的眼神，萨仁呼心生恐惧，她远远地坐到了门口的一把椅子上。

"巴领导就别拿我开涮了，你不是叫我过来拿钱吗？我得赶紧拿上钱回去。你也知道，我这是小本买卖，加上我月月还贷款，苏木赊的账不给，我都没法活下去了。这一次尽量都结清了吧。"萨仁呼小心翼翼地求着老同学。

"知道，知道。苏木上有的是钱，可是有再多的钱，也不是让我们去吃喝的呀！所以财务上我不得处理一下嘛。信不过谁你也不能信不过我吧？好了好了，不管多少，先给你一点儿，跟我来吧。"巴勒都摇摇晃晃地站起来，笑着将办公室套间的门打开了。巴领导的套间真是豪华呀，地上铺着漂亮的地毯，从开着的门看到里面有一排书架。原来把钱放在里面呢，萨仁呼跟了进去。窗帘拉下来，灯开着，靠着后面的墙边放着一张大床。看来这是巴领导的卧室。萨仁呼往里走了两步，突然觉得不对劲，想往后退，这时巴勒都一把将她抱住，劈头盖脸地亲了起来。

"哎呀！巴勒都，你这是干啥呢？放开我！"巴勒都不管萨仁呼说啥，一把将她摁到床上。

"我喊了啊！"萨仁呼抓着他的肩膀，拼命推开。可是巴勒都就像只饿狼头也不抬，说：

"喊也没用，我把他们都安排走了。现在这个院儿里就我们俩。"他将头埋进萨仁呼的脖子里，恨不得将她吃掉。原来他早就计划好了。他的手特别有劲，萨仁呼所有的抵抗都以失败告终。巴勒都的大手伸进萨仁呼紫色外衣内，摸到乳房，接着又滑到后背。很快巴勒都把萨仁呼的外套脱掉，将胸罩往下拉，一对雪白圆润的乳房露了出来。巴勒都强壮的身体，巨大的手让萨仁呼的防御相继倒塌。巴勒都趴在她身上，嘬着她的乳房，手向裤子里伸去。萨仁呼死死地抓住腰带，拼命挣扎。巴勒都探起身子，把她的鞋脱掉，松开萨仁呼抓着腰带的手。萨仁呼筋疲力尽，无处可藏的身体在颤抖。

"巴勒都，你放开我吧！咱们都是同学啊！你以后怎么面对拉斯噶？"

"那有什么！拉斯噶我们俩是同班同学，当年饭都分着吃的兄弟，现在分享一下媳妇有什么不行？"

他一只手抱住萨仁呼的脖子，另一只手伸到她双腿中间抚摸起来。萨仁呼在他身下挣扎着想逃脱掉。老实本分的萨仁呼第一次在除了自己的丈夫之外的男人面前赤裸着身体，她又怕又害羞，无地自容，浑身发抖。萨仁呼的反抗变成徒劳，巴勒都的身体太重，太贪婪，就这样把可怜的萨仁呼霸占了。巴勒都流着口水贪婪地说："妹妹啊，你的拉斯噶常年在外，我媳妇也在镇上，一个月都见不上一次面，咱俩都尝尽了寂寞。再说你又不是十八岁的姑娘，装什么？咱俩就好好享受活着的乐趣！"

萨仁呼被压在他的身下，咬着嘴唇绝望地哭泣，双手抓着棉被，将脸侧到一边，滚烫的眼泪流到枕头上。天啊，罪孽呀！

巴勒都仍旧压在萨仁呼身上，在她的耳朵边说："亲爱的别哭！万事开头难。现在好了，路已经走出来了。吃一根葱还是一把葱，嘴里一样臭，以后就别扭扭捏捏的了。年底之前，我会把你饭馆的钱一点一点还清的。但不是在这儿，而是在你家，用这种方式给你，知道了吗？"他的声音虽小，但每个字都重重地压在萨仁呼心上。

九

石泰河镇在群山间若隐若现。走出镇子不到一百米，连绵的树林覆盖着大山。别的地方修路要在路边种树，这里是为了开路拼命伐树。没白天没黑夜地下雨，所以到处是山泉。但凡是凹下去的地方，肯定有水。工人们在岩石凹处的水里，放进洗衣粉，就洗起他们那黑乎乎的衣服。拉斯噶当然不用这样，因为红艳总趁他不在家，衣服都给洗了。如果没有红艳，不知道拉斯噶在石泰河是怎样一副样子。他打心眼儿里感激这位热心的邻居。

拉斯噶苦于无法回复妹妹的信，因为信中提到的两个问题他都无从抉择。那件事发生以后，拉斯噶心里就有了疙瘩，哪能那么容易复婚。让女儿跟妈妈，更不行，什么样的妈妈教出什么样的女儿。他想，上梁不正下梁歪，跟那样的妈妈，女儿肯定不学好。被心事折磨得他整天闷闷不乐。恨萨仁呼，但却忘不了她，到了休息的时候他就坐立不安，爬到山顶上，看远处。在那朦胧遥远的天边，有他的故乡。他仿佛看见若隐若现的山川和雾霭氤氲的平原，一群群马轻快地跑向河流的方向。是啊，如果没有马，不知故乡该如何诉说。有不同毛色的马，一匹比一匹俊美。尤其是那些领群的公马，像是从故事里走出的神兽。长长的鬃毛随风飘逸，将脖子胸口覆盖住。顶风驰骋，长鬃像火苗般飞扬，四蹄像钢铁般坚硬，那是世上最凶猛威风的生灵。从未让凡人驾驭过的圣洁的生灵，是草原吉祥的象征。他还看见白色的羊群和通往苍茫山谷的路上成群的车队。唉，这一切曾经是多么美好。儿时的生活像梦境一样呈现。在夏营地的河边跟着母亲一起放羊羔。母亲放下手中的针线活，用马兰给他编鞭子。现在想想，一个人跟母亲在一起的时光是最幸福、最无忧无虑的。永远也回不去了，他感伤起来，又想哭又想唱。对母子间的情感有如此深的感触，却让自己的女儿离开了母亲。他心如刀割，不由得唱起了悠扬的歌。他眼里泛起泪花，他太思念家乡，太思念女儿了。

拉斯噶想女儿的时候喜欢领着兰兰玩儿。这个孩子跟朱娜真太像了，越看越亲。

拉斯噶他们院子里的菜长势不错，茄子和豆角都已经长出来了。他还种了土豆、韭菜、葱，每一块地都种满了。虽然锄地、挑水、施肥这些粗活是拉斯噶干的，但是栽种、日常照料等技术活都是红艳在做。她是个特别勤劳节俭的女人。拉斯噶想不通她的前夫怎么就把这么好的女人给抛弃了，真是身在福中不知福，脑子进水的家伙。现在他们两家都不用出去买菜了。红艳还有两只母鸡，一天下两颗蛋。一颗给兰兰吃，另一颗攒着卖，挣的钱够买盐和油。

下午从井里出来，拉斯噶洗了把脸。阳光明亮，向人们炫耀这美丽的世界。刚从漆黑的深井里出来的他重生一般，仿佛进入到了另一个截然不同的世界。他把铁锹扛在肩上往家走。可怜的女儿现在不知道过得怎么样？没有父母在身边的孩子该拿什么填满心灵？觉得太亏欠女儿的他心痛不已。他打开院门走进去，看见兰兰正站在菜地里的豆角架子中间，号啕大哭。母女俩刚捡回来的废铁、饮料瓶、纸盒堆在墙角，按理说这会儿应该把废品卖了才对。拉斯噶把铁锹放下就赶紧跑到兰兰身边：

"兰兰！怎么了？是妈妈说你了吗？快告诉叔叔！"看见拉斯噶，兰兰哭得更厉害了。大颗大颗的泪珠顺着脸滚落下来，哄了半天她才委屈地说：

"我……想跟小朋友一样……买个玩具车，妈妈不给我买。"拉斯噶哄着她，说：

"哪个小朋友？在哪儿看见的玩具车？叔叔给你买。"兰兰一下子不哭了："在东边的商店里看见的，我看见别的小朋友玩呢。"拉斯噶一把抱起她向院门走去，这时红艳从屋子里走了出来。她也哭了，抹着眼泪走过来说：

"拉斯噶哥！放下兰兰吧！这孩子太任性了。我们是什么家庭？我们是在垃圾堆里讨生活的人啊！怎么能跟别人比呢？你能永远陪着兰兰吗？哪天你走了，到时候谁能满足她的要求？"说到这儿喉咙被什么东西堵住了，她转过脸擦了擦眼泪。拉斯噶不知道该说什么，心里很难受：

"红艳啊！我理解你的心情，是不能惯着孩子。但是看在我的面子上就答应这一次吧。"红艳摇着头说：

"学坏了怎么办？我们是苦命人，该什么命就过什么样的日子吧！"拉斯噶没有再说，用长满茧子的黑手笨拙地擦了擦兰兰的脸：

"兰兰是个听话的孩子，听妈妈的话吧！叔叔给你摘樱桃。"兰兰不哭了，向拉斯噶点点头。

已是五月末，院子里的樱桃红了。拉斯噶拿着小碗给兰兰摘樱桃。兰兰把手里红红的樱桃放进嘴里，歪着脑袋看拉斯噶是怎么摘的，脸上露出了笑容。这时，五麻子拎着酒和装在塑料袋里的咸菜摇摇晃晃地走了进来。

"拉斯噶，跟哥喝几杯。酒这个东西真是奇怪，一个人喝怎么也喝不进去。"说着将那多半瓶酒伸给拉斯噶看。拉斯噶也跟着五麻子笑了起来：

"行行！哥你进屋里。真是说什么来什么，我还正想喝点儿。"说着把一碗樱桃给了兰兰，领着五麻子进了屋。他们把装着咸菜的塑料袋打开，用瓶盖当杯子喝了起来。就着咸菜喝了好几杯，他们俩的话也多了起来。五麻子突然起身把门关上低声说：

"拉斯噶啊！你嫂子说，有个带院子的两间房出租呢，一个月三十。你要是想去的话赶紧给你说说。自己住着是不是能好点？"拉斯噶皱着眉头说不出话，过了一会儿说：

"再看看吧！虽然比这儿多五块钱，但那也没啥。只是不想离开小兰兰，跟我的女儿朱娜特别像。平时想女儿了就和兰兰玩会儿，心里就不那么空了。"五麻子歪着脖子说：

"看看，果然没出我所料！老弟你说是跟兰兰惯了，我估计其实是更离不了兰兰她妈了吧？哥是想看你什么反应故意问的。"他压着声音笑。

"可不要乱说，这母女俩可是好人啊！"

"我也没说不好啊，知道好你嫂子才让你住这儿的。老弟你也是没媳妇的人，要是你们俩成了，真是天造地设的一对！"

"我是没往那儿想。就是想姑娘想得厉害……"

"只能这么说了。我知道年轻人，嘴上总是不承认。"五麻子笑着干了一杯酒。

十

过年的时候，巴勒干苏木满是热闹红火气氛，萨仁呼拉斯噶离婚的消息成了酒桌上人们津津乐道的话题。唉，没办法，这世上的人都长了说别人的嘴，却没有长出看清自己的眼睛，说起别人的时候都一个比一个明白。我们的巴领导还没忘往伤口上撒盐，坐在酒桌的正席上，说："听说咱们拉斯噶在外面找了个年轻的，所以就把这老家的媳妇扔下了。我是太了解我那老同学了。"就这样把自己的罪扣到别人身上。对不了解实情的人们，巴领导的话有很大的说服力，但还是阻止不了大家的胡乱猜想。都说拉斯噶这么突然走，肯定有什么事。好事不出门，坏事传千里，这件事就这样传开了。过完年，大家议论得少了，巴勒都舒了口气，等到夜深人静，向萨仁呼家赶去。他心里充满胜利的喜悦，巴勒都我是有福的人，正想着怎么从马上把人拽下来，自己却摔倒了，拉斯噶消失了算是有自知之明。如今萨仁呼只属于我一个人了，她应该感谢我。没有我，那饭馆早就关门了，没有苏木上的接待，用啥撑这么久？钱晚一会儿给能怎么样，让你维持生活的还不是你哥我。能跟我这样的领导好上，是你前世修来的福气。他得意地走到萨仁呼家窗户外面，敲几下玻璃："萨仁呼！开门！巴哥把钱给你拿过来了。"他小声地、满怀激动地叫着。叫了几声没有回应，他好奇地去推了推门，仔细一看，看见二十的残月正让青色的铁锁发出冰冷的光。巴勒都很失望，他抓着铁锁站住了，原来这冰冷的铁锁冻伤的不是手，而是心。唉！

还满心欢喜地以为所有的障碍都已消除。没想到萨仁呼也走了，也不知道去了哪儿。年前下的雪化了，黑色的地露了出来。夜晚的冷风吹得巴勒都的心里空空荡荡。

巴勒都倒是能怎么样呢，放荡惯了的家伙。这件事让可怜的萨仁呼陷入到无边无际的折磨当中。离婚后她锁上门回了娘家，饭馆也不开了。女儿那儿去了两次，想孩子的母亲是多么可怜啊！她抱着她的朱娜只是哭不说话。有苦说不出只能默默地哭泣，这是最心酸的。儿媳妇向来善良懂事，又勤劳孝顺，公婆像亲生女儿一样疼她。看见萨仁呼哭，婆婆也时不时用袖子擦着眼泪。公公因疼痛发出呻吟之余，骂拉斯噶让好好的一个家妻离子散。

萨仁呼找过几次拉斯格玛。拉斯格玛看见嫂子心都碎了，人这个东西经不起伤心，嫂子明亮的大眼睛已经深陷进去，柔顺漂亮的头发变得干枯毛燥。像霜打的花一样，曾经的美貌失去了光彩，一点儿不像是刚三十岁的人。萨仁呼和妹妹能毫不避讳地聊一聊，聊着聊着就哭了。是为了帮着拉斯噶还家里的债，让日子有起色，才无论如何没让饭馆关门，她边说边哭，有时会很长时间发愣。她失去了所有，失去了丈夫，失去了孩子，更重要的是名声也毁了，活着还有什么劲啊！她已经失去了活着的意义。"没有拉斯噶和女儿我没法活下去。"她时不时地自言自语，妹妹担心在这样的煎熬下嫂子会扛不住，精神上会出什么问题，于是匆忙给哥哥拉斯噶写了第一封信。

拉斯格玛对嫂子的感情很深。萨仁呼刚嫁过来的时候，她还是个十来岁的孩子，小时候撒娇总让嫂子背着走。长大嫁人以后，很多心里话不跟自己的母亲说，而是跟嫂子说。哥哥嫂子突然离婚，她很难过，心里总惦记着嫂子。前段时间听说嫂子回娘家了，后来就没了消息。拉斯格玛很担心，她决定去看看，就把孩子交给了奶奶。走了大半天终于到了，走过好几个沙丘，骑的马都出了一身汗。到了以后发现嫂子不在。

"说要回家一早就出去了。不是女儿就是拉斯噶，不管有人没有人，嘴里总念叨着。都有点神神道道的了，怎么办啊？我们都拿她没办法了。这会儿估计到苏木上了吧？我们忙得没能送她。"萨仁呼的哥哥看起来很难受。拉斯格玛后悔出来的时候太着急没有路过苏木，喝了一碗奶茶就赶紧往苏木赶去。来来回回的四十多里地啊，到了饭馆门关着，然后去家里，家门也锁着，很明显已经很久没人住了，院子里空空荡荡。这人去哪儿了？"没有拉斯噶和朱娜，我活不下去。"拉斯格玛想到嫂子一直在嘴里嘟哝的话，越想越伤心，眼泪在眼圈里打转。在商店门口遇到一个赶牛的人打听了一下，对方说他上午看见萨仁呼在英格图谷里的井边坐着来着。英格图谷是方圆十几里地没有人家的荒凉之地，而且从她哥哥家到苏木不经过那儿。那一带是连绵的沙丘，车马很难走，还经常有狼出没，所以一两个人是不敢去那里的。这个人去井边干什么？拉斯格玛越想越害怕，后背吓出了冷汗。

十一

今天拉斯噶晚班，他们一天三班，十天调一次。

他们组下井到了作业的地方发现现成的煤一块都没有，而且继续挖都是石头，很明显上一班的人不想白让他们占便宜，把挖出的煤运完就收工等着换班没有继续挖。这种情况经常会遇到。费很大的劲儿把石头沙子清理出去，刚把煤挖出来就到了换班的时间，很让人不爽。不想留给下一班现成的煤，就只好枕着铁锹躺着等时间。拉斯噶他们组把石头沙子清理出去看见煤的影子的时候，已经连着挖了四个小时。今天工作效率低，收入少，大家都闷闷不乐。他们扶着铁锹等空车下来的时候，突然几颗羊踝骨大小的石子从上面哗哗往下掉。"快躲开，顶棚要塌！"在李组长的喊叫声中，大家立刻连蹦带跳四散而去，一瞬间，炕一般大小的一块顶棚轰隆隆地塌下来，浓烟四起。几分钟后，从周围的煤堆中站起来六个人，没有关矮子。大家都猜到怎么回事了。拉斯噶顾不上抖掉身上的土，向前冲去，用手挖塌下来的煤，将大块的煤抱起来向外扔。在他的对面，李组长也在拼命地挖。其他人怕顶棚继续塌下来，没敢过来，只是抖抖身上的土站在那儿。从一米深的煤堆下面挖出关矮子的时候，他早已断了气。被大块的煤砸到，面目全非。拉斯噶抱着他跟在组长后面从侧面的洞往上爬，脚步无比沉重。关矮子的血和煤的粉末和在一起变成黑褐色，一滴滴往下流。

　　第二天上午，在后山向阳面的公墓旁找了一小块地方，把关矮子埋了。说起话来喜欢晃肩膀的矮子，一生就这么结束了。这里没有树木的闲地很少，没有墓地的空地更少。四面八方的人为了钱来到这里，一不小心就把骨头留在这儿，说起来真可怜。中午他们组的人去附近的饭馆吃了顿白事饭。这里不出十步就有一家饭馆或者小商店。有人进饭馆，服务员就将塑料布铺在桌子上，盘子、筷子放在上面，问："点什么？"工人们有钱，所以总是挑好的点。不要死鱼，喜欢新鲜美味的。组长点了一大桌子好菜，他起身端起酒杯说："这杯酒献给咱们组的关姓老弟的灵魂，老弟一路走好，早日到天堂！"说着转过身将酒洒在地上。随后从包里拿出一包钱："这是上面领导给咱们组的钱，按照惯例是五万元，每人分八千三百元。剩下的二百用于今天的饭钱。"他扔钱分给大家，除了拉斯噶其他人都像是怕被人抢似的赶紧装起来。他们好像并不为关矮子的死而悲痛，反倒为得到了意外之财而喜形于色。能不开心吗？一大笔钱啊！平时好几个月在深井下挥洒汗水才能挣到这么多钱，更何况，挣到这么多钱之前还不能保证会不会像关矮子一样走了。厚厚的一沓钱摆在拉斯噶面前，他永远忘不了在父亲重病的时候为了挣钱曾经去卖过血。用这些钱他能还很大一部分外债，但是他提醒自己这钱不能要，意外之财不可贪。从山的东面来的细长脖子的小伙子最先把盅里的酒倒进杯子里，再端起酒瓶把杯子倒满，说："兄弟们，太阳东边升起西边落。哭也是一天，笑也是一天，来吧，快喝吧！关哥比咱们先走只不过是比咱们先休息罢了，所以不用伤心。在深井里挖煤还不如早日去极乐世界。谁都一样，早晚走同一条路。"他跟所有人碰了杯，一饮而尽，其他人也都把酒盅换成杯子。来自河的南边的高个小伙喜欢听书，听《三国演义》，听得多了就记下了几段。他晃晃悠悠地站起来给大家倒上酒，说："'对酒当歌，人生几何！譬如朝露，去日苦多……何以解忧？唯有杜康。'咱们喝吧，有酒就喝，有钱就拿，别的咱啥也别管。"他喝酒的时候，酒顺着嘴角流出来。大家开始起哄："咱们的小伙子虽然是个黑矿工，但是听书听多了还是不一样，说得多好，咱们把酒都干了，活在当下最重要！"他们互相碰杯最后都喝多了。只有拉斯噶一个人默默地喝着酒不说话，钱依旧摆在他面前，从端起的酒杯里洒出的酒滴在上面。他知道这是上面给他们的封口钱，不要的话其他人不干。那几个人一杯接一杯，很快脸红到了脖子，俩俩仨仨都走了。估计去了那种可以按摩的洗浴中心，拿刚得的钱试试刀，听人说那地方有小姐。现在就剩下李豁牙子和拉斯噶两个人了。李豁牙子看得出来拉斯噶有心事。拉斯噶面向李豁牙子，说：

"李哥！我不能要这个钱。他们在的时候我说这话他们肯定会多想。现在就剩咱俩，怎么处理你看着办吧。"说完把钱推过去，刚要起身被李豁牙子摁住了。李豁牙子把门儿关好，倒满两盅酒，说：

"拉斯噶老弟，你是个正直善良的人，你刚来的时候哥就喜欢你。这钱是关矮子用命换来的，所以我知道多少应该给他的家人、媳妇孩子才对。但是不要这个钱，一来是给领导省钱了，因为谁都不知道关矮子老家在哪儿，他比你早来没多长时间。而且矿上从来没有跟任何人签过任何形式的合同，没办过任何手续。我们都一样，愿意就来，不愿意就走，所以这钱往哪儿寄啊？就算是找到他媳妇，也只会在她改嫁的时候用这钱买了衣服首饰而已！二来是如果不要这个钱，咱俩就没办法在这地方混了，因为领导们担心咱们可能会让他们陷入更大的纠纷。上面发现了，是不会原谅的，知道吗？"拉斯噶沉默了，又倒了两盅酒，跟组长碰了杯，一口干了。在他向后推了推椅子站起身的时候没忘了把钱给组长。

"李哥，我知道了。可是我还是没法拿这个钱。就算是拿了花着心里也不舒服。哥你先存着吧，如果哪天找到他儿女就给他们！如果找不到，每年清明节就用这个钱买点东西给关矮子上坟，行吗？"说着把钱给了李豁牙子，向门外走去。

十二

萨仁呼跟哥嫂说要回家，把她那点东西收拾收拾就出门了。祖宗十八代的脸都让自己丢尽了，不用说大家肯定都知道了，如今该怎么去面对别人？她是把家族名誉看得比自己的命都重要的人。再加上离开丈夫和亲生骨肉的她陷入了痛苦的深渊。她决定结束这一切。今天早晨嫂子在赶牛的时候指桑骂槐地骂家里的母牛总绕着院子不往远处走，刺痛萨仁呼敏感的神经，差点把捡起来的牛粪都撒到地上。父母在的话还好说，不至于把这个走投无路的女儿撵走，萨仁呼努力地不让眼角汇聚的泪水流出来。昨晚嫂子骂那条黑狗："这个丧气的疯东西！只知道吃的废物！"边骂还边往外赶，让萨仁呼一整夜没能入睡。可怜啊，老实温顺的萨仁呼真是绝望了，对嫂子也心寒了。以前萨仁呼日子过得好的时候对她不是这样的。该去哪儿呢？苏木上的人她更一个都不想看见，所以她直奔英格图谷。那儿是没有人的荒凉之地，而且有一口深井，当年很多嘎查一起合力在这干燥的荒地挖出七丈深的井，给来这附近放牧的人和牲口提供水。萨仁呼下定了决心，她想去那儿的话应该会很顺利地结束自己的生命。虽然这么死不是什么好的结果，但是能让自己从无尽的折磨当中解脱。

正值仲夏，几场雨过后，贫瘠的草地恢复了活力，旷野山丘弥漫着绿色的烟雾。村子里的牲畜院子，小牛儿俯首翘尾地狂奔，寻找阴凉的地方。几匹马在对面的丘陵上站着，都将自己的头挤进其他马的影子里。萨仁呼经过了好几个村子，进到英格图谷的时候已接近中午，太阳在头顶上烤着。沿着牛车压出的路向前走，萨仁呼以泪洗面，她这一生越想越悲惨。视她如珍宝的父母在她十三岁的时候相继去世，可怜的萨仁呼在哥哥嫂子的身边长大成人。或许是因为父母早逝，萨仁呼从小胆小老实，不管什么事都能忍过去。萨仁呼还有个妹妹，父母去世后，她们的哥哥又当爹又当妈，尽自己最大的努力保护疼爱妹妹们，成了她们最坚实的港湾。哥哥供她们上学，但是懂事的萨仁呼明白哥哥的难处，哥哥嫂子自己也有三个孩子，日子过得很艰苦。一家子所有的担子过早地落在哥哥那还没来得及挺直的肩上。这种情况下继续读书的话，可怜的哥哥太累了，所以，高中一毕业她就卷起铺盖回家了。萨仁呼在学校成绩优异，哥哥本打算让她一直读下去，对她自作主张结束学业，哥哥又生气又难过，但是高考的时间已经过了，没办法了。很快萨仁呼告诉嫂子她要和同学拉斯噶结婚。她只是想早点嫁人，就能早点减轻哥哥的负担。拉斯噶他们两家是世交，上辈之间不分你我，一直以来关系都很好。走敖特尔，去夏营地的时候，他们两家总是一起，就这样同龄的拉斯噶、萨仁呼从小一起长大，他们玩儿过家家，假装是一家子，一起拜佛，一起跟羊羔追逐嬉戏。日子一天天过，他们一天天长大。女大十八变，一晃眼，萨仁呼长成了有着一双水汪汪的大眼睛、一头飘逸长发的大姑娘。拉斯噶也变成了浓眉大眼、身材高大的小伙子。家和学校之间的路他们总是搭伴走，时间长了，自然而然互相产生了爱慕之情。那几年，家家都一样，生活艰苦。拉斯噶也没上大学，高中毕业就回到家乡。因为萨仁呼辍学，他哥哥没少训她，但是跟拉斯噶结婚，哥哥倒是二话没说，拉斯噶是个知根知底的好小伙子。两个年轻人情投意合，勤劳持家，大家都很开心。可是好景不长，日子刚有起色，拉斯噶的父亲得了病，他们家很快欠下了一大笔外债。没办法只好去苏木上开饭馆，想早点把债还了，最终却事与愿违。巴勒都看她老实，拿钱威胁她，把她的幸福毁了。如今她名声毁了，和丈夫女儿也活活分离了，她已走投无路。

她来到了英格图谷的井边。井的周围是块空地。萨仁呼把东西放在井边的石头上，向里探去。七丈深的井底，清澈的水像镜子一样明亮，她白色的脸庞就像月亮一样映在上面。她看了好一阵儿，打了一斗水，将清凉的井水喝了个痛快。炎炎烈日下赶路，真是渴得厉害。一路哭哭啼啼的她在水斗里看见自己的脸都花了。就算死也要死得干干净净的，她洗了把脸。从包里拿出木梳，将头发整理好。出门的时候穿了一身新衣服。她想着自己将要离开这个世界了，眼泪不由自主地往下流。她想起了她的朱娜，可怜的娃将要成为没有妈妈的孩子，她的五脏六腑撕裂般地痛。爷爷奶奶在的时候还好，哪天不在了，可怜的女儿就会落到后妈的手里，漫长的一天里会不会饿肚子？寒冷的冬天会不会冻着？炎热的夏天会不会晒着？到时候女儿鞋子露出脚后跟，双手粗糙干裂……萨仁呼哭了起来。她怨恨拉斯噶，小饭馆里整天不是缺这个就是少那个，不能关门，开下去又困难重重，稍微挣一点钱就都还了家里的债。苏木领导巴勒都常来，但是钱总欠着。

这几年我是怎么过来的拉斯噶你知道吗？她的额头顶着井边的石头，委屈难过。最后，她痛恨用钱胁迫她，毁了她的一切，将她逼到如今这一步的巴勒都！这世上为什么会有如此厚颜无耻的人？她问天问地，但是没有得到一丝回应。萨仁呼的眼泪都哭干了。她长长地吸了一口气，把袖子撸起来，向井口走去……

十三

拉斯噶从石泰河镇的饭馆里出来的时候外面刚下完雨。路上的洼地都积了水，天上仍乌云密布，看来晚些时候雨还可能继续下。今天拉斯噶晚班，所以得赶紧回去休息。但是他没有急着回去，他心里很不是滋味，沿着路毫无目的地一直往下走。当他缓过神，发现已经到了石泰河边了。波涛汹涌的河水拍打着两岸，从西北向东南滚滚流去。据说因为矿井整日从河里抽水，河水水位连续下降。听五麻子说，在以前，到了雨季石泰河经常发洪水，沿河的村子、庄稼就会受灾。河的上下游横着好几座铁桥，运煤车一辆接一辆驶过。河湾有好几个小湖，光着身子的孩子在玩儿泥巴。拉斯噶在一块伸向河水的岩石上坐了下来。

在他心里关矮子总是挥之不去，好好的一个人突然就没了，怎能不怀念呢？人竟然如此脆弱。死者入了土一切都解脱了，苦的是还活着的父母妻儿。都不知道这个人是死是活，流着泪望眼欲穿。他想如果哪天倒了霉，自己也遇到事故，也会变成关矮子一样了。到时候工友们就会像今天一样，吃着丧事饭，分了钱，抹嘴就走。一个人又这样音讯全无。谁照料年迈的父母？谁抚养幼小的孩子？他们该怎么办？想到这些他的心揪着疼。

他还想起了昨晚做的噩梦。天下着雨，在云雾弥漫的森林中，他和萨仁呼迷路了。浓雾中，看不见脚尖，地上也没有路，磕磕绊绊地走着。山峰嶙峋，野兽出没。他们手拉着手，被恐惧笼罩。突然，萨仁呼从悬崖边上失足掉下深渊。透过浓雾，看见悬崖底下深不见底的水。拉斯噶抓住萨仁呼的一只手，但还是无济于事，被雨淋湿的手太滑了，萨仁呼坠落下去。"萨仁呼，萨仁呼！"拉斯噶拼命地喊，把自己喊醒了，原来是噩梦。嗨，怎么这么不吉利！他出了一身冷汗。自从收到妹妹的信，萨仁呼经常这样进入他的梦里。

他来这儿好几个月了，不仅习惯了煤矿上的生活，家里的债也还得差不多了。照这样再干一年多，家里的情况就能扭转，但是怎么能平安地度过这一年是个重要的问题。拉斯噶一路胡思乱想，回到家里。兰兰在巷子口站着，一看见他的身影就喊着："叔叔！叔叔！"兴高采烈地向他飞奔过来。

"兰兰，慢一点，小心摔倒！"拉斯噶声音变得哽咽。满含泪水的眼睛仿佛看见他的朱娜正向他跑来。兰兰张大嘴笑着跑到他身边抱住他的腿："叔叔，你怎么才回来？妈妈做了好吃的饭，从中午等到现在。"她上气不接下气地说。

"叔叔中午在外面吃了，你们早就吃了吧？这都晚上了！"

"妈妈说一定要等你回来，我也想跟叔叔一起吃饭所以在这儿等你来着。"兰兰开心地用她的小手抓住拉斯噶的食指，蹦蹦跳跳地跟着走。他们一进院儿，红艳也从屋子里走了出来。因为拉斯噶参加了丧事，所以用火净了身才进屋里。

红艳放好桌子，端来一大盘肉，还有白面馒头，满屋子飘着香味，还有一壶酒。拉斯噶突然发现自己真是饿了，中午什么都没有吃进去，因为替关矮子伤心，只顾喝酒了。从饭馆出来在河边走了那么久，现在肚子都饿扁了。

"好美味的饭菜啊，听说你俩从中午等到现在，为什么要等这么长时间呢？兰兰肯定都饿坏了。"拉斯噶边吃边说。红艳笑着说：

"那怎么行，这么好的饭，咱们这样的家庭又不是天天能吃上，再说我知道你喜欢吃牛羊肉。今晚还得下井，吃点抗饿的温热食物，还能祛湿。我专门去买的牛肉。我跟兰兰说要等叔叔回来，这孩子还真听话，虽然闻到香味馋得不行，但没吵着要吃。"用粗茶淡饭度日的一对可怜的母女的一番好意，让拉斯噶感动不已。红艳蒸玉米面饼的时候，箅子一边放上洗好的豆角、土豆，饼熟的时候，豆角和土豆也都熟了。酱油加点味精再撒点葱做成蘸料，豆角和土豆蘸着吃，再配上饼，虽然不精细，但美味极了。拉斯噶经常学着红艳这么吃。哪能天天看到肉的影子。拉斯噶关心地说：

"红艳，你也趁热赶紧吃吧，一会儿该凉了。"红艳笑着说：

"你俩先吃，多吃，吃得饱饱的！看你们俩吃比自己吃还香。"他知道红艳是担心他吃不饱，所以自己不吃。多么善良的女人。她今天穿了一件粉色的低领短袖衣服，坐一边微笑着看他们俩吃。她托着下巴，胸自然向前倾，胸口的皮肤洁白细嫩，两个乳房挤出一条细细的沟。不知怎么，拉斯噶最近总是想看着她那双水汪汪的眼睛，一开始的生疏早已烟消云散。她和萨仁呼很像，性格或许比萨仁呼还柔和。他想到五麻子说的，这地方的酒香醇浓烈，女人温柔贤惠。红艳敏锐地察觉到了拉斯噶的眼神，她娇羞地笑着说："我今天挣钱了，把攒下的煤卖了五十九元，这是买完牛肉剩下的。"说着身子往上探一探，把柜子上的钱拿给拉斯噶。拉斯噶笑了，说：

"这是干什么呢？这么点钱还客气，你拿上吧。以后我多捡回来点煤，卖点钱你们俩还能买点吃的喝的。你对我的帮助太大了，我一直想着该怎么报答你。"说着把钱放回柜子上。

他们三个正在美美地吃晚饭的时候，家里进来四五个壮汉，有的秃着头，有的撸着袖子，阵势很大。担心兰兰会害怕，拉斯噶把那几个人领到西屋。他们其中几个沿着炕坐下，另外几个靠窗站着。领头模样的汉子将一直抽着的烟在鞋底灭掉，说：

"朋友，咱们是一个矿上的兄弟。听说你们组领了工资，兄弟几个快断粮了，所以想过来借点钱，你想想办法吧！"那几个也跟着说："对，你想想办法。"像回声一样，很明显是在恐吓。他们组刚死了一个人，拉斯噶知道这些人是冲着他们组分的那些钱来的。之前从五麻子那儿也听说过这种事情，他沉默了一会儿，笑着说：

"兄弟们，我也是背着一身债的穷人，不然的话谁会跑这么大老远来干这个活。所以每个月一发钱就存到银行还债了，我手上没钱借给你们。"说着给他们看他那空空的衣兜。屋子里静悄悄的，烟雾弥漫。那几个人吞云吐雾，时不时地撇一眼身材魁梧的拉斯噶，同时看着那位领头的脸色。这时红艳进来了，她把所有人都看了一遍："哥哥们，我在外面听见了你们来的目的，大家都不容易，何必互相为难呢。"谁都不说话。过了一会儿红艳出去了，或许是怕红艳向矿井告他们的状，那位领头的起身走出门，其他人也都跟着走了。

"一群混子！"红艳关门的时候说。拉斯噶接着她的话说：

"你出去后他们才吓得起身走了，否则谁知道怎么要赖。要不是担心兰兰害怕，我早把他们一个个干趴下。"

十四

萨仁呼把袖子撸起来向井底望去。她将要回到孕育她的金色的土、甘甜的水里了，两行滚烫的眼泪顺着脸颊流了下来。一直以来，她是人们眼中的美人儿，可生命却如此地短暂，就像花儿一样瞬间凋零，命运为什么如此残酷？马上要离开这人世间了，她不舍地向周围望去。连绵的沙丘像水波荡漾，高低宽窄形态各异，一串串石子在阳光下如同成千上万颗钻石或金银的碎块般闪烁。沙丘在天地间连绵不绝，其间雾霭弥漫。黄蒿、驼绒藜、开着黄红色花朵的锦鸡儿，像是在炫耀适应干旱的那份坚强。微风偶尔轻抚着她的脸颊，这一切是多么美好！这时她看见东南方向的沙丘上坐着两个牧羊人。禁牧队员的破摩托车没法进到这沙地中，所以牧民们就悄悄地来这儿放牧，不能总是把牲畜都圈起来。牧民警觉性很好，他们挑地势高一点儿的山丘，拿着单筒望远镜四处观察。萨仁呼吓一跳，这时候跳井，拿着望远镜的牧民很可能瞬间就会过来把她救出来。现在正是牲口喝水的时间。她突然意识到，不管怎么样要过了这一阵子再说。怎么办？在苏木上开了几年饭馆，远近的牧民都认识她。只能装作向苏木方向赶路，离开这儿等一等了。本来准备跳进井里的她，把东西收拾起来，沿着牲畜走出的路向北走去。在沙地里一路向北，沙地里的路不是直线的，尽是迂回曲折、高低不平。向沙丘上迈一步，往后倒半步。四周冷冷清清，偶尔有一只鸟儿从头顶掠过，把影子扔到沙子上。头顶着烈日，脚踩着发烫的沙子，走出那两个牧民的视线范围需要很长的路。过了一会儿，她到了一处长着红柳的凹地，找一个阴凉处，在干沙地上躺了下来。阳光透过树叶洒在沙子上。从早晨到现在她没有休息过，此刻疲惫不堪，躺下来恨不得一直睡到那两个牧民离开。她的确累了！她短暂的一生，被生活压得喘不过气，一刻不停地奔劳。可现在怎么能睡得着呢？周围的沙漠像睡着了似的安静，又像因生气而沉默，她感觉死亡正从四面袭来，不由得心生恐惧。她慢慢地闭上了眼睛，她想如果就这样死了多好。不行，要是这么死了，很快就臭了，到时候将引来苍蝇蛆虫还有飞禽。据说这儿有狼，干脆被狼吃了倒干净利索……胡思乱想间，突然她想到了拉斯噶，可怜的拉斯噶，是我辜负了他，他有什么错呢？一切都是因为自己糊涂，当时她不是没想过告巴勒都，但是出于颜面选择了沉默。再说在她看来能把钱要回来是大事。巴勒都正抓住了她的这个弱点。不知道拉斯噶现在在干什么。听妹妹说在煤矿干活，那可不是人干的活儿啊，只有那些实在没办法的人才不要命地下矿井。要是当初自己把饭馆经营好，挣下了钱，拉斯噶怎么会到这一步，女儿又怎么会变成孤儿呢？想到这儿她觉得自己死有余辜。

在生命的最后时刻，她怀念起和拉斯噶恋爱时的美好时光。青春是多么美好啊！过了多久都不会从记忆中消失。

小时候他们玩儿过家家时，假装是一家人。无忧无虑的童年转瞬即逝，后来他们都长成了大人。应该是在他们十九岁那年，记得高中刚毕业回来。他们两家一起转场夏营地，他们俩订婚的消息早就传开了，所以不好意思总见面。拉斯噶偶尔没事了，会找个借口来萨仁呼家。两个年轻人眼神碰撞的那一刻，萨仁呼的脸唰一下就红了，然后找借口赶紧走开。拉斯噶走的时候，她总在蒙古包后面偷看。骑上马走远的拉斯噶也不忘回头看。他们就这样用眼神交流炙热的爱。原来眼睛能把所有心里话无声地说出来，这个奥秘她正是在那个时候明白的。那年夏天他们被招到苏木民兵训练营，两个有婚约的年轻人有了见面的机会。拉斯噶牵着高大的棕色马在尹扎嘎河的渡口等她。他一身深蓝色袍子，脚上穿着靴子，很有成年男人的派头。只是袍子有点肥大，估计是他父亲的。萨仁呼下马的时候没忍住抿嘴笑了。拉斯噶看出萨仁呼在笑他，脸微微泛红，低下头笑着说：

"这是我父亲的袍子，我穿着有点大。"他整了整腰带。他们怕碰到别人，离开渡口处，牵着马在河边走。尹扎嘎河很窄，但水很深，在郁郁葱葱的植被中间静静地流淌。河两岸参天的红云杉林无边无际，一人高的小红柳、芦苇、水草茂密地生长，水鸟在头顶上掠过。他们在这隐秘的林子里准备拴住马，拉斯噶接缰绳的时候，将萨仁呼的手一起抓住了，另一只手顺势搂住萨仁呼纤细的腰，那一瞬间，他俩如同干柴烈火般燃烧起来。两个年轻的身体紧挨在一起，萨仁呼的脸贴在拉斯噶胸口。拉斯噶的嘴不自然地噘着，像是怕萨仁呼的脸会碎裂似的，小心翼翼地亲吻。以前，他们只是通过书信交流彼此间的爱慕之情，或者是在人群中传递爱的眼神，从没有像今天这样抱在一起。萨仁呼酥软的乳房贴在拉斯噶的胸口，火一样炙热。随着拉斯噶的亲吻，萨仁呼紧紧地抱住拉斯噶的脖子，嘴里发出哼哼声，让拉斯噶灵魂沉醉。两个相爱的年轻人沉浸在彼此拥抱当中，他们之间的爱意像波涛一样不断地汹涌而出，缰绳早已从手中滑落。当他们缓过神，发现萨仁呼的马正原路往回颠。佩戴马具的马如果拖着缰绳回到家，哥哥嫂子和邻居们该多么着急？该怎么想？萨仁呼慌乱地撸起袖子追在马的后面，马时不时踩到缰绳，斜着脖子颠得更快。拉斯噶赶紧跨上自己的马，慢慢靠近，费了很大劲儿才抓住了缰绳，他们终于舒了口气。谢天谢地，差点就弄出大麻烦。

当萨仁呼从过去美好的回忆中醒来，太阳已经西斜，沙丘的影子向这片凹地延伸过来。牧人应该都回去了吧，她长长地叹了口气，站起身。她现在什么也不想了，原路向水井跑去，她下定决心到时候闭上眼睛一跃而下。

十五

自从关矮子出事后，拉斯噶总是闷闷不乐。矿井里没有情感，不曾相识的、四面八方来的人们在这里只认钱。同一个组里的人又能怎么样？在外面酒桌上打架了或许能劝劝架，但是进了矿井里情况就不同了，那地方连灯光都是微弱无力的。拉斯噶深深地意识到那是真正的黑暗世界，大家在井里总是互相偷瞄着对方，要是哪个人出事死了，剩下的就能分到钱。所以，保住自己的小命比什么都重要，不然一不小心就牺牲自己成全了别人。

今天天还没亮拉斯噶就醒了，怎么也睡不着。想起了萨仁呼，想起了年迈的父母。后来想到了整日照顾他的红艳，思乡之情又拉回到了石泰河。他盯着房顶躺着，听到外面卖豆腐的吆喝声。在这里，除了五麻子说的有两样东西出名以外，还有两个东西很有特点。这儿的水好，再加上用传统工艺制作，所以豆腐格外好吃。他们凌晨三点就开始做豆腐，到了五六点趁热走街串巷卖豆腐。另外一个是毛驴车上卖烤鸡。拉斯噶悄悄地起身出去方便，这里是山区，所以刚到夏末，早晚就凉了。他买了几块豆腐回来，这时红艳也起来了，正用手指梳理披散的头发，从睡衣衣领露出丰满洁白的胸口。

今天拉斯噶白班，所以早饭吃得很饱，他走出门的时候红艳追上来，将两个热气腾腾的馒头装进塑料袋塞给了他。

"多注意安全！知道了吧！"

"放心吧，又不是第一天下井。"拉斯噶看着她，红艳那双水汪汪的眼睛正泛着泪花，还是一副不放心的样子：

"总之小心点比什么都强！"她站在原地看着拉斯噶走远。

拉斯噶到井口的时候组长李豁牙子早就到了。关矮子出事后大家都变得很小心，没人搭空车下去。走到干活的地方大家就开始各自忙活起来。把煤挖出来，铺铁轨的正好也把轨道接好了。一人一车煤装好，将车慢慢推到正轨上。在装煤的车连在一起之前，李豁牙子背对着跪下来捡滚落到铁轨上的煤块。这时突然响起震耳的巨响，嘈杂声中隐隐听见有人在喊："车失控了！"只见从上面斜着下来的铁轨上闪着火光，一辆空车像箭一样穿透黑暗的洞口疾驰而来。拉斯噶眼疾手快向前把李豁牙子拉到一边，那辆断了链子的空车瞬间冲下来，像雷击般撞向已经装满煤的车，顿时火花四溅，浓烟四起。如果李豁牙子还在原地的话，这时早已被撞成肉酱。拉斯噶就这样救了李豁牙子，自己却被撞向一边的空车压在下面。他伤得很重，右腿血肉模糊，鼻子和嘴都在出血，人已经神志不清。李豁牙子冲过去，抱住这个救命恩人的时候，拉斯噶只有微弱的呼吸，到处是血，嘴偶尔张一下。早晨出门的时候红艳塞给他的热馒头被血浸染，掉在地上。李豁牙子抱着拉斯噶跑向井口，流着眼泪大声叫着：

"拉斯噶老弟！拉斯噶老弟！你无论如何要坚持住！我的好弟弟。"

十六

牧人回去了，太阳向沙丘西边落去。萨仁呼向水井跑去。此时此刻她什么也不想了，只盼着赶紧从痛苦中解脱。井底安静清澈的水正等着她。只有那儿，她疲惫的身体、备受煎熬的灵魂才能得到一丝的安宁。她加快速度。在沙地里跑怎么这么慢？总像是在原地不动。明明跑了很久，却没有移动多远。在她满含泪水的眼睛里远处的水井若隐若现，榆木做的水池子常年风吹日晒，如今和沙子一样颜色。她心里祈祷着千万别再碰到其他人。沙地里的路总是蜿蜒曲折，所以她干脆抄近路直直地穿过沙子。被沙子里的树根绊倒好几次，她撸起了袖子向前冲。绵白的沙子像水一样顺着她的脚步流淌。她用袖口擦着汗，不管怎么样，越来越靠近了，马上就到了。突然，后面响起马蹄声，像是有什么人在叫她的名字。爱谁谁吧，跟她没关系，反正不能往后看。于是她更加拼命往前跑，总算到了井边了。这时那个人追到她身后下了马一下子抱住了她，上气不接下气地说：

"嫂子！你为什么要做这样的蠢事？"原来是拉斯格玛跟人打听，找到这儿的。

"放开我吧妹妹！苦命的人只有死才能解脱！可怜嫂子的话就赶紧放开我吧！"萨仁呼大声喊着奋力向井靠近。好不容易挣脱，拉斯格玛又上前抱住。她们俩就这样跌跌撞撞地互相拉扯。

"嫂子，你还年轻，有什么事情值得你去死啊？你想想！"

"我现在没有力气想那么多，只想离开这无情的世界。"

"嫂子你好好想想。你是个做母亲的人啊，别的不说，不想想女儿吗你？到死了还要给女儿留下臭名吗你？乡里乡亲的会怎么说？以后你女儿会怎么想？让你女儿怎么在人群中抬头？你怎么宁愿死也不为了正义去努力？你仔细想想吧！"这席话正触碰到萨仁呼作为母亲最柔软的神经，筋疲力尽的身体松软下来。最后她们俩抱头痛哭。她们的哭声让夕阳动容，洒下黄昏，使沙漠悲痛，坍塌陷落。唉，可怜啊！

十七

快下午六点了，拉斯噶还没有回来。平时白班下午四点下班，五点之前就到家了，今天这是怎么了？拉斯噶的饭红艳已经给热了两三次了。她坐立不安，时不时地出去看看。小兰兰照例在胡同口等她的拉斯噶叔叔。她踢两下手里的毽子，就向矿井方向看。七点了，人还没有回来，红艳把孩子叫回去吃饭，自己一口都没吃进去。哪有心情吃饭呢，她知道这儿事故频发。兰兰吃完饭她们就去了五麻子家。五麻子上夜班不在家。芙蓉嫂子刚把孩子们哄睡，正好在院子里。看见红艳，她笑嘻嘻地把母女俩请进来，拿来几把凳子坐下了。

"红艳妹妹好久没来了，都挺好的吧？兰兰胖了不少。"

"嗨，姐呀！我是一直想来但总是抽不出时间。白天出去捡废铁回家就到了做饭的时间了，吃完饭收拾收拾一天就过去了。兰兰胖能胖到哪儿去呢，能吃饱饭就不错了。"红艳一直等着话题转到拉斯噶身上，这样她就能跟芙蓉说拉斯噶到现在还没回来。可是对方总滔滔不绝地说别的事。平时张口闭口夸拉斯噶的人今天倒只字不提了。她犹豫要不要主动提拉斯噶，但如果最后拉斯噶没什么事回来了，人家就该取笑她了。差点脱口而出的话让她憋回去了。芙蓉嫂子突然回到屋子里，拿出一颗苹果给兰兰。红艳如坐针毡，聊了几句就忍不住站了起来：

"姐，我该回去了！回去让兰兰睡觉。以后再来跟你聊。"

芙蓉嫂子急着说：

"哎哟，你这是干啥？又不是来借火的，咱姐妹还没好好聊几句你就要走。"说着拉住红艳的手。可是红艳有心事，哪有闲情坐这儿聊。抱着孩子出来的时候天已经暗下来了。山区里随着天色变暗，空气也会阴冷起来。兰兰打了个冷战抱紧妈妈的脖子。从芙蓉嫂子那儿出来，她俩不知该怎么办，慌乱了好一阵。跟拉斯噶一组的工友她一个都不认识，只是之前听拉斯噶说过他们组长叫李龅牙子。她现在不知道该去找谁。没办法只好决定去附近的医院找找，她抱着女儿跑了起来。

这个地方有很多矿井，所以大大小小的医院数不清。总有断胳膊断腿的，这儿那儿受伤的，医院里从不愁没病人。走进附近一家医院，红艳问：

"你们医院有没有叫拉斯噶的病人？"没有。她东奔西跑，到处碰壁，困得眼睛都睁不开的兰兰在她身上睡着了。没办法只能回家了。一路上祈祷"但愿拉斯噶回家了"，回到家空荡荡的，连灯都没打开，黑漆漆的。这下很可能出事了，红艳辗转反侧一夜没合眼。此刻她终于明白自己深深地爱上了拉斯噶。从内心深处爱一个人真是要命啊。她想，把爱给这么一个正直善良、健壮帅气的男人也值了。她不相信自己刚遇到个这么好的人，就出意外。如果真那样，命运对我们可怜的母女也太残忍、太不公平了。她越想越心痛，摸着女儿的头发，忍不住流下眼泪。

十八

第二天，天蒙蒙亮红艳就起来了。赶紧给兰兰吃了一口就出去找医院。人们都说好人有好报，不是吗？我是不相信拉斯噶会遇到什么不幸。好人是宇宙的光和热，如果没有了好人，世界就失去了光变得黑暗，人间就失去了热变得冰冷。拉斯噶是好人，他的生命力理应比其他人顽强。红艳坚信他不能那么容易就死，如果受伤了肯定在哪个医院治疗。她到了矿区第一医院，先去骨科问：

"大夫！你们医院有叫拉斯噶的病人吗？"

她四处打听，又去了急救科：

"大夫！你们这儿有叫拉斯噶的病人吗？"她翻看病人名单。

就这样，矿区第二医院、矿区第三医院……红艳挨个医院找，兰兰抱一会儿牵一会儿。孩子的脸在太阳下晒伤发红，母亲用袖子擦着汗水不懈地到处寻找。她下定决心她的拉斯噶活要见人死要见尸。快到中午的时候，终于在吉日嘎拉93号井后面的茉莉县骨科医院找到了拉斯噶。医生告诉她："拉斯噶的伤势很重，右侧三根肋骨受伤，右腿骨折，胸腔出血。"据说一辆空车像闪电般从上面滑下来，撞倒装煤的车，拉斯噶被压在车底。红艳进去的时候，拉斯噶刚下手术台，脸色苍白的他正在睡觉。麻药的劲儿应该还没过去。一侧的脸也受伤了，用纱布包着，腿用夹板固定，护士们正忙着输液。红艳看见这一幕愣住了，最终还是没有阻止眼泪顺着脸颊流下来。想过去抓住拉斯噶的手，又怕弄醒在痛苦中好不容易睡着的他。看着那张受伤的脸，眼泪在眼睛里不停地打转。兰兰几乎认不出他的拉斯噶叔叔，抓着妈妈的衣服呆呆地站着。站在拉斯噶旁边和医生交流的一口龅牙的男人看见这个领着孩子的女人如此悲伤的样子，好奇地走过来：

"妹子，你跟这个病人有什么关系？"他低声问。红艳声音颤抖地说：

"我叫红艳，和拉斯噶哥是邻居……他平日里总关照我们母女，是个好人。我们昨晚开始四处找他，终于找到了……"

过了一会儿那个人示意红艳走出房间，说：

"我是和拉斯噶一个组的，大家管我叫李豁牙子。我还有工作所以不能在这儿待太长时间。我不在的时候你能照顾拉斯噶吗？病人伤势很重，如果可以的话就劳烦你！我向领导请示了，拉斯噶的治疗费用全部由矿上负责，领导还让找个护理。"

"怎么不行呢，照顾他的事就交给我吧。您救了拉斯噶，真是造福啊，我替拉斯噶谢谢您！拉斯噶哥经常提起您……"红艳激动得被自己的话噎住了。李豁牙子赶紧说：

"你弄错了，是拉斯噶救的我。如果没有拉斯噶，我早没命了，拉斯噶是为了救我才伤得这么重，他才是我的救命恩人！"他说着，用泥巴色的大手揥了揥满含泪水的眼睛。

十九

从那天开始，红艳就领着女儿在家和医院之间奔波。

到了中午，拉斯噶醒了，他看见床边的红艳母女俩。一开始眼里含着泪花，很快，大颗眼泪就顺着眼角流了下来。红艳也没有忍住眼泪，她蹲在床边，说：

"手术做完了……你很快就会康复的。"

"阎王没收我，我又回来了。"说着拉斯噶慢慢地闭上眼睛。他明显很虚弱，受重伤又做手术，肯定出了很多血。兰兰抓着妈妈的手站在一旁。过了一会儿，拉斯噶向门口看了好几眼。红艳问：

"怎么了？要叫护士吗？"拉斯噶点了点头。护士来了，他说要尿壶。红艳赶紧从床底拿出白色尿壶小心地放进他的被子里，她心里埋怨拉斯噶，跟她说就行了还叫什么护士，但是没有说出来。过了很久，没有动静。红艳出去再进来的时候，拉斯噶尿完，用一只手把尿壶放到床底下。红艳轻轻地把尿壶拿出去倒了。拉斯噶真是个怪人，病人有啥忌讳的。过了好几天情况才好转。

拉斯噶的伤很重，自己翻不了身。右侧的三根肋骨和腿用钢板固定住了，所以只能仰着，或者靠左侧躺。仰着躺时间长了身体就僵了，于是红艳就会把手伸进他的被窝里，小心翼翼地抬起他的腰，帮着他向左侧转身。"疼就说，拉斯噶哥！"红艳时常说，可拉斯噶总是咬着牙从不说疼。连小便都不好意思跟红艳说的人，还能说什么呢？红艳没办法，时不时问要不要方便，拉斯噶才会点点头，还尴尬地说："麻烦你了。""麻烦什么啊？谁都得尿尿拉屎！你这是重伤在身没法自理，有什么不好意思的？"红艳有时忍不住说一句，拉斯噶就会笑一笑。红艳的手触碰到他身体的时候，他全身像触电一般，一股暖流涌向全身，爱和感激之情久久激荡。每当这时候，他总是呆呆地看着这个温柔美丽的女人。

红艳真是个热心肠，勤劳、喜欢帮助别人。帮着护士做好所有事情，从吃喝到洗涮，样样做得细致，把拉斯噶照顾得很体贴。病房里其他人的活也帮着干，所以从医生护士到陌生人都夸红艳，有些新来的病人还会跟拉斯噶说"有这么好的媳妇，可真有福气"，说得拉斯噶脸都红了。

两个星期过去了，拉斯噶恢复得非常快。他伤口总是晚上疼得厉害，加上四人间里病人多，人们进进出出的比较吵，所以睡眠一直不好。好在李豁牙子给护士长送了点东西换了个二人间。另外一个病人好得差不多了，而且家就在石泰河，所以晚上就回家了。这下红艳母女俩就有地方休息了。

又过了好几天，有一天晚上拉斯噶在凌晨两点醒了。外面路灯的光透过门窗洒进病房，四周安静、朦胧。这时红艳弯着腰靠近他，轻轻地问："拉斯噶哥，要侧身躺吗？"红艳说话时嘴里呼出的气仿佛在抚摸着拉斯噶的脸。"你还没睡呢？麻烦你了。"拉斯噶话音刚落，红艳温暖的手就轻轻地滑进他后背。那只手格外地温热柔软，女人身上特有的香气使拉斯噶不由自主地抓住了那只手。红艳欣然接受，像是怕手松开，抓得紧紧的，他们的脸靠得更近了，动情地看着彼此。房间里虽然昏暗，但是红艳的脸清晰可见，她那柔顺的长发轻轻地拨弄拉斯噶的脸。两人的身体如同燃烧一般，情不自禁地拥抱亲吻起来。拉斯噶早已忘记了身上的伤痛。另外一张床上兰兰在睡觉。房间里没有其他人，他俩尽情地亲吻。不知过了多久，两个人开始小声说话：

"红艳，对不起！或许我们不应该这样！"

"为什么？我是真心爱你。"红艳又亲了他一口。

"我说不好哪天就走了，那不就成了欺骗你的感情了吗？"

"我不管，无论你人在哪儿，心里想着我就行了！"

"相爱以后分开还不如从未相识！"

"不！我永远都不会怪你。我天天盼着，哪天晚上从睡梦中醒来旁边躺着你……"红艳依然弯着腰，亲吻拉斯噶的额头、眼睛、眉毛、脸、鼻子，这时她的眼泪流了出来……

那天中午红艳给拉斯噶拿过来蘑菇鸡汤和热气腾腾的馒头。怕饭菜凉了，她用毛巾包了好几层。拉斯噶不好意思地搓着手说：

"红艳，医院餐厅的粥和馒头就挺好，就别大老远拿过来了！"

"伤筋动骨可不是闹着玩儿的，喝鸡汤能补身子，趁热喝吧！"

正在拉斯噶拿着勺子喝汤的时候，兰兰在一边说：

"叔叔，妈妈为了让您恢复体力，把家里的两只鸡宰了。"她把这件事当作新闻讲给拉斯噶。拉斯噶知道那两只鸡可是她们家的大功臣，每天下两颗鸡蛋，一颗给兰兰吃，另一颗攒起来卖钱。美味的汤卡在拉斯噶的喉咙里，眼睛泛出泪花，他心痛极了。

二十

时间过得飞快，眨眼间暮秋已至天气转凉。红艳每天来回送饭，李豁牙子一有时间就提溜着东西来看拉斯噶。在他们的精心照料下，拉斯噶恢复得很快。到了四十七天，他都能挂着拐杖走动了，但是肋骨还没有长好，加上腿伤感染，折磨了他好几天，最近已经好多了。伤口时不时疼一下，他总是咬着牙挺过去，从不吱声。疼就疼吧，反正也不会要了命。他不想让红艳再送饭，但是不管他怎么劝，那个女人就是听不进去。

一天，矿领导们来探望拉斯噶。拉斯噶奋不顾身英勇救人，被授予模范称号，戴上了大红花，矿上奖励他五百元。矿区报纸和电视台记者们采访报道，拉斯噶在石泰河成了名人。

又过了好多天。红艳扶着拉斯噶在院子里晒太阳，李豁牙子来了。他笑得红色的牙龈都露了出来，说：

"拉斯噶老弟！你看，来信了！家书抵万金。"说着从包里拿出一封信。

是妹妹拉斯格玛寄来的。

亲爱的哥哥拉斯噶：

山色已苍茫，叶子随风飘落，远方的哥哥你好吗？
清晨，草尖敷上青霜，广阔的原野在视野的尽头荒凉。
水鸟成群，在天边忧伤地鸣叫。时光抓不住，亲人难割舍。哥哥你什么时候回来？父母和朱娜都很好。只是离开了丈夫和亲骨肉的萨仁呼嫂子可怜啊！不仅失去了生活的美好，还因为毁了名声，给家族蒙羞，去寻短见，我差点没能救回她，现在父母把她接回家里了。原来是巴勒都在光天化日之下强行扒她的衣服，之后用欠下的饭钱威胁她，逼她服从。巴勒都利用嫂子老实软弱的性格，达到自己的目的。这些我从嫂子那儿详细了解了。嫂子走到今天这一步是为了谁？你不在家的时候，是她扛起了家里的重担，日夜操劳，哥哥你一定要明白这一切呀！我要请律师告那个坏人。你别忘了，撑起那个家，给自己的女人做主的男人应该是你啊！你快回来吧！生养咱们的土地和滋养灵魂的文化都在这里。祖先们世世代代生活在这片云雾缭绕的肥沃土地上，从未厌倦过。在故乡，即使跌倒了抓到的也是金子。请你好好想想这一切！盼着你回来的妹妹拉斯格玛。

妹妹说的话让作为男人的他感到惭愧。他反复读这封信，陷入了痛苦的深渊。男人，不管什么时候都要有自己的立场和目标。现在想想，包括离婚在内的所有事情他都处理得过于仓促。就连那个饭馆当时也是在巴勒都的怂恿下开的，丝毫没有意识到巴勒都打的如意算盘，竟如此辜负了自己的妻子。如果萨仁呼有个三长两短，我活着还有什么意思！他后悔得心都碎了。他沉默了很久，虽然他人还在石泰河，但是心早已回到了巴勒干苏木。

"你怎么了？家里出什么事了？"红艳慌了。过了一会儿，拉斯噶说：

"没事！说父亲感冒有点不舒服。"他敷衍过去。回病房的路上，拉斯噶对李豁牙子说：

"李哥！过两天我出院吧。"

"你还没完全好呢，别着急。出了院也一时半会儿下不了井。矿上特别重视你，榜样的力量是无穷的。"

"现在行动没问题了，只是偶尔疼一下。我知道伤筋动骨一百天，在医院已经两个多月了，都待腻了，回去养一养就够一百天了，到时候下井就没问题了。"

"你别急！药也别断了！健康比什么都重要，只要青山在，不怕没柴烧。我回去向领导汇报一下。"李豁牙子送到病房门口就走了。红艳也领着孩子无精打采地回去了。

他们走了以后拉斯噶想躺一会儿，但怎么都睡不着。向外望去，石泰河边的树，短短几天，叶子全黄了。窗外的树叶，有棕红色的，有浅黄色的，有的叶片冻得卷起来。风一吹，一片、两片，静静飘落。拉斯噶心烦意乱，想起了妹妹的信。思乡之情涌上心头，温顺的萨仁呼浮现在眼前。

可怜的萨仁呼！当年全班论学习、长相、性格，不管哪个方面都没人能比得了她。高中毕业回家的时候，城里那些家庭条件优越的领导子弟们，像夏天的苍蝇一样追在她后面，而她却选择了一身旧皮袄的农村小伙子，把她那珍贵的爱情赐给了我。她当年跟了那些人就好了，就不会像现在这样受尽折磨！父亲住院的时候，缺钱的日子一个接一个。一天实在走投无路，自己只好去卖血。在排队的时候，萨仁呼来了，她把我拽出来，问："怎么了？又没钱了？"我长长地叹了口气，低着头说："是啊，已经付不起药钱了。"她从怀里拿出两千元递给了我。我那高兴的呀！我说："太好了，是跟谁借到的？"萨仁呼的眼圈红了："别问了，咱们快交钱去吧！"她拉着我的手说。原来，她把她母亲留给她的银钗、红珊瑚额箍，连同自己出嫁时候穿的绣花绿色袍子、绣花黑色平绒靴子一起都卖了，这是母亲后来告诉我的。多么善良的女人，为了这个家她付出了全部，这一切我怎么能忘了呢？

二十一

两周后，拉斯噶出院了，兰兰高兴得出来进去都是蹦蹦跳跳的。拉斯噶张罗做饭，红艳怎么都不让。

"等伤好了，你就天天做饭。"红艳开玩笑地说。

又过了十天，拉斯噶不用拐杖了。就是有点虚弱，晚上或者天气潮湿的时候受伤的骨头会酸痛。他时不时拿出妹妹的信，越看越心痛。真是每个人都会遇到无法抉择的事情，像现在的拉斯噶一样。正好这几天红艳家里有事领着孩子回去了。这几个月一直伺候拉斯噶，她都好长时间没去看望父母了。据说年迈的父母和她的弟弟一起生活，所以怎么能不回去看看呢。她说不到一个星期就回来，走的时候给拉斯噶准备了充足的吃的喝的，还反复叮嘱："别累着，照顾好自己。"她真是个细心的女人。红艳母女走后，房子里空空荡荡，没有了一丝生机，拉斯噶的心也跟着空了。拉斯噶盯着房顶躺了半天，他想了很多，最后坐了起来。妹妹的信总在脑子里浮现，那封信在不停地呼唤着拉斯噶藏在血液里的本性。他抢起铁锹和锄头，把院子里的菜地翻好。他把鸡窝修好，还给安上了栅栏门，然后买回来品相上好的四只母鸡。他从废弃的煤堆上捡了两天的煤摆在墙角，烧一冬天肯定是没问题。背着一麻袋煤，在凹凸不平的路上走的时候，伤腿钻心地疼，出一身冷汗他都没有哼一声。补好破了的墙，修好木头架子，整理完院子，从外面看过去，真像是个过日子的家庭，拉斯噶满意地笑了。这边的活干得差不多，拉斯噶向五麻子家走去。

"哦！老弟啊！我正要去祝贺你，喜上加喜啊。我刚从领导那儿回来，上面已经定了让你当组长。身体康复了，官儿也当上了。"他笑着拍拉斯噶的肩膀，请进屋子里。两个人聊了一会儿，拉斯噶说：

"嗨！无所谓了，老弟是来跟哥告别的。父母年纪大了，得回去看看。买了今天中午的火车票，以后应该还会来。"他看了看时间说。五麻子的脸一下子沉了下去，时而发紫，时而发青，嘴角微微抽搐，拿着烟的手在轻轻发抖。拉斯噶从来没有看到过他如此生气的样子，他突然想起红艳曾跟他说过，那家伙可是跟亲爹都断绝了关系。五麻子一直以为拉斯噶要长期待在这儿，没想到这么快就要走。

"来这儿十个月了，还没回去看老家的父母。"拉斯噶又重复着。对于五麻子来说这是废话。他生气是因为从拉斯噶身上还没有得到他应得的回报，他压住火，闷声坐了很久，说：

"你这个人真够狡猾，你看过《西游记》吗？你不知道其中的道理吗？"

"那个故事以前听过来着。"拉斯噶回答。唐僧到了西天向佛祖取经，佛祖却给了他无字书。唐僧赶忙将紫金钵送给佛祖，才取得真经。五麻子的意思是，连佛祖都这样，你怎么就不开窍？

"这是我的工资卡，里面有一个月的工资，哥你买点酒喝！你的恩情老弟永远记着。"拉斯噶拿出准备好的卡，放在桌子上。对方看都没看，冷着脸说："我取出来给你寄过去。"那是客套话。拉斯噶明白了，跟五麻子想要的比起来，这些钱太少了。从他们家出来，他深一脚浅一脚地走着。除了五麻子，他没有再跟别人说他要走。回到红艳那儿把东西拿上，关好院门再一回头，眼睛瞬间模糊了。

二十二

红艳放心不下拉斯噶，在娘家住了三天就回石泰河了。回到家门口她愣住了。门上挂着锁，院里收拾得利利索索，就像新家一样。一车多的煤整整齐齐地堆放着，鸡窝也重新搭好了，顶着红冠的四只鸡在栅栏里咕咕叫。红艳领着孩子走进屋子里，拉斯噶的东西都不见了。拉斯噶真的走了！家里瞬间失去了往日的色彩，变得荒凉。灶里刚加过煤，应该是没走多久。柜子上有拉斯噶留下的信。一块红丝巾连同矿区奖励他的奖金一起放在下面。红艳的脸色难看极了，她赶忙把信打开：

红艳：

　　我走了。就这样离开兰兰你们俩，对我来说太痛苦了。请原谅我不得已选择这时间离开！我日思夜想我的故乡、父母、女儿，所以无论如何要回去了。可是不管去了哪儿，我都无法忘记在这里度过的时光。每次浑身冻僵饿着肚子回到家里，总有一份温暖等着我。春天里花香满院，累累的红樱桃将树枝压弯了腰，还有总在路口等着我的可爱的小兰兰……这些美好的回忆，我将永生难忘。收拾了一下院子，但是没有彻底收拾好。把矿上给我的奖金留给你们俩，住院的时候把你累坏了，红丝巾代表我对你发自内心的感激，请你收下。愿你健康平安，思念你的黑小子拉斯噶。

　　红艳匆忙读完信，一把抱起女儿向火车站跑去。她磕磕绊绊地跑着……拉斯噶刚走不久。红艳知道每天中午有一趟火车，车开之前一定要赶到，她没命地向前冲。拉斯噶在的时候就像座山一样填满整个家，让她的心灵有依靠。她总担心哪天这个人会走掉，但没想到这一天来得会这么快。红艳心如刀割，伤心的眼泪滚落下来。她抱着女儿一路跑，怨恨自己悲惨的命运。

　　拉斯噶拖着破包，挤在人群中走进了车站。大家都匆忙地向自己的车厢走去，拎着大包小包或者一起抬着行李。拉斯噶走在拥挤的人群中终于上了车。把行李放好，找到一个靠窗户的位置坐了下来。终于要回家乡了，他不由自主地激动起来。可是心里揪了一下，向窗外望去。

秋日的天空万里无云，大雁排成行，车站后面群山连绵，树林稀疏可见。要像来的时候那样静悄悄地走了。来的时候是芙蓉嫂子接的，今天去他们家的时候她不在。红艳还有几天才回来。在石泰河从春天过到了秋天，虽然短暂却经历了很多，人世间的复杂永远都捉摸不透。火车慢慢地启动了，正在这时，红艳抱着孩子出现在车窗外，她在跟着火车跑。她一只手抱着女儿，另一只手向他挥着，频频擦眼泪。拉斯噶赶紧抬起车窗向她们挥手，红艳追不上车，越来越远，只看见她的嘴在动却听不见声音。兰兰也不停地挥着她的小手。红艳脖子上系着拉斯噶送的红丝巾，格外耀眼。车越来越快，红艳一直跟着跑。看着这对母女，拉斯噶的鼻子酸了。

火车逐渐远去。拉斯噶眼帘中，红艳的丝巾像山丹花开，渐渐地模糊不见了。

原载《花的原野》2017 年第 1、2 期

译于 2021 年

图书在版编目（CIP）数据

雁归时节／内蒙古翻译家协会编 . —— 北京：作家出版社，
2024.7

（优秀蒙古文文学作品翻译出版工程）

ISBN 978 – 7 – 5212 – 2897 – 7

Ⅰ . ①雁… Ⅱ . ①内… Ⅲ . ①中篇小说 – 小说集 – 中
国 – 当代 Ⅳ . ①I247.5

中国国家版本馆 CIP 数据核字（2024）第 102109 号

雁归时节

编　　　者：内蒙古翻译家协会
特约编辑：陈晓帆
责任编辑：袁艺方
装帧设计：孙惟静
蒙古文题字：艺如乐图
出版发行：作家出版社有限公司
社　　　址：北京农展馆南里 10 号　　　邮　　编：100125
电话传真：86 – 10 – 65067186（发行中心及邮购部）
　　　　　　86 – 10 – 65004079（总编室）
E – mail: zuojia@zuojia. net. cn
http: // www. haozuojia. com
印　　　刷：唐山嘉德印刷有限公司
成品尺寸：152 × 230
字　　　数：210 千
印　　　张：15.75
版　　　次：2024 年 7 月第 1 版
印　　　次：2024 年 7 月第 1 次印刷
ISBN 978 – 7 – 5212 – 2897 – 7
定　　　价：48.00 元